임제열 퓨전 판타지 장편소설
WISHBOOKS FUSION FANTASY STORY

나 혼자 S급 소환수 6

임제열 퓨전 판타지 장편소설

초판 1쇄 찍은 날 | 2022년 8월 8일
초판 1쇄 펴낸 날 | 2022년 8월 8일

지은이 | 임제열
펴낸이 | 권태완 우천제

기획 | 위시북스
편집책임 | 한준만
편집 | 위시북스

펴낸곳 | ㈜케이더블유북스
등록번호 | 제25100-2015-43호
등록일자 | 2015. 5. 4
KFN | 제4-6호

주소 | 서울시 구로구 디지털로31길 38-9, 401호
전화 | 070-8892-7937 팩스 | 02-866-4627
E-mail | fantasy@kwbooks.co.kr

ⓒ임제열, 2022

ISBN 979-11-404-0766-8 04810
　　　979-11-293-9356-2(set)

※ 파본은 구입하신 서점에서 교환하여 드립니다.
※ 저자와 협의하여 인지를 붙이지 않습니다.
※ 이 책은 예원북스와 저작자의 계약에 의해 출판된 것이므로 무단 전재 및 유포, 공유를 금합니다.
※ 이 도서의 국립중앙도서관 출판시도서목록(CIP)은 서지정보유통지원시스템 홈페이지(http://seoji.go.kr)와 국가자료공동목록시스템(http://www.nl.go.kr/kolisnet)에서 이용하실 수 있습니다.

나 혼자 S급 소환수

임제열 퓨전 판타지 장편소설
WISHBOOKS FUSION FANTASY STORY

6

CONTENTS

1장	7
2장	71
3장	135
4장	203
5장	273
6장	341

1장

 축축한 공기와 미끄러운 바닥. 약 20분 정도를 걷자, 멀리서 미약한 신음이 들려왔다.
 "으으으……."
 "들려?"
 걸음을 멈춘 진도윤이 제프리를 바라봤다.
 "보이는군. 200m 앞에 천족 하나가 쓰러져 있다."
 제프리가 먼저 확인했는지, 정보를 알려줬다. 고개를 끄덕인 진도윤은 피닉스로 빛을 비추며, 전방으로 걸어 나갔다.
 그러자 곧.
 "끄으으, 끄으……."
 날개 다섯 쌍의 천사 하나가 온몸에 피떡을 칠한 채 쓰러져 있었다.
 '누구지?'

라고 생각할 찰나.

"자, 잠깐! 이자는?"

깜짝 놀란 세리아가 가까이 붙었다.

"세상에. 대천사 미카엘의 오른팔 번개의 천사, 바라키엘?"

오, 좀 유명한 천사인가 보다.

번개의 천사, 바라키엘. 대천사 미카엘과 함께 천신의 옥좌를 수호하던 용맹한 천사 중 한 명이었다. 고결한 정신과 훌륭한 인품으로 수많은 천족들의 존경을 받았던 그.

'하지만…… 지금은 말 그대로 미카엘의 잔당일 뿐이지.'

세리아는 살짝 거리를 벌린 채, 바라키엘과 진도윤의 동태를 살폈다.

'만약, 정말 저 하급 천족들이 악마들의 끄나풀이라면……?'

분명 바라키엘이 반응할 터. 아는 체할 것이다. 본래 동족은 동족을 알아보는 법이니까.

그녀가 눈을 좁게 뜨고 팔짱을 낀 채 바라볼 때였다.

"크으, 왔는가……?"

바라키엘이 상처를 부여잡고 중얼거렸다.

'응?'

동시에 세리아의 동공이 커다랗게 확장됐다. 왔냐고 묻는 말. 누가 봐도 아는 사람한테나 쓰는 말 아니던가.

"지, 진짜 악마였단 말이더냐?"

그녀는 재빨리 물러나 벽을 등진 채, 두 손으로 입을 막았다. 토끼처럼 커다래진 핑크빛 눈동자가 불안하게 흔들리고 있었다.

설마설마했는데, 진짜 악마였다니!

"뭐래, 시끄럽다, 꼬마야."

콩!

"아얏!"

그런 세리아에게 꿀밤을 먹인 진도윤이, 바라키엘에게 다가가 쪼그려 앉았다.

그도 호기심이 일었다. 고통스러워하며 자신을 바라보는 녀석의 눈동자는 분명 자신을 알고 있다고 말하고 있었으니까.

"너, 나 알아?"

"크으……. 알다마다. 천족이 아닌 자들이여."

"오?"

진도윤이 흥미롭다는 듯 입을 오므렸다. 여태 자신들이 천족이 아님을 알아보던 천사는 없었다. 조금 전 미르제 소속 천사들도 자신들을 하급 천족으로밖에 못 봤으니까.

"……"

반면에 세리아는 혼란스러운 눈빛이었다. 바라키엘급 존재에게, '너 나 알아?'라고 묻는 진도윤이나 그런 그에게 천족이 아닌 자라고 하는 바라키엘이나.

'도대체 뭐가 어떻게 흘러가는 건지.'

우선, 상황을 지켜보기로 한 그녀였다.

"쿠, 쿨럭. 허억, 허억."

상태가 매우 심각한지 바라키엘은 피를 토하며 말을 이었다.

"그대들이 지닌 인장……. 가이아의 것이지 않던가."

"가이아를 알아? 아, 근데 우선…… 말하는 것보다 그 상태 좀 치료하는 게 어때?"

진도윤이 유리아에게 눈짓하자.

"냥?"

힐러 아묘가 다가왔다. 그러나 바라키엘은 고개를 흔들며 만류했다.

"아니…… 괜찮다. 소용없어."

"소용없다고?"

"내 몸은 내가 잘 안다. 나는 곧 소멸해."

우-우-웅!

그의 말을 무시한 유리아가 힐링을 시도했지만, 그의 말대로 치료가 먹히지 않았다.

"뭐지? 저주에 걸린 건가?"

유리아가 눈살을 찌푸리며, 아묘의 '그루밍'(A급)을 사용했다. 모든 소환수의 상태 이상을 해제시켜 주는 묘인족의 비기. 그러나 역시 먹히지 않는다.

"……루시퍼의 회복 불가 권능 때문이다. 시전자가 아니고서는 절대 풀 수 없지."

"루시퍼에게 당한 거냐?"

"그렇다, 끔찍한 파괴의 힘을 컨트롤하는 자여."

놀랍게도 데몰리션까지 아는 그. 하긴, 어느 정도 수준급 이상만 되면 다들 파악한다.

'정작 나만 그게 뭔지 모르지.'

다들 두려워한다는 것만 느낄 뿐.

진도윤은 치료를 포기한 후, 입을 열었다. 구할 수 없으면, 최대한 빠르게 정보를 뽑아먹어야 한다.

"가이아는 어떻게 아는 거지?"

"……봉인되기 전, 미카엘께서 말씀하셨다. 가이아가 보낸 용사들이 위기에 빠진 천계를 구하러 올 것이라고."

"위기에 빠진 천계라……."

바라키엘은 고통스러워하면서도 꿋꿋이 말을 이었다.

"루시퍼……. 그 타락한 작자가 세계수, 천계를 유지하는 나무를 무너뜨렸어. 천신께서는 자신을 봉인하는 대가로 세계수를 지탱하고 계시지."

"흠, 얘는 또 말이 다르네."

세리아가 말해준 것과 정반대의 주장. 바라키엘은 루시퍼가 배신자라 말하고 있었다. 그리고 역시 듣고 있던 세리아가 말도 안 된다는 듯 소리쳤다.

"거짓말! 저건 거짓말이다!"

"야, 조용히 해봐, 꼬맹이."

진도윤이 툭- 던졌지만, 그녀는 멈추지 않았다.

"흥, 타락한 종자들을 무찌르고 천계를 수호하고 계신 대천사 루시퍼께서 거짓말쟁이에 천계 파괴범이라도 된단 말이냐? 그게 무슨 망발이더냐!"

마치 신성 모독이라도 한 듯 반응하는 그녀. 바라키엘의 미간이 찌푸려졌다.

"……저 중급 천족은 뭔가?"

"그냥, 길 안내원?"

잠깐, 한숨을 내쉰 바라키엘이 고개를 돌려 세리아를 바라봤다.

"이봐, 중급 천족."

목소리를 들은 그녀는 멈칫했다. 급발진하긴 했는데, 생각해 보니 바라키엘이면 평소에 말도 못 걸어볼 정도의 지위 아니던가? 막상 말을 걸어오니, 쫄리는 것은 어쩔 수 없었다.

"가드웨스트 출신인 것 같은데, 미카엘이 아닌 루시퍼를 믿는 이유가 있나?"

"본래…… 대천사쯤 되는 천족은 거짓말을 안 하니까……?"

그녀가 말끝을 흐리며 조용히 중얼거렸다.

말하면서도 자신의 말이 이상한 게 느껴진 모양이었다.

"미카엘께서도 대천사셨다. 그 이유로는 설명이 안 돼."

세리아가 혼란스러운지, 머리를 부여잡았다. 그러고 보니, 왜 자신은 굳게 루시퍼의 말을 믿고 있었을까? 확실한 이유도 없는데 말이다.

"저주다."

"……저주?"

"판데모니엄의 10 악마 중 하나. 아몬의 저주지. 천족들은 전부 자신도 모르게 루시퍼의 말을 믿게 되어 있어. 다수를 상대로 하는 저주다 보니, 강한 효과를 발휘하진 않을 거다."

"말도 안 돼!"

"루시퍼 그자가 천계를 다 망쳐놓고 있어. 10악마의 힘을 빌려, 천신과 4대 천사를 전부 봉인해 버렸지. 그와 동시에, 본인이 대천사가 되어 천계를 서서히 악마들의 소굴로 물들이고 있…… 쿨럭!"

바라키엘이 다시 한번 피를 토했다.

점점 힘이 사라져 가는 게 느껴졌다.

진도윤은 그를 빤히 쳐다봤다.

"네 말을 100% 믿을 순 없어. 난 직접 보고 확인하지 않은 것은 믿지 않는 스타일이라."

"……이해한다."

"그래도 도움은 되네. 원래 둘이 싸우면 양쪽 입장 다 들어봐야 각이 나오는 법이거든."

그는 제삼자의 관점에서 중립 기어를 박고 보기로 했다. 어차피 임무를 달성하기 위해 루시퍼를 만나면 확인 가능한 일 아니겠는가?

"크으……. 어쨌든, 루시퍼를 조심해야…… 한다. 그자는 굉장히 치밀한 자."

"오케이, 또 해줄 말은……?"

진도윤은 곧 그의 최후를 직감했다. 몸에 있는 기운이 거의 다 사라져 가는 게 느껴졌기 때문.

"다른 건 없다. 그대를 이렇게 만날 수 있다는 것 자체가 천운인 듯싶으니. 부디…… 마계의 끔찍한 흉계를 막아주길 바란다······."

마지막 말을 쏟아낸 채, 눈을 감은 바라키엘. 곧이어, 그의 몸에 힘이 쭉 빠졌다. 최후를 맞이한 것이다.

"······."

진도윤이 씁쓸하게 그 모습을 바라보자, 유리아가 다가왔다.

"후, 나도 중립이긴 한데."

"응."

"저렇게 죽어가는 찰나에, 우리한테 거짓말을 할 이유가 있을까?"

"······그건 모르는 일이지."

진도윤의 눈이 차분하게 가라앉았다.

진도윤 일행은 곧바로 도시, 미르제로 이동했다.

[업적 보상 도착!]
[천계 - 가드웨스트의 수도 '미르제'를 발견하셨습니다.]
[추가 감응력 +1]

멀리서 커다란 성을 바라보는 것만으로도 감응력이 올랐다.

도시 내부로 들어가는 것은 간단했다. 문지기가 있긴 했지만, 딱히 저지하지는 않았다. 아직 파견된 천사들이 죽었단 소식이 들어오지 않은 듯싶었다.

"드디어 도착했네."

진도윤이 주변을 둘러보며 말했다.

확실히 도시는 도시였다. 마을과는 다르게 커다란 건물들이 수없이 들어차 있었고 많은 천족들이 길가를 돌아다니고 있었다.

"저건 뭐지?"

진도윤이 손가락으로 무언가를 가리켰다.

하늘 높이 솟아 있는 거대한 건물. 그 위로 세 개의 원형의 고리가 서로를 포갠 상태로 빙글빙글 돌고 있는 모양새였다.

"저게 그때 말했던 텔레포트 기계이니라."

"아, 저게?"

진도윤이 기계를 빤히 쳐다봤다. 저 기계가 가드노스로 갈 수 있는 이번 임무의 종착지다.

"저걸 타려면 천사가 되어야 한단 거지?"

"일단 그대들은 태생이 하급 천족이니 그 방법밖에는 없지."

세리아가 고개를 끄덕였다.

"거기에 그만큼의 이용료도 있어야 할 테고."

"예를 들어, 이런 거?"

진도윤이 피식 웃으며 바나나 다발을 꺼내 들었다.

"추, 충분하지. 미쳤느냐? 얼른 넣거라."

"왜? 천족들은 남의 걸 뺏고 그래?"

"꼭 그대는 천족이 아닌 것처럼 얘기하는구나. 정말로 바라키엘의 말이 맞았던 것이냐?"

세리아의 반응을 보니, 천족들도 다 똑같은 것 같았다. 하긴, 천족들이 깨끗하다는 것도 그냥 인간들이 만들어낸 이미지일 뿐이니. 그냥, 이들은 몬스터가 나오는 세상에 사는 사람이었다. 그렇게 이해하는 게 편했다.

"어쨌든, 고생했다."

도시에 도착했으니, 세리아는 임무를 잘 완수한 셈.

진도윤은 기분이다 싶어, 바나나를 하나 더 떼어줬다. 어차피 지구에 가면 널린 게 바나나니까.

세리아는 살짝 경계하는 눈빛으로 그것을 건네받았다.

"사실, 난 아직도 잘 모르겠어. 하지만, 그대들은…… 그렇게 나쁜 자들 같아 보이지 않는구나."

"뭐야, 지금 바나나 하나 더 줬다고 우리 착한 천족 된 거야?"

"그, 그게 아니다! 날 뭐로 보고! 그저 마을에서부터 쭉 지켜본 결과이니라."

"흠, 아냐, 우리 생각보다 나쁠걸?"

"진짜 나쁜 자들은 자신이 나쁘다고 말하지 않는 법이지."

"그런가?"

"어쨌든……. 나도 그대들이 누구인지는 확실치 않으니, 허튼 신고는 하지 않겠다."

"그건 고맙네."

고개를 한 번 끄덕인 세리아가 등을 돌렸다.

서로가 서로를 잘 이용했으니, 이제 이별을 해야 할 때. 그녀는 살짝 머뭇거리더니, 주변 골목 속으로 사라졌다.

"……."

진도윤은 그녀에게 악감정이 없었다. 조금 멍청하긴 했지만, 어쨌든 정보원으로서 충분한 도움은 됐으니 부디 잘살기를 바라는 마음이었다.

"자, 그럼……."

짝짝!

손뼉을 친 진도윤이 일행들을 바라봤다.

"이제부터 해야 할 일은 저 텔레포트 기계를 타는 거야."

"소환수들은 역 소환하면 되니, 우리 넷만 천사 지위를 따면 되는 건가?"

제프리가 묻자 진도윤이 고개를 끄덕였다.

"그렇지."

그러고는 가방을 뒤적여 종이를 꺼내 들었다. 마을에서 키드엘이 준 천사 지원 추천서였다.

"이걸 들고 신전으로 가랬으니까……."

"지금 바로 가나?"

"아니, 좀 쉬다 가자."

오랜만에 휴식 없이 사냥했던 터라 일행들이 지쳐 있는 게 보였다. 자신도 조금 피곤하기도 했고 일단 새로운 도시에 왔으니 무턱대고 움직일 순 없었다. 정비하고 정보를 모은 뒤에, 천천히 조심스럽게 움직여야 했다.

"주변에 숙박 시설이 있나 한번 찾아보자고. 이곳 화폐 단위가 어떤지도 알아보고."

맨날 바나나로만 해결할 수 없는 노릇 아니겠는가?

우선 이곳에 잠깐 거주할 계획부터 짜려는 그들이었다.

"그, 그러니까……."

여관 카운터를 보고 있던 하급 천족이 땀을 삐질 흘렸다. 갑자기 여행자로 보이는 이들이 들어와 세상 값비싼 바나나를 제시했기 때문이었다.

"이거 하나로 가장 좋은 방 한 달 치 4개에……. 거스름돈까지 가져오라, 이 말씀이시죠?"

"왜, 이거 하나로 부족해?"

막상 바나나를 이곳 화폐로 바꾸자니, 갈 곳이 없던 진도윤은 그냥 묵을 숙박 시설에 내밀어보기로 했다. 숙박도 해결하고, 잔금도 받을 수 있다면, 도랑도 치고 가재도 잡는 꼴 아니겠는가?

"그, 그럴 리가 있겠습니까, 하하!"

꼴깍!

어색하게 웃은 직원이 긴장한 듯 침을 삼켰다.

바나나가 무엇이던가. 가끔 천신의 명으로 인간계에 다녀오던 천사들이 가져오던 과일로 맛을 보고 싶어 하는 상급 천족들이 많아, 높은 가격대가 형성된 음식이었다.

'게다가 상태도 극상.'

바나나는 금방 변색이 되거나 썩기 때문에, 구하는 즉시 마법 보관소에 넣어야 한다. 신선도를 유지하지 않으면, 값어치가 금방 떨어지기 때문이다.

'이건…… 지금 팔면 최소 5,000닢 정도는 받겠는데?'

천계의 화폐 단위는 세계수의 잎이다. 각 구역에 일정 기간, 일정 수량만큼 떨구는 터라, 나름의 희소성이 있기 때문.

물론, '잎'의 수거는 천신을 모시는 각 구역의 대신전에서 관리한다. 직원이 오랜 시간 대답이 없자, 진도윤이 엄지와 검지로 턱을 집었다.

"흐음……. 생각이 많아 보이는데, 조건이 별로야? 아니면, 다른 데로 갈까?"

"아뇨, 아뇨! 아닙니다! 그럴 리가 있겠습니까!"

그의 물음에 직원이 번뜩 정신 차렸다.

괜히 멍 타다 진귀한 바나나를 놓칠 수는 없는 노릇.

"잠깐 계산 좀 하느라, 큼큼!"

그러고는 재빨리 머리를 굴렸다. 이들은 바나나를 들고 있는 자들이다. 아무리 하급이라지만, 평범한 천족들은 아닐 터 괜히 덤터기를 씌우려다 안 좋은 꼴을 볼 수 있었다.

"방 하나당 하루 10닢이니 한 달이면 총 1,200닢 되겠습니다. 하지만, 이 바나나를 이 자리에서 계산하는 게 조금 애매해서……"

"어디, 네가 생각하는 최소치로 잡아봐. 싸게 줄 테니까."

진도윤은 대수롭지 않다는 듯 말했다. 어차피 곧 돌아갈 입장에서, 고작 바나나 하나 가지고 이득을 남겨 먹고 싶진 않았다. 솔직히 바나나 하나로 최고급 시설에서 한 달 숙박이면, 이미 이득이기도 했다.

"솔직히 말하면, 최소 5,000닢 정도는 할 것 같습니다. 하지만 거래 수수료나 안전 등을 고려해야 하니, 4,000으로 계산해도 되겠습니까?"

결국, 직원은 솔직히 답했다. 그리고 그것이 그가 제시할 수 있는 최선이었다. 그 이상은 거스름돈이 없기 때문이었다.

"그래, 그럼 그렇게 하자고."

가격에 관심이 없는 진도윤은 쿨하게 고개를 끄덕였다.

가격보다는 받는 거스름돈에 더 관심이 갔다. 총 2장의 노란 세계수의 잎과 800장의 녹색 세계수의 잎.

'색깔은 우리나라 화폐랑도 비슷하구나.'

괜히 선조이신 신사임당과 세종대왕을 생각한 진도윤은 일단 받은 화폐를 가방에 챙겨 넣었다.

천계에도 각 도시를 여행하는 자들이 있다. 그렇기에 숙박 시설은 굉장히 잘 되어 있는 편이었다. 목욕을 할 수 있는 개인 탕도 있었고 방도 나름 아늑했다.

오랜 사냥으로 지친 일행들은 각자 들어가 휴식을 취하기로 했다.

진도윤은 샤워를 마친 채, 개운한 몸을 이끌고 1층으로 내려왔다. 여느 고급 숙박 시설들이 그렇듯 1층은 식당으로 이루어져 있었다.

"후, 다 좋은데……."

자리에 앉아, 메뉴를 훑어보던 진도윤이 이내 한숨을 푹- 내쉬었다.

"음식이 영 내 스타일이 아니네."

죄다 들어보지도 못했던 과일이나 풀떼기들이었다. 별다른 음식이 없던 미궁에서도 육식을 즐겼던 그인지라, 답답한 감이 없잖아 있었다. 이런 것들보단 매콤하면서도 후루룩- 넘어가는 라면이 땅긴다.

"스릅, 군침 도네. 빨리 임무를 완수하든가 해야지."

"그쵸, 빨리 완수해야죠."

"응?"

갑자기 들려오는 목소리에 고개를 돌리자, 건물 밖에서 들어오는 유아린이 보였다. 진도윤은 고개를 갸웃했다.

"뭐야, 왜 거기서 들어와? 안에서 쉬고 있던 거 아니었어?"

"아뇨, 쉬면 뭐 하나요. 대충 씻고 이곳저곳 돌아다녔죠."

"혼자?"

"네……."

맞은편에 앉은 유아린이 수첩 하나를 내밀었다. 심플한 모양에 옆에는 펜이 하나 꽂혀 있는 게, 지구에서 가져온 듯싶었다.

그 수첩을 멀뚱멀뚱 쳐다보던 진도윤이 물었다.

"……왜, 사인해 달라고?"

"네? 아뇨, 돌아다니면서 얻은 정보들 좀 적어놨어요. 읽어 보시라고요."

"헐?"

갑자기 왜 이렇게 열심히 하는 걸까.

우선, 진도윤은 수첩을 받아 휘리릭 넘겼다. 그곳에는 꽤 열심히 조사했던 그녀의 흔적들이 보였다.

"이걸 혼자 다 조사한 거야?"

진도윤이 놀란 표정으로 물었다.

"네, 저번 마을에서도 저만 얻은 게 없었잖아요."

"으잉?"

무언가 시무룩해 보이는 그녀를 진도윤이 물끄러미 바라봤다. 고개를 갸웃거리며 눈을 맞추는 유아린.

"……아."

진도윤은 그녀의 심정을 단숨에 이해했다.

'이번 여정이 불편했던 거지.'

자신, 제프리, 그리고 유리아는 각자 포지션이 명확하다. 또한 이곳에 오지 않은 리스트릭트 멤버들도 각자의 분명한 역할이 있다.

'오직 그녀만…….'

역할이 겹친다. 그것도 멤버들 중 최고의 화력을 자랑하는 자신과 말이다.

부담될 수밖에 없었다. 그러니까 뭐라도 하려는 거겠지.

진도윤은 부드럽게 미소 지으며 그녀에게 말을 건넸다.

"인마, 너무 무리하지 않아도 돼."

"네? 아니에요, 그냥 제가 하고 싶어서."

"아니, 지금까지도 충분히 잘하고 있다는 말이야."

애초에 진도윤은 동료를 등급으로 나누는 성격이 아니다. 거기다가 유아린 정도면 구하고 싶어도 못 구하는 최고의 엘리트 아니던가? 세계 어느 곳을 뒤져봐도 유아린만큼 싸우는 서머너는 없을 거다.

이제 감응력도 수준급으로 다룰 수 있었고 성장하는 속도도 장난 아니다. 게다가 이프리트가 있다는 것만으로도 그녀는 진도윤과 합이 잘 맞는다.

'정령왕의 돌을 사용할 때, 정령들의 반을 부담해 주니까.'

그게 얼마나 심리적으로 안정이 되는지, 그녀는 모를 터였다.

"쉴 땐 쉬어야지."

"그쵸, 루시퍼도 만나고 하려면 최상의 컨디션을 유지해야 하니까요."

"아니, 그게 아니라 원래 그냥 피곤하면 쉬는 거야……."

"아, 그 말이었군요."

"무슨 나라고 머릿속에 임무만 생각하고 있는 줄 아냐?"

"……그런 거 아니었어요?"

의외라는 듯 쳐다보는 그녀의 두 눈에 장난기가 들어 있었다. 농담으로 받아친 거였다.

"어쨌든."

진도윤은 엄지를 척 치켜들었다. 그녀의 마음이 어떻든, 노력해 온 게 있으면 칭찬해 주는 게 인지상정.

"정리는 고마워. 깔끔해서 굉장히 도움 되겠어."

"정말요?"

"응, 진심이야. 그리고……."

이어지는 진도윤의 말에 유아린의 귀가 쫑긋했다. 서머너 마스터의 말이라면 하나도 놓치기 싫다는 것처럼.

"난 굉장히 솔직하고 직설적인 사람이야. 알지?"

"……그렇죠? 어떨 때 보면, 간접적이란 말의 뜻을 모르는 것처럼 느껴질 때도 있으니까요."

상대가 어떤 위치에 있건, 제 생각을 그대로 말하는 사람. 심지어 초월적인 신에게도 굽히지 않을 것 같은 사람이 바로 진도윤이었다.

"맞아, 난 결코 입에 발린 말로 잘한다 못한다 말하지 않아. 그럴 성격도 안 되고."

진도윤은 그녀의 눈을 똑바로 마주했다.

"난 네 덕분에 제프리와 유리아를 쉽게 구할 수 있었어, 엘라임도 되찾을 수 있었지."

"아."

"그뿐이야? 지금도 우리 파티의 보조 딜러 역할을 누구보다

충실하게 수행하고 있다고 생각해. 원래 파티에 딜러를 제일 많이 뽑는 거 알지?"

"그, 그렇죠."

갑작스러운 말에 유아린이 쑥스러운 듯, 고개를 숙였다. 그래도 진도윤 덕에 조금 심란했던 마음이 확실히 풀어진 느낌이었다.

'왜, 갑자기 이런 말을 해주는진 모르겠지만.'

티가 났으니 그런 거겠지. 위축되어 있는 자신의 모습을 보고 신경 써주는 것이 분명했다.

"……."

어쩔 줄 몰라 하는 유아린을 아빠 미소로 쳐다보던 진도윤은 다시금 말을 이었다.

"그러니까, 오늘은 그냥 밥 좀 먹고 푹 쉬어."

"밥이요?"

"아니, 밥이 아닌가? 요기 괴상한 과일이랑 야채들."

진도윤이 썩은 표정으로 메뉴판을 가리켰다.

"으, 맛없게도 생겼네요."

"가장 비싼 거로 시켜라."

가방에서 세계수의 이파리를 꺼내며 통 크게 말하는 진도윤을 바라보며 유아린은 문득 웃음이 새어 나왔다. 왜인지는 모르겠는, 그냥 즐거운 감정의 웃음이었다.

다시 방으로 들어온 진도윤은 침대에 앉아, 유아린에게 받은 수첩을 꺼냈다. 자잘한 정보들이 적혀 있었지만, 가장 눈에

띄는 건 두 개였다.

우선 천사 인증받는 법, 그리고 쓸 만한 상점.

먼저, 1번은 천사 인증 기관이 대신전이라 적혀 있었다.

마침 일주일 후에 시험이 있었고- 현재도 신청할 수 있었다. 모종의 시련을 통과하면 천사 인증을 받고 날개를 달아주는 것 같은데 지구의 던전처럼, 누구도 볼 수 없는 공간에 들어가 능력을 검증하는 방식이라 했다.

'그건 다행이네.'

사실 걱정되긴 했다. 본인이 강한 것도 소환수를 이용했기 때문이지, 본체가 강한 건 아니니까.

'검증은 누가 하려나.'

일단, 이 부분은 직접 겪어봐야 알 듯싶었다. 수틀리면 다 박살 내고 기계 탈취하면 되는 거니까.

천사가 되는 것은 1안일 뿐 1안이 막히면 다른 방법을 생각해 내면 될 일이다.

그다음, 2번은 쓸 만한 상점이었다. 이곳은 특이하게 미스릴이나 오리하르콘을 구할 수 있는 상점이 있다고 했다.

오히려 지구에서는 구하기 힘든 광물이라 바나나 세계수의 잎을 이용해서 구해두면 좋을 것 같다는 정보.

꽤나 쓸 만한 정보였다.

"얻을 수 있는 건 다 얻어가면 좋은 거니까."

다음으로 진도윤은 소환수의 레벨 상태를 확인했다.

이제 거의 5성(★★★★)에 근접해가는 녀석들. 눈여겨볼 만한 점이라고는 둠이 3성(★★★)에 Lv. 29라는 점이었다. 1만 올리면 마침내 둠도 4성((★★★★)화가 되는 것이다.

"좋네."

진도윤이 침대에 걸터앉으며 외치자, 엘라임이 다가왔다.

"진도유운! 뭐가 그렇게 좋은데?"

"응? 아, 침대가 푹신해서."

굳이 설명하기 귀찮은 진도윤이 둘러대자, 엘라임이 날개를 축 늘어뜨렸다.

"히잉, 여기는 다 좋은데 TV가 없어서 별로야."

"천계에서 무슨 TV를 찾아?"

"……여기도 다 사람 사는 공간이랑 비슷하던데, 뭐. 흥, 좋은 문물들은 빨리 받아들여야지!"

"이상한 소리 하지 말고 너도 자라, 저기 피닉스랑 데몰리션처럼."

"큐웅……."

바닥에 사이좋게 얼굴을 맞대고 몸을 웅크리고 있는 둘.

어느덧 과거의 일은 다 까먹었는지, 굉장히 편안해 보인다.

'둠은……?'

역시나 문 입구에 서서 대기 중이다.

"둠, 너도 그만하고 좀 쉬어."

철크럭!

진도윤에 말에 둠이 고개를 단호하게 흔들었다.

마치, 지금 이게 쉬는 거라고 말하는 듯.

"그래, 그래라. 난 이제 좀 쉬련다."

오래간만에 푹신함을 느끼며 진도윤은 서서히 잠에 빠져들었다. 천계에서 느껴보는 첫 꿀잠이었다.

일주일이라는 시간은 금방 흘러갔다.

그동안 진도윤은 미르제에 머무르며, 컨디션을 조절했고 동료들과 함께 감응력 훈련도 꾸준히 했다.

현재 진도윤의 감응력은 225. 미궁 밖으로 나왔을 때가 200이었던 걸 생각하면, 오르는 속도가 엄청나다 할 수 있었다.

'그럴 수밖에 없긴 하지.'

평범한 서머너들은 꿈도 꾸지 못할 여정을 달리고 있었다.

정령계부터 마계의 동부 평야 타르라크. 심지어 10 악마라는 마르바스의 소환도 저지했다.

초월자로 알려진 '가이아'와 소통도 했으며 거기다 이제는 천계까지 와서 천사 타이틀까지 따내려 하는데.

누군가가 듣는다면 '어이, 친구……. 이제 그만 망상에서 벗어나자고'라고 말할 정도의 여정이었다.

"후우, 나도 힘들어. 망상이었으면 좋겠네."

숙소에 앉아 있던 진도윤이 푸념했다. 그러고는 가방 속을 살폈다.

"어이쿠, 이 반짝이는 것들 좀 봐."

그 안에는 수많은 미스릴과 오리하르콘이 한가득 담겨 있었다.

대충 팀 헤파이스토스에서 구매했던 것보다 약 20배는 넘을 정도의 수량? 떠나기 전, 도시에 존재하는 모든 광물을 다 털어버린 탓이다.

"볼드윈과 털보가 좋아하겠네."

몬스터 드롭 아이템과 이곳에서 구매한 것들만 지구에 판매한다고 쳐도 지금껏 벌었던 것 이상의 수익이 나올 수도 있었다.

"자, 그럼. 준비는 끝났고."

숙소를 깔끔하게 정리한 진도윤이 '인피니티 백 팩'(A급)을 등에 멨다. 그러고는 목 관절과 허리를 풀었다.

몸도 가벼웠고 컨디션도 최상인 상태 이제 굳이 천계에 남아 있을 이유가 없었다.

"어디 한번 가 볼까? 대신전에."

시험은 일주일 전 신청해 뒀다.

어떤 시험을 치를진 모르겠지만 은근히 기대되는 진도윤이었다.

도시 한가운데 높이 솟아 있는 대신전 앞.

그곳에는 수많은 천족들이 몰려 있었다.

"이쪽입니다!"

"질서를 지켜주세요! 시험 보실 분들은 오신 순서대로 줄 서주시면 됩니다!"

"어이, 새치기는 하지 말지!"

난장판이 따로 없을 정도로 바글바글한 공간.

진도윤은 다시 한번 이곳이 인간사와 똑같다는 것을 느꼈다. 옛 서머너 선발 센터 앞에 모여 있던 지망생들과 딱 똑같은 꼴 아니던가.

"하, 왜 이리 많은 거야?"

바로 입장할 수 있을 줄 알았던 유리아는 지금 상황이 의외였는지 한숨을 내쉬었다.

"그러게 말이에요. 이럴 줄 알았으면 일찍 나올 걸 그랬나 봐요. 미리 알아봤어야 하는 건데."

시험 날짜만 알았지. 천족들이 이렇게 많이 모일 줄은 몰랐던 유아린이었다.

진도윤은 그런 두 여자를 바라보며 피식 웃었다.

"여유를 가지자고, 여유를."

기다리면서도 할 일은 많다.

우선, 지망생들의 대화만 들어도 시험에 대한 정보를 어느 정도 파악할 수 있다. 마침, 옆에서 두 하급 천족이 기다리기 지루했는지 수다를 떨고 있었다.

"그래도 세계수가 무사해서 다행이야. 대천사들이 세계수를 공격했단 말 들었을 때는 가슴이 철렁했는데 말이야."

"하긴, 이번 시험이 열린다는 거 자체가 세계수가 아직 무사하단 소리니까."

"소문에 의하면 상태가 별로 안 좋다는데…… 시험에도 영향

미치는 거 아냐? 천사 시험은 세계수가 공정하게 관리하잖아."

"그러지 않길 빌어야지. 세계수가 무너지면 천사는 둘째 치고 천계가 무너지는 거야."

"아아, 천신이시여. 제발 세계수를 굽어살피소서."

이들의 말처럼, 천사 시험은 세계수가 관장한다. 대신전의 천사들이 관측도 할 수 없고, 개입도 할 수 없다.

진도윤은 그 부분이 마음에 들었다. 이곳, 천족들은 소환수 사용의 개념을 잘 몰랐으니까.

그렇게 약 두 시간 정도가 흐르자 녹색으로 빛나는 반경 2m 크기의 포탈이 하나 보였다. 동시에, 안내자로 보이는 천사의 목소리가 들려왔다.

"시험은 간단합니다! 저기 보이는 포탈에 순서대로 들어가시면 됩니다!"

안내자는 지원자들이 혹시나 듣지 못할까, 목소리를 크게 해서 외치고 있었다.

"들어가셔서 세계수의 안내대로만 움직이세요! 천사로서의 긍지를 인정받는다면 여러분도 저처럼 날개 세 쌍의 천사가 되실 수 있을 겁니다! 아, 물론 더 많은 날개를 달고 나오신 분들도 계시지만……."

안내자가 후임들을 바라보는 마음으로 설명하자 기다리던 천족들의 눈빛이 기대감으로 물들었다.

"과연, 이번에도 날개 네 쌍을 넘는 천사가 나올 수 있을까?"

"설마……. 나오겠어? 네 쌍 이상은 진짜 드물게 나오잖아."
"그건 그렇지. 그래도 뭐, 날개 다섯 쌍 천사도 나오기도 하는걸."

하급 천족 하나가 말하자, 옆에 있던 다른 천족이 고개를 저었다.

"에이, 그건 절대 안 나오지. 말이 되냐? 그런 천족은 천계 역사상 얼마 없잖아."
"대천사, 루시퍼 님이 그랬었지."
"대천사였던 미카엘도 그랬을걸?"
"하긴, 지금은 타락했지만 능력 하나만큼은 끝내줬지."
"심지어 루시퍼 님은 상급 천족이었는데, 미카엘은 중급 천족이었잖아."

진도윤은 이들의 대화를 들으며 생각했다.

'저 시험 결과에 따라 날개 개수가 정해지는 거구나.'

루시퍼와 미카엘은 이곳에서 날개 다섯 쌍을 받은 후, 추후에 인정받아 대천사가 된 듯싶었다.

"흐음……."

사실 진도윤은 천사 타이틀에 크게 목매고 싶지는 않았다. 어차피 천사는 텔레포트 기계를 안전하게 타기 위한 수단일 뿐이니.

그런데, 저들의 말을 듣자니 괜스레 호승심이 일었다. 성적에 따라 보상을 차등 지급하는 지구의 던전과 다를 바 없지 않은가.

'그나저나 성공하면 내 등에 날개가 달리는 건가?'

진도윤은 괜히 어깻죽지를 움찔거려 봤다.

무언가 기분이 묘했다.

'날개 달기는 싫은데…….'

자신은 인간이지 천사가 아니다. 지금도 가이아가 준 인장 때문에 천족으로 인식되는 거지, 실체는 천족이 아니다. 세계수가 그걸 어떻게 받아들일지는 그도 궁금했다.

"흐음, 마스터."

상념에 빠진 진도윤 옆으로 제프리가 다가온 것은 그때였다.

"왜?"

"혹시, 천사가 못 되면 어떡하나."

"……잉?"

진도윤이 눈을 깜빡였다. 실패한다는 생각 자체를 하지 않았던 그였으니까.

"크큭, 제프리 쟤는 전투 능력이 아니라 그래. 겁나는 거지. 우쭈쭈, 무서워요? 우리 제프리?"

"시끄럽다."

유리아가 놀리자, 제프리가 자존심 상한다는 듯 눈살을 찌푸렸다. 그러고는 다시 진도윤을 바라봤다.

"유리아 말대로 천사가 전투 계열만 뽑는 거라면, 나는 좀 힘들 수도 있다."

"흠……. 키드엘처럼 회복 계열이 있는 거 보면, 또 다르지 않을까?"

"나는 회복 계열도 아니니······."

"하긴."

진도윤은 제프리의 걱정을 이해했다.

제프리는 트랩 탐지와 정보 분석에 초점을 맞추고 있다. 던전을 다니지 않는 천사와는 요구하는 소양 자체가 다를 수 있는 일.

"그래도 너무 걱정하지 마라. 일단 최선을 다해봐. 안 되면 그때 가서 방안을 찾아보면 되니까."

"알겠다, 마스터."

제프리가 굳은 표정으로 대답하자 유리아가 히죽였다.

"너무 쫄지 마, 제프리. 저기 옆에 하급 천족들도 긴장감 없이 참여하는 거 보면 죽진 않을 테니까."

"너나 잘해라, 유리아. 그러다가 나보다 날개라도 적게 나오려면 어쩌려고 그러나?"

"헹, 그런 일은 없을걸? 내기할래?"

자신만만한 유리아의 물음에 진도윤도 흥미를 들어냈다.

"내기?"

"안 돼, 마스터는 제외야."

"난 왜?"

진도윤이 어처구니없다는 듯 그녀를 바라봤다.

"마스터는 날개 다섯 쌍은 기본일 거 아냐."

"그게 무슨 소리냐. 들어보니까 아주 극소수만 되는 것 같더만."

"마스터는 극소수 수준이 아니라 인류 1등이잖아? 가서 인류의 자존심을 지켜줘야지. 천족 따위에게 뭉개질 수 없다고!"

허리에 양손을 짚은 채, 외치는 유리아.

진도윤은 새삼 제프리의 기분을 실감했다.

"……시끄럽고, 다 왔다. 이제 들어가자."

이제 서로 장난은 끝내야 할 때.

벌써 눈앞에 녹색의 포탈이 커다랗게 보였다. 눈앞에서는 천족들이 하나하나 몸을 던지는 중이었다.

"오케이, 이따 보자고."

"다녀오겠다."

"다들 파이팅해요!"

멤버들도 하나하나 포탈 속으로 빨려 들어갔고 이제 진도윤의 차례. 그는 괜히 침을 한번 꼴깍 삼켰다.

그러고는 피식 웃었다.

'이게 뭐라고.'

인류의 자존심을 지켜달라는 유리아의 말 때문일까? 갑자기 조금은 긴장감이 올라왔다.

저벅, 저벅.

그러나 그의 걸음걸이는 달랐다.

위풍당당하게 포탈 속으로 걸어가는 순간.

번쩍!

시야에 섬광이 터져 나왔다.

[삐빅!]
[이곳은 가드웨스트 구역, '증명의 장'입니다.]
[세계수가 그대의 성품을 판단합니다.]
[당신의 능력은 전투에 적합합니다.]
[전투 관련 테스트를 진행합니다.]

 배경은 사방이 잎과 뿌리로 덮여 있는 숲속 공터. 진도윤은 메시지를 읽으며 차분하게 시험을 기다렸다.

[천사는 강인한 힘으로 악에 맞서 싸워야 합니다.]
[세계수에게 당신의 힘을 증명하세요.]

 잠깐 기다리자, 메시지와 함께.
 덜컹!
 공터 한가운데에 표적이 등장했다.
 그리고 위에 등장하는 거대한 점수판.
 "뭐야, 펀치 기계 같은 거야?"
 진도윤은 실소를 터뜨렸다.
 천사니, 세계수의 증명이니 거창하게 포장하더니 무슨 힘을 이렇게 측정한단 말인가?
 우우웅!
 진도윤은 스트레칭하며, 감응력을 활성화했다. 물론, 제대로 임할 생각이었다.

"내가 낼 수 있는 것 중에 가장 강한 거로 공격하면 되는 거겠지?"

아마 천족들은 저걸 주먹으로 치거나 발로 차거나 할 거다. 그거에 따른 점수가 저 게시판에 올라가겠지.

하지만, 진도윤의 능력은 본인의 힘이 아닌 소환수다.

"데몰리션."

그리고 진도윤은 그 능력을 백분 활용할 생각이었다.

"뀨웅!"

"저기, 표적 보이지?"

"뀨웅!"

"저기다 뉴클리어 갈겨."

진도윤은 자신의 모든 감응력을 끌어올렸다.

원래였으면 대충했을 텐데.

'가서 인류의 자존심을 지켜줘야지!'

귓가에 울리는 유리아의 목소리 때문에 어쩔 수 없었다.

그그그그⋯⋯.

데몰리션의 입가로 힘이 모일수록 공터와 주변 나무들이 흔들리기 시작했다. 심지어 뿌리째 뽑히는 나무도 보였다.

가공할 만한 파괴의 힘에 데몰리션의 주변으로 강풍이 불어닥친 탓이다.

"좋아, 좋아⋯⋯. 조금만 더."

진도윤은 온 힘을 다해 감응력을 불어넣었다.

[전력을 다하는 주인의 열정에, 파괴룡 '데몰리션'(★★★★)이 감동합니다!]
[친밀도가 1 상승합니다.]

메시지가 흘러나왔지만, 진도윤은 집중할 여력이 없었다. 가슴속의 감응력이 얼마나 요동치는지, 그걸 다스리는 데만 해도 벅찼으니까.

이가 갈리고 통증 또한 느껴졌다.

'이런……. 아직도 숙련도가 덜 쌓였나.'

진도윤은 얼굴을 일그러뜨렸다. 파괴력은 끝내주지만, 서머너에게 큰 고통을 가져다주는 스킬.

아무래도 초월하지 않는 이상, 계속 이럴 듯싶었다.

"뀨우우웅!"

곧이어, 데몰리션이 급하게 신호를 보냈다. 더 이상 모으면 몸이 터져 나갈 것처럼, 녀석도 고통스러워하는 것이다.

"오케이, 참지 말고 발사해."

"뀨웅!"

"표적이고 뭐고, 다 터뜨려 버려!"

진도윤의 외침에, 데몰리션이 모았던 에너지를 한 번에 폭사시켰다.

[파괴룡 '데몰리션'(★★★★)이 뉴클리어 브레스를 사용합니다.]

눈앞의 모든 것을 지워 버린다는 파괴의 광선.

콰아아아아앙!

그동안 봤었던 브레스와는 급이 다른 소리가 고막을 쾅쾅 때리다가.

두쿵!

일순간, 정적이 흐른 것처럼 사라져 버린다. 청력 기관이 전부 손상될 정도의 데시벨이 터진 탓이다.

위이이잉!

마치 이명이 오듯 머엉-한 느낌과 함께, 진도윤은 눈을 질끈 감았다.

도저히 쳐다볼 수 없을 정도의 눈부심. 단언컨대, 여태 진도윤이 썼던 스킬 중 가장 강력한 느낌이었다.

"……"

잠깐의 시간이 흐르고- 어느 정도 빛이 가시자, 진도윤은 간신히 앞을 바라봤다. 그리고 이내 드러나는 처참한 광경에 그는 말을 잇지 못했다.

"허얼……"

데몰리션과 자신이 서 있던 땅을 제외하고는 전방의 모든 것이 사라져 있었으니까.

"쿨럭, 쿨럭. 어떻게 된 거지?"

진도윤이 손으로 먼지를 날리며 인상을 찌푸렸다.

데몰리션의 파괴력이 얼마나 거셌던지 표적은 둘째 치고,

점수판까지 사라져 버린 상태였다.

"흐음, 적당히 할 걸 그랬나?"

우선 몸 상태가 말이 아니었다. 텅텅 비어버린 감응력은 다시 천천히 채워지고 있다 해도 속은 뒤집힐 듯 아팠고, 바깥도 굉장히 뻐근했다.

"아니지, 아니지."

그러나 이내 진도윤은 고개를 절레절레 흔들었다. 이곳에 들어오기 전, 천족들이 했던 말이 떠오른 탓이다.

분명 미카엘이나 루시퍼는 이 시험을 통해 날개 다섯 쌍을 단번에 받아냈다고 들었다. 본인의 힘으로 직접 테스트하는 것도 아니고, 서머너의 능력을 활용하는 건데 유리아의 말마따나, 자신도 날개 다섯 쌍은 달고 나와줘야 하지 않겠는가? 그건 서머너 마스터로서의 자존심이었다.

"진도유운! 괜찮아?"

옆에 있던 엘라임이 물로 먼지를 치우며, 힐링을 시작했다. 얼마 남지 않은 감응력을 탈탈 턴 치료였다.

"땡큐."

진도윤은 감사함을 표한 채, 그 기운을 순순히 받아들였다. 조금은 나아지는 기분이었다.

[삐빅!]
[세계수에게 당신의 힘을 증명하셨습니다.]
[다음 테스트로 넘어갑니다.]

"오."

잠깐의 시간이 흐르자, 다시 숲속이 만들어지고 공터가 생겼다. 비현실적인 광경이 펼쳐지는 것으로 코아 포탈 내부는 실존하는 세계가 아님이 틀림없었다.

'세계수가 만들어낸 시스템 같은 건가?'

스슥! 스스슥!

무너졌던 바닥도, 돌도, 나무도 다시 자라나듯 채워진다.

그렇게 얼마 지나지 않아 완전히 복구되는 세상. 처음 왔었을 때 봤던 그 광경 그대로의 모습이었다.

심지어 표적 위에 떠 있던 점수판까지도.

'아깐 점수가 몇이었을까?'

진도윤은 온 힘을 다해 가격한 자신의 점수를 확인하지 못한 게 조금은 아쉬웠다.

펀치 기계든, 천사 테스트든. 치고 나서 점수가 몇인지 보고 싶은 것은 무언가 본능 같은 거니까.

'뭐, 나가면 알려주겠지?'

별수 없는 그는 다시 한번 자세를 잡았다.

우우웅!

동시에 조금 남아 있는 감응력도 활성화해 재정비했다.

'이미 대부분 써버린 것이 좀 걸리긴 하는데.'

어쩌겠는가? 원래 펀치 기계는 온 힘을 다해 때려야 제맛인 것을.

"자, 다음 테스트는 뭐냐."

진도윤이 말을 꺼내기 무섭게.

덜컹, 덜컹!

또다시 공터에 표적들이 올라왔다. 다만, 이번에는 표적이 한 개가 아니었다.

"오호라, 어디 보자. 하나, 두이, 세이, 네이······."

천천히 세어보자, 도합 20개의 표적이 보였다.

[천사는 민첩해야 합니다.]
[모든 표적을 최대한 빠른 속도로 전부 가격하세요.]
[표적 하나를 가격하면, 그 즉시 측정이 시작됩니다.]
[도전 기회:1번]
[오직 물리 공격만 허용됩니다.]

"이번 건 생각보다 간단하겠는데?"

저번 테스트가 힘의 총력을 수치화하는 거였다면 이번 테스트는 단순히 속도를 측정하는 거였다. 새로이 뜬 점수판을 보면 확실히 이해할 수 있었다.

[00:00:00]

누가 봐도 스톱워치처럼 생긴 점수판.

옆에 있던 엘라임도 흥미롭다는 듯 쳐다봤다.

"진도유운! 맨날 전투만 하다가 이런 방식으로 움직이는 것도 색다르고 재밌어!"

"······그러게, 그래도 천사 시험인데 무슨 오락실에 온 기분이라."

"헤헷, 뭐가 어쨌든, 잘만 하면 되지! 그래서 이번 전략은 뭐야? 간단하다며."

"응, 아주 간단해."

고개를 끄덕인 진도윤의 입꼬리가 올라갔다.

'이번 방식이면 적어도 세 수는 먹고 들어가는 거지.'

본래 이곳은 천족 혼자 테스트하는 장소다. 검을 들었다면, 직접 뛰어다니며 가격해야 할 테고 활을 들었다면, 직접 하나하나 쏴서 명중시켜야 하겠지. 둘 중 뭐가 되더라도 시간이 오래 걸릴 수밖에 없는 구조다.

'하지만 난 서머너라고.'

이번 시험은 서머너에게 굉장히 유리하다.

아무래도 하나보다는 둘이 둘보다는 셋이. 수가 많을수록 혼자보다는 무조건 빠를 수밖에 없을 테니까.

특수한 상황을 제외하고는 말이다.

"자, 자! 각자 내가 지정해 준 곳으로 위치해! 표적은 건들지 말고."

진도윤은 각 표적 앞에다 소환수들을 배치했다. 심지어 평소엔 꺼내지 않던 소울 콜렉터까지 꺼내서.

"스타트는 내가 끊을 테니까, 각자 네 개씩만 가격하는 거야.

알겠지?"

표적은 총 20개. 소환수는 5마리. 즉, 한 마리당 4개씩만 담당하면 된다. 소울 콜렉터는 좀 느릴 것 같았기에, 진도윤과 둘, 둘로 나누었다.

"진도유운……. 복잡하게 이렇게까지 해야 해? 그냥 내가 물방울로 동시에 터치하면 되잖아."

"아니지, 물리 공격만 허용된다니까 스킬로는 안 될 거야, 아마."

진도윤도 정확히는 몰랐지만, 느낌이 그랬다. 그게 아니라면, 광역 마법을 쓸 수 있는 천족들의 속도를 공정하게 측정할 수 없을 테니까.

"아앗! 그렇구나."

"자, 바로 준비하자!"

진도윤의 목소리와 함께 소환수들이 각자의 표적을 일제히 바라봤다.

[00:00:01]

[세계수에게 당신의 속도를 증명하셨습니다.]
[다음 테스트로 넘어갑니다.]

"크."

진도윤은 감탄했다. 1초의 기록이면, 거의 시작하자마자 20

개를 동시에 쳤다는 뜻. 소수점으로까지 계산하지 않는 이상, 이보다 빠른 기록은 나올 수 없었다.

이번 테스트는 같이 들어갔던 일행들도 손쉽게 좋은 기록을 얻었을 터. 진도윤은 만족스러운 미소를 지었다.

[마지막으로 천사는 통솔력이 뛰어나야 합니다.]
[지금부터 가상의 천사들과 악마들이 10:10 전투를 벌입니다.]
[최선의 전략으로 최소의 희생을 만들어보세요.]

다음 테스트는 조금은 생소한 방식이었다.

눈앞에 등장한 원형 '구' 속에서. 서로 능력이 비슷한 가상의 천사와 악마가 혈투를 벌이고 있었고- 그중 천사들이 자신의 명령을 따른다는 식의 설정이었다.

"이것도 완전 내 전문인데."

100년 이상을 소환수 컨트롤만 하고 살아온 서머너가 진도윤이다. 저들을 통제해 전투를 승리로 이끄는 것 정도는 그에겐 식은 죽 먹기.

"흐음, 먼저 이름부터 칭할까? 붉은 머리, 네가 앞으로 1번 탱커다."

잠깐의 훑음으로 아군의 특성을 대강 파악한 진도윤은 먼저 인원을 구분했다.

"……알겠소."

"거기 활 든 남자는 2번. 활 든 여자 천사는 3번."
"넵!"
"알겠습니다!"
환영들은 싸우면서도 진도윤의 목소리에 귀를 기울였다.
'재밌는 시스템이네, 이거.'
실제 서머너들이 훈련에 써먹어도 될 법한 시스템이었다. 현 지구인들의 기술력으로는 이렇게 생생하게 만들진 못하겠지만.
"자, 1번! 바로 앞으로 뛰쳐나가. 2번, 3번은 지원사격 해주고. 어이! 거기 5번은 피해야지?"
수없이 전투를 해왔던 진도윤의 눈에는 천사들의 비효율적인 움직임이 한눈에 보였다. 대충 그 부분만 짚어주는 거로도 천사들이 손쉽게 우세를 점했다.
"이거, 별다른 컨트롤 없어도 되겠는데?"
본능적인 판단하에 컨트롤하는 진도윤이었지만, 그는 몰랐다. 본인의 명이 다른 천사들이 보면 경악할 정도의 치명적인 컨트롤이었다는 걸.

[띠링!]
[천사들의 환영이 전투에서 승리합니다.]
[천사 사망:0]
[악마 사망:10]
[세계수에게 당신의 통솔력을 증명하셨습니다.]

결국 진도윤은 한 마리도 잡히지 않고 승리를 따내는 기염을 토해냈다.

['증명의 장'이 종료됩니다.]
[삐비빅!]
[결과를 산정하고 있습니다.]

"뭐야, 벌써 끝난 거야?"
"그런 거 같은데."
"히잉, 오래간만에 재밌었는데."
시무룩해진 엘라임을 보며 피식 웃은 진도윤이 상태창을 주시했다.
과연, 천계에서 평가하는 자신의 가치는 얼마일까?
그의 눈빛에 기대감이 서렸다.

"하암."
대신전의 천사, 리프릴이 하품을 내쉬었다.
그녀는 도전자들의 점수를 관리하고 기록하는 자. 포탈에 들어간 도전자들은 세계수의 시스템을 통해 힘, 민첩, 통솔력을 측정한다. 이는 태초에 천신께서 세계수의 힘을 빌려 만든 시스템으로, 이 과정을 거치지 않으면 천사가 될 수 없다.

"역시, 이번에도 별 볼 일 없나 보군."

그녀는 무료하다는 듯 보드판을 바라봤다. 세계수와 연동된 이 보드판은, 일정 점수 이상의 천사가 나올 시 기록되는 특수한 마법이 걸려 있다.

그 기준은 날개 네 쌍의 천사. 보드판이 반응하지 않는다는 것은 아직 이렇다 할 도전자가 나오지 않았다는 뜻이다.

"쯧, 매번 꽝이라니. 천계가 끝장날 날도 머지않은 듯싶구나."

확실히, 대천사들의 반란으로 천계가 한 번 뒤흔들린 이후 이렇다 할 재목들이 나오지 않고 있었다.

리프릴이 못 참고 한탄할 때였다.

우-우-웅!

보드판이 은빛으로 물들기 시작했다.

"으음?"

그녀가 호기심 어린 눈으로 빠르게 보드판을 훑었다. 그러고는 이내 눈이 휘둥그레졌다.

"날개 네 쌍급 천사가 연속으로 셋이나 나왔단 말인가!"

환희의 외침이었다. 이런 일은 처음이었으니까.

보통 나온다고 하더라도 어느 정도 텀을 두게 마련인데 이처럼 한꺼번에 나오다니?

"제프리, 유리아, 유아린……? 다들 생소한 이름들이긴 하군, 하하하! 뭐, 어떤가. 실력만 좋으면 됐지."

그들은 각각 랭킹 50~100위권 사이로 속속히 들어가 있었다.

그녀가 기뻐하는 이유는 단순했다. 전 구역 통틀어 보드판에 들어가 있는 이름이 총 148개뿐.

'아니, 방금 추가됐으니 151개로구나.'

그 정도의 재목이 나왔다는 거로만.

가드웨스트, 아니, 더 멀리 나아가 천계의 전력이 강화되는 사건이다. 진심으로 천계의 안위를 걱정하는 그녀로서는 기쁜 일이 아닐 수 없었다.

"좋은 후배들이 생기겠구나."

리프릴이 오래간만에 나온 좋은 소식에 기뻐할 찰나였다.

우웅! 우웅! 우우웅!

보드판이 기존보다 더 빠르게 진동했다. 동시에 눈부신 황금빛이 보드판을 뒤덮기 시작했다.

"무, 무슨?"

리프릴은 믿을 수 없다는 표정을 지었다. 은색이 아닌 황금색은 날개 다섯 쌍의 천사가 나올 때만 나타나는 색이기 때문이다.

"나, 날개 다섯이라고?"

역대 가드웨스트에서 오직 다섯밖에 나오지 않은 기록이었다.

"오, 오류가 아니고서야?"

그녀는 허둥지둥하며 보드판에 가까이 붙었다.

1. 미카엘 - 11,410점

2. 가브리엘 - 11,150점

3. 라파엘 - 10,510점

4. 우리엘 - 10,500점

5. 루시퍼 - 10,120점

6. 메타트론 - 9,600점

……

 어떤 방식인지는 모르겠지만 세계수가 판단하는 점수가 10,000점이 넘어야 날개 다섯을 달아준다. 그리고 여태 수십 년간 선두에 서 있던 저 기록은 바뀐 적이 없었다.

 그야말로 100년에 한 번 나올까 말까 한 일.

 "……그동안 꽝이었던 것이, 이런 선물을 주려고 그랬던 것인가!"

 리프릴은 감격한 표정으로 보드판을 주시했다. 4대 천사들이 배반한 바람에 안 그래도 리더가 부족했었는데 마침내 자신들을 이끌어줄 재목이 나타난 것이다.

 촤르륵! 촤르륵!

 움직이는 보드판을 바라보며 리프릴은 속으로 생각했다.

 '과연…… 이번 전설은 몇 등이실까?'

 보다시피, 10,000점을 넘는 자의 격차는 그렇게 심하지 않다. 심지어 라파엘과 우리엘의 경우에는 10점 차로 순위가 갈릴 정도.

 두근, 두근!

그녀는 쿵쿵 뛰는 심장을 진정시키며 바뀐 순위표를 응시했다. 그러고는 입을 떡- 벌릴 수밖에 없었다.

1. 진도윤 - 99,999점
2. 미카엘 - 11,410점
3. 가브리엘 - 11,150점
…….

"이게, 뭐야?"
오류라고 해도 의심하지 못할 말도 안 되는 수치가 눈앞에 보였으니까.

[삐빅!]
[결과가 산정됩니다!]
[점수 - 99,999.]
[축하합니다!]
[역대 최고 기록을 달성합니다!]

"와우."
눈이 휘둥그레진 진도윤이 감탄했다.
'역대 최고 기록이라고?'
높은 기록을 기대하긴 했었지만, 솔직히 저 정도일 줄은 몰랐기에.

그는 발끝부터 짜릿한 성취감이 올라오는 것을 느꼈다.

"후우."

동시에 안도감 역시 몰려왔다. 점수판이 날아가는 통에 솔직히 조금은 걱정됐던 것도 있었던 탓이다.

"다행히 다 적용됐나 보네."

진도윤의 얼굴에 미소가 천천히 번질 찰나 그의 시야에 추가 메시지가 나타났다.

[인류 최초로 다섯 쌍 날개의 천사가 되었습니다.]
[위대한 업적을 달성합니다.]
[업적 보상 도착!]
[감응력이 성장합니다.]
[추가 감응력 +2]

"캬, 감응력 좋고."

인류 최초의 천사라니.

진도윤이 입맛을 다셨다. 판데모니엄의 악마들과 대적하기 딱 좋은 직업 아니던가?

[가이아의 힘이 개입합니다.]
[서머너 전용 스킬, '천사화'가 생성됩니다.]

"천사화라……. 이걸 이런 식으로 한다고?"

그는 가이아가 준 인장을 통해 천족으로 인식되고 있을 뿐 실제는 인간이지 천족이 아니다. 그래서 어떻게 천사 시스템을 받아들일까 걱정이었는데 그 부분을 가이아가 해결해 준 듯싶었다.

진짜 천사가 되는 것이 아닌, 스킬로 사용할 수 있게끔 말이다.

"어디 한번 사용해 볼까?"

진도윤은 본능적으로 스킬을 활성화시켰다.

[스킬, '천사화'를 사용합니다.]
[현재 당신의 날개는 5쌍입니다.]
[Tip/천계 구역 중 하나를 통치할 시, 6쌍으로 진화할 수 있습니다.]

파아앗!

그의 등 뒤로 새하얀 날개 10개가 생성되었다. 실제로 돋아난 게 아닌, 환영 같은 느낌의 날개였다.

'몸이 가벼워졌어……'

감각 또한 연결되는 게 느껴졌다. 처음이라 어색하긴 했지만, 힘을 주자 손가락 움직이듯 날개가 움찔거린다.

[삐빅!]
[모든 A급 저주로부터 면역 효과를 얻습니다.]

[신체 능력이 대폭 상승합니다.]
[재생 능력이 대폭 상승합니다.]
[비행이 가능해집니다.]

"오오……?"

진도윤은 연이어 감탄했다.

메시지와 함께, 온 감각이 일깨워지는 듯한 느낌이 들었고- 주변 소리부터, 시각까지 평소와 달라졌다.

더 잘 들리고 더 잘 보이는 느낌.

'게다가 재생 능력까지 상승했다고 했지?'

진도윤은 옆에서 멀뚱히 서 있는 둠에게 다가갔다. 동시에 녀석의 검에다 팔을 슬쩍 가져다 대려 했다.

"……?!"

깜짝 놀라 검을 빼는 둠이었지만 진도윤이 감응력으로 통제하니 별수 없었다.

"걱정하지 마. 다친 건 엘한테 치료받으면 되니까."

스윽!

아릿한 통증과 함께, 긴 상처와 핏방울이 맺혔다.

그러나 얼마 지나지 않아.

스르릇!

핏방울이 사라지고 상처가 봉합된다. 거의 '트롤'(A급)이라 해도 의심하지 못할 정도의 재생력이었다.

심지어 통증도 그렇게 강하지 않았다. 그냥 볼펜으로 꾹 눌러 그은 느낌?

"이거 대단하잖아?"

이렇게 되면 전투가 더욱 쉬워진다. 볼드윈이 만든 갑빠도 튼튼한데, 재생력까지 갖추고 엘라임이 보호해 주기까지 하니.

세상에 이렇게 듬직한 보호를 받는 서머너가 또 존재할까?

'비록 천사가 된 거로 소환수가 더 강해지지는 않겠지만.'

서머너의 능력이 늘어나는 것만으로도 전투에는 큰 도움이 된다.

"와, 진도유운! 이제 천사님이라 불러야 하는 거야? 미카엘이랑 동족?"

엘라임이 신기한 듯 새하얀 날개를 만지작거렸다.

"이제는 막 하늘도 날아다니겠네?"

"응, 나중에 비행도 연습해 봐야지."

후웅!

진도윤이 감각을 컨트롤해 날개를 한번 펄럭여봤다. 가벼운 몸이 살짝 몸에 떴다가, 이내 비틀거리며 떨어진다.

아직은 중심 잡기가 힘든 탓이다.

"아직은 좀 어렵네."

"헤헤, 비행은 나중에 내가 알려줄게."

"응? 넌 날개 없잖아."

엘라임이 허공에 둥둥 떠다니긴 하지만, 날개는 없다.

"날개가 없어도 하늘을 나는 것은 다 똑같지! 어허, 지금 감히 비행 선배를 무시하는 거야?"

"……무시하는 건 아니고."

진도윤이 떨떠름하게 웃으며 답했다. 주인을 닮아서 그런지, 꼰대 냄새가 살짝 흘러나왔기 때문이었다.

"그나저나 세상 참, 오래 살고 볼 일이네. 하늘을 날아다니는 진도유운이라니!"

"쩝, 그러게나 말이다."

그도 몰랐다. 날개를 다는 날이 올 줄은.

나중에 데몰리션과 함께 허공을 활보하며 싸우는 모습을 상상한 진도윤은 이내 만족스러운 듯 미소를 지었다.

날개가 움찔거렸다.

'99,999점이라니……. 이건 오류지!'

라고 생각했던 리프릴은 이내 생각을 고쳐먹을 수밖에 없었다.

포탈을 여유롭게 걸어 나오는 진도윤. 그의 등 뒤에 있는 날개의 개수가 분명 5쌍이었으니까.

"아아……."

리프릴은 그 휘황찬란한 모습에 감동한 눈빛을 했다. 날개는 천신의 선물이며, 세계수의 인정과도 같다.

즉, 점수가 몇이든, 오류이든. 이미 저 날개를 달았다는 것만으로 천신께서 보증하는 것과 마찬가지란 것.

"……."

그녀는 밖으로 나와 보드판을 살피는 진도윤을 멍하니 쳐다봤다. 역대 모든 천사들의 기록을 갈아치운 그의 모습을 영접했다.

"캬, 2등이 미카엘이었어? 엥, 근데 고작 11,410점이네?"

고작 11,410점이라니. 세상 모든 천족들이 수백 년 동안 깨지지 않던 저 기록을 얼마나 찬양했는지, 저분은 알고나 말하는 걸까?

하지만 그는 그럴 자격이 있었다. 무려 그 점수의 9배 정도를 취득한 자니까.

"흠, 99,999점이 딱 한계치였나 보네."

중얼거리던 진도윤이 보드판에서 시선을 돌린 채, 리프릴이 있는 방향을 바라봤다. 화들짝 놀란 그녀의 옆에는 앞서 기다리고 있던 동료들도 있었다.

붉은빛 크림슨 갑옷을 입은 채, 네 쌍의 날개를 달고 있는 멤버들. 유리아 역시 저번에 선물해 준 볼드윈의 갑옷을 입은 상태였다.

"어, 왔어?"

먼저 유리아가 한 손을 번쩍 들어 올리며 반겼다. 그 후, 당연하다는 듯 말을 이었다.

"역시 마스터는 마스터야. 죽는소리하더니 그냥 찢어발기고 왔구나?"

그녀의 말에 제프리도 고개를 끄덕였다.

"재수 없긴 하지만, 예상은 했다. 그래도 너무하긴 하는군."

동시에 황당하다는 듯 어깨를 으쓱하는 제프리.

"10,000점 넘기기도 힘들던데 99,999점이라니. 양심이 없어."

"인마……. 양심이 없다니."

"왜, 맞지 않는가. 길가는 천족을 붙들고 물어봐라. 저게 양심이 있는 점수인지."

"크흠."

말은 그렇게 해도, 다들 예상했다는 반응들이다.

"……"

그들의 대화를 듣던 유아린만 입을 살짝 벌린 상태였다.

'저게 어떻게 당연한 거지?'

그녀는 아직도 이해할 수 없었다. 온 힘을 다해 공격해서 받은 점수가 8,100점이다. 그리고 그 점수면, 이곳에서 엄청나게 잘 나온 거란다. 옆에 있던 제프리와 유리아도 대충 그 정도 점수대였으니까.

'근데 99,999점……?'

무언가 굉장히 현실성 없는 점수이지 않은가. 서머너 마스터가 자신보다 센 건 당연하지만, 저 점수는 말이 안 됐다. 도대체 어떻게 한 건지 궁금할 정도로.

그런 그녀의 표정을 봤을까, 유리아가 웃으며 다가왔다.

"그냥 그러려니 해."

"네?"

"맨날 말도 안 되는 일을 벌이는 사람. 그게 마스터니까."

아직, 서머너 마스터와 함께한 경험이 적었기에 받아들이는 데 시간이 조금 걸리는 유아린이었다.

소식을 전해 들은 미르제의 천족들은 한바탕 난리가 났다.

역대 대천사의 기록을 전부 갈아치운 압도적인 점수! 게다가 그 주인공이 하급 천족이라니?

"캬, 살아 있는 전설의 현신을 눈앞에서 볼 줄이야!"

"날개 다섯 쌍은 100년 만이지?"

"응, 루시퍼님께서 딱 100년 전에 달았었으니까."

"역시! 미카엘도 그렇고. 가드웨스트 출신들이 시험 하나는 기막히게 잘 본다니까?"

"오늘은 미르제의 축제다! 축제!"

과일주를 마시며 대신전 앞에 우글우글 모여 열광하는 천사들과 천족들. 본래도 천사 시험은 이들에게 매력적인 소재긴 했다.

하지만, 이번은 단순히 매력적이어서만 모인 것이 아니었다. 최근 4대 천사가 봉인 당했고, 남은 여섯 쌍의 대천사라고는 루시퍼뿐이었다.

그런 상황에서 새로운 대천사 감이 등장했으니 통치자가 없던 그들 처지에서 어찌 열광하지 않을 수 있겠는가?

"진도윤 님이라 했지?"

"응, 이름이 좀 생소하긴 한데. 그렇다 들었어."

"미르제 대신전 출신이면, 앞으로 가드웨스트를 통치하시려나?"

"가드노스 빼고는 다 통치자가 부재인 상태라 모르겠지만, 그럴 확률이 높겠지."

"흐, 제발…… 우리 쪽 몬스터들 좀 한번 싹 정리해 주셨으면 좋겠다. 그래야 오지 마을들에서 과일들도 넉넉히 들어올 텐데."

대천사가 있고 없고의 차이는 굉장히 크다. 천계 곳곳에 존재하는 몬스터들의 힘이 굉장하기 때문인데. 대천사 정도는 되어야 그곳을 정리할 수 있기 때문이다.

"……"

왁자지껄 떠드는 천족들을 진도윤과 일행들은 대신전 꼭대기에서 지켜보고 있었다. 천사, 리프릴이 잠깐 이곳에서 기다려 달라 한 탓이었다.

그녀는 진도윤의 날개를 확인한 이후, 무척이나 깍듯하게 일행들을 대했다. 마치 신이라도 영접한 듯 굽신거리는 게 어떨 땐 살짝 부담스러울 정도?

시간이 흐르자.

"진도윤 님이시여."

리프릴이 다시 한번 허리를 숙이며 다가왔다.

"여긴, 왜 부른 거야?"

"당신께서 달성하신 최고기록이 전 구역에 갱신됐습니다. 그에 따라 루시퍼께서 당신을 보고 싶어 하십니다."

"……루시퍼?"

리프릴의 말에 진도윤의 눈이 번뜩였다. 다른 멤버들도 바짝 긴장한 채, 청각을 집중했다.

루시퍼. 이번 임무의 목적이자, 최종 단계였다. 그를 만나야, 이곳 던전에서 나갈 수 있을 테니까.

'원래 바로 만나러 가려 하긴 했는데…….'

그가 먼저 찾는다고 해올 줄은 몰랐다. 사실 가드노스로 이동한다 해도, 루시퍼를 곧바로 만날 수 있다는 확신은 없었다. 천신을 제외하면, 현존하는 천계의 존재 중 가장 높은 지위에 있는 자였으니까.

그런데 이렇게 먼저 만나겠다 해주니, 내심 다행이었다.

"역시, 시험 보는 게 정답이었군."

제프리가 이제 때가 됐다는 표정으로 입을 열었다. 본능적으로 천계 임무의 끝이 다가옴을 직감한 탓이다.

진도윤은 리프릴을 쳐다봤다.

"어떻게 만나면 되는 거지?"

"정말 바로 만나실 겁니까?"

"어차피 루시퍼가 만나겠다는데 나한테 선택권이란 게 있어?"

그의 물음에 리프릴이 당연하다는 듯 고개를 끄덕였다.

"물론입니다. 현재 지위는 없으시지만, 당신께서는 방금 시험으로 천계의 희망과 같은 존재가 되셨습니다. 루시퍼께서도 함부로 할 수 없겠지요."

진도윤은 앞으로 가드웨스트를 통치하게 될 수도 있는 자. 리프릴은 최대한 예쁘게 보이기 위해 노력했다.

"그럼, 여기, 일행들이랑 함께 만나도 상관없겠네?"

"그것 역시 당신께서 원하시는 대로 가능합니다."

"좋아, 그럼 바로 만나자고."

지금껏 궁금했다.

미카엘을 비롯한 4대 천사가 나쁜 놈인지 루시퍼가 나쁜 놈인지.

'이제 누구 말이 맞는지 확인해 보면 될 일이지.'

진도윤은 리프릴의 안내에 따라 텔레포트 기계로 이동했다.

일행들도 함께 가겠다 지시해 놓은 상태였다.

우웅!

세 개의 원형 고리가 서로를 포갠 채, 빙글빙글 돌고 있는 웅장한 건축물. 리프릴 말에 따르면 루시퍼는 가드노스 쪽 텔레포트 기계 앞에서 자신을 기다리고 있다 했다.

꿀꺽!

괜스레 심장이 두근거렸다.

"리프릴, 자꾸 질문해서 미안한데."

"미, 미안해하실 필요 없습니다! 언제든 질문해 주십시오. 진도윤이시여!"

"가드노스로 가기 전에 다른 구역 한 번씩만 찍고 가도 되냐?"

구역 하나당 감응력 하나. 임무 완수 전에, 업적 보상은 챙기고 싶은 진도윤이였다.

[천계 동쪽 구역 - '가드이스트'를 발견하셨습니다.]
[추가 감응력 +1]

'동쪽 한번 찍어주고.'

[천계 남쪽 구역 - '가드사우스'를 발견하셨습니다.]

'남쪽도 한번 찍어주니.'

어느새 쌓인 감응력만 229다. 누군가는 지금보단 나중에 몰아서 받는 게 더 낫지 않냐 물을 수 있다. 이런 업적 보상들은 감응력의 크기와 관계없이 무.조.건. 1씩 올려주니까. 감응력이 더 높아져서, 더 이상 오르지 않을 때 받아야 효율적이지 않겠냐는 말이다.

'응, 그게 지금이야.'

진도윤은 이제 훈련으로 감응력을 올릴 수 있는 경지가 아니었다. 소울 콜렉터를 통해 수많은 서머너의 영혼을 빨아들여도 간신히 1이 오를까 말까.

연공법이나 여타 훈련으로는 이제 미동조차 하지 않을 정도의 수준이었다.

'문제는 일행들이지.'

일행들의 감응력은 아직 200언더다. 훈련으로 올릴 수 있는 여지가 남아 있다는 것이다.

하지만, 여기서 또 문제가 발생한다.

만약 나중에 천계에 다시 올 수 있다는 보장이 있다면? 누군가의 말처럼 나중에 받는 게 맞을 수도 있다.

하지만 그 누구도 보장해 줄 수 없는 게 현실일뿐더러 언제 어디서 사고를 당해 죽을 수 있는 게 서머너다.

"알지? 감응력은 어떤 방법이든, 올릴 수 있을 때 최대한 올려두는 게 좋아."

"응응, 아무렴. 그건 기본이지. 진짜 굿 아이디어였어."

가드사우스 구역의 텔레포트 기계 앞. 유리아가 활짝 웃으며 엄지를 치켜세웠다.

그녀 외에도 일행들의 얼굴에 미소가 활짝 폈다. 그렇게 안 오르던 감응력을 3씩이나 올릴 수 있으니 즐거울 수밖에.

"자, 이제 라스트, 루시퍼 만나러 가야지."

가드사우스 쪽 천사의 안내를 받아, 그렇게 마지막 발걸음을 옮겼고.

[천계 북쪽 구역 - '가드노스'를 발견하셨습니다.]
[감응력이 한 단계 성장합니다.]

서늘한 한파와 함께, 감응력 하나를 더 얻어낼 수 있었다.

[감응력이 230에 도달합니다.]
[신체에 변화가 일어납니다.]
[서머너 전용 스킬이 개방됩니다.]
[상태창을 확인해 주세요.]

그렇게 달성한 230의 감응력.
"……역시, 또 스킬이 생기는구만."
이번엔 또 어떤 스킬이 생겼을까.
진도윤이 설레는 마음으로 상태창을 오픈할 찰나였다.
"왔군."
서릿발처럼 차가운 목소리가 그와 일행들의 고막을 때렸다.
"……."
진도윤과 일행들의 고개가 돌아갔다. 여섯 쌍의 날개를 가진 대천사가 그들의 눈앞에 오연하게 서 있었다.
천계의 정점. 가드노스의 지배자라 불리는 루시퍼였다.
"이번 테스트에서 신기록을 세운 천족이라지?"
호기심 섞인 녀석의 말에 일행들이 저도 모르게 몇 걸음 물러섰다.
진도윤 역시 눈살을 찌푸렸다. 엄청난 위압감은 둘째 치고, 보는 순간 답이 나왔기 때문이다.
'악마의 냄새.'

판데모니엄의 10악마, 마르바스에게 느꼈던 그 진득한 기운이 녀석에게서 뿜어져 나오고 있었다.

'그 동굴에 있던 천사 말이 맞았네.'

90% 이상 그럴 거라 추측하긴 했다. 그러나, 막상 확인하니 씁쓸한 건 어쩔 수 없었다. 진짜 천계가 마계로부터 공격당한 상태였다니.

'게다가.'

아무리 날고 기는 진도윤이라 해도 이번만큼은 긴장의 끈을 놓지 않을 수 없었다.

'강해. 최소 10악마 본신 정도일까? 아니, 그 이상일 수도 있겠는데.'

사실 대천사? 기껏 해봐야 엘라임이나 이프리트의 본체 정도일 줄 알았었다. 정령계에서 봤던 정령왕의 위용도 엄청났었으니, 그로서는 나름 합리적인 평가였다.

하지만, 그때와 차원이 다른 압박감이었다. 엘라임을 찾으러 갔었을 때가 애들 장난 같을 정도.

진도윤은 정신을 바짝 차렸다.

'거의 혼자 4대 천사를 상대할 정도라더니, 진짜 미친놈이었네.'

자존심 강한 진도윤도 한 수 접어둔 채, 일단 인사를 던지려 할 찰나.

"근데, 너희들……."

루시퍼의 목이 기이하게 틀어졌다.

녀석의 눈이 향한 곳은 자신과 일행들의 어깨 방향. 동시에 엄청난 살기가 공간을 잠식했다.

"천족이 아니구나?"

[가이아의 특별 임무 클리어!]
[타락한 대천사, 루시퍼를 조우했습니다.]

루시퍼와는 대화를 나눌 시간조차 없었다. 녀석을 본 순간, 이미 임무는 끝났기에.
오히려 그게 다행이라 생각하는 진도윤이였다.

[천족의 인장이 사라집니다.]
[보상을 획득합니다.]
[보상 - 랜덤 아이템 박스(S급)]

새로운 메시지와 함께 푸른 막이 일행들을 덮었고.
파즈즉!
번쩍이는 시야와 함께 눈앞에 등장한 것은.

['선택의 장'에 도달합니다.]
[관리자 '존'이 여러분을 맞이합니다.]

관리자, 존이었다.

"휴우, 죽다 살았네. 뭐 저딴 미친놈이?"

"저 정도면 대천사가 아니라 대악마 수준 아닌가 싶군……."

"와…… 그래도 딱 거기서 임무가 끝나네요. 아쉽다기보단 다행이에요."

"다행이지. 말해 뭐 해. 쟤 손 뻗으려 하는 거 못 봤어? 좀만 늦었으면 우리 전부 목 따였을걸? 마스터, 그치?"

일행들의 반응은 비슷했다. 그 숨 막히는 공간에서 빠져나온 게 다행이라는 어투.

"어."

진도윤 역시 공감했다. 진짜로 이번엔 무언가 해답이란 게 없어 보였으니까.

짝짝짝!

그런 그들을 보며 존이 손뼉을 쳤다.

"역시 살아 돌아오셨군요. 어떠셨습니까?"

"어떻긴 뭘 어때. 평범하게 쉽다가 마지막에 갑자기 헬 난이도로 튀던데."

진도윤이 아직도 벌렁거리는 심장을 진정시키며 말했다.

"그래서 임무가 거기까지였던 거겠지요."

"아, 잡지 말고 만나기만 하라?"

"넵."

"근데, 왜 굳이 루시퍼를 만나게 한 거냐? 잡을 것도 아닌데?"

"저한테 질문하시는 겁니까?"

존이 묻자, 진도윤이 어깨를 으쓱했다.

"응, 물을 사람이 너밖에 없잖아?"

"저번에도 말했다시피, 저는 인도자일 뿐. 아는 게 없습니다. 다만, 가이아께서 곧 그쪽을 만날 수 있다 하시니……."

"그때 가서 물어보라 이 말이지?"

"그렇죠."

하긴, 이제 곧 '감응' 스킬이 다시 활성화된다.

이번엔 유리아의 버프도 받을 수 있고- 최대한 올릴 수 있을 만큼 감응력을 올려둬서 가이아와 오래 대화를 나눠볼 생각이었다.

뭔가 임무를 하더라도, 전반적인 사항들은 알고 하는 게 맞지 않겠는가?

"후, 어쨌든. 다시 지구로 돌아오니 마음은 편하네."

그렇게 긴 시간은 아니었지만, 역시 집이 최고란 말이 있는 것처럼 빨리 집에 가고 싶은 진도윤이였다.

최근 들어 과일만 먹었기에, 라면이 땅기기도 했고.

"이번에도 바로 서울로 보내줄 수 있지?"

진도윤이 존을 쳐다보며 물었다.

"물론이지요. 근데, 이제는 굳이 제가 보내지 않아도 되지 않습니까?"

"응? 그건 또 무슨 소리냐?"

존의 말에 진도윤이 고개를 갸웃했다.

"모르셨습니까? 2분 전, 그대에게도 관리자 권한이 부여되었는데……."
"잉?"
진도윤의 눈이 휘둥그레졌다.

2장

널따란 방 내부.

커다란 의자에 거한이 침묵을 지키며 앉아 있었다.

얼마의 시간이 흘렀을까.

덜컹!

문이 열리며 두 남녀가 들어섰다.

"문 오빠. 무슨 일로 소집이야?"

"하하, 형님! 오랜만입니다?"

프리덤의 2간부와 3간부. 일본인 요미와 한국인 서동희였다. 그리고 이들이 '문'이라 칭하는 거한이 바로 프리덤 간부 서열 1위, 더 문(The Moon)이었다.

"노야께서 대계를 앞당기라 하셨다."

무미건조하면서도 무게 있는 목소리가 흘러나왔다. 누군가 들으면 아, 역시 이 정도는 되어야 서열 1위구나! 할 정도로 멋

들어진 목소리였다.

"노야께서? 갑자기?"

간부 요미가 고개를 갸웃했다. 원체 조급하게 움직이지 않던 분이셨으니까.

"천계에서 연락이 닿았다는군. 가이아가 수를 쓰고 있는 것 같다고 하셨어."

"가이아? 걔 지금은 힘 없다며. 기미긴이 그러던데."

요미가 자신의 10악마 기미긴을 언급했다.

"그러니까 수를 쓴다고 하는 거겠지. 천계에도 마계에도 가이아의 흔적들이 발견되기 시작했다고 한다."

"……흐응?"

요미가 혀로 입술을 축였다.

그녀는 기미긴에게 들어 알고 있었다. 노야와 대악마가 가장 경계하는 것이 바로 가이아라는 것도. 힘을 잃기 전에는 그녀가 삼계(三界)를 통틀어 가장 강했다고 했었으니까.

"둘 다 악마 소환 준비는 잘돼가고 있겠지?"

"물론이지."

"저번에 실패한 마르바스까지 해서 총 일곱이야. 이번엔 절대 실패하면 안 될 것이다."

10악마를 현세에 소환하는 것. 그중 과반수만 성공해도 대계는 성공한다.

"걱정하지 마, 오빠. 저번 네비아레 정도 감응력을 쌓은 마을만 벌써 셋이니까. 내가 관리하는 거로만."

요미는 걱정하지 말라는 듯 웃었다.

악마를 소환하기 위해서는 감응력이 필요하다. 네비아레에서 5년간 서머너를 유인해 죽였던 것도 그런 이유에서였다.

"서동희는?"

그는 시선을 요미에서 서동희에게로 돌렸다.

"저는 뭐, 마을보다는 더 신박한 거로 여러 개 운영 중입니다. 호호."

"신박한 거?"

더 문이 호기심 어린 눈빛으로 쳐다봤다.

"왜, 저번에 뒈진 잭 폴탄 기억하십니까? 로즈 케미칼 운영하던 애."

"로즈 케미칼? 기억하지."

모를 수가 있겠는가? 아무리 막내라 해도, 나름 프리덤의 간부였는데. 게다가 로즈 케미칼의 키메라는 그도 감탄했던 기억이 있었다. 강한 걸 떠나서, 신선한 방식이었으니까.

"걔 부하 중에 김춘식이란 놈을 조사해 봤는데, 키메라를 일반인과 섞어서 감응력을 뽑아냈더라고요?"

"……설마."

"크크, 넵, 저라고 못할 건 없죠. 민간인을 상대로 한 실험실 여러 개를 운영 중입니다. 그뿐일까요?"

"또 다른 것도 있나?"

"호호, 키잡도 몇 개 운영 중입니다."

"키잡이 뭔데?"

더 문과 요미가 고개를 갸웃했다. 생소한 단어였기 때문이다.

"키워서 잡아먹기요."

"……키워서 잡아먹기?"

"못사는 나라에 보육원을 운영해서 서머너로 키우는 겁니다. 흐흐. 한 3년 정도 집중적으로 키워주면 어느 정도 감응력이 올라오거든요? 그다음에 펼쳐놓은 소환진으로 유인해서 쓱! 아시죠?"

"아."

요미는 곧바로 이해했다. 일반 서머너를 끌어모으기 귀찮으니, 편법을 쓰겠다는 건데. 악당인 그녀로서도 눈살이 찌푸려질 만큼, 잔인한 방법들이었다.

"미친놈."

더 문 역시 고개를 절레절레 흔들었다. 어차피 강자존의 철학을 따르며, 무엇을 하든 자유인 게 매력적인 집단이라지만 3 간부, 서동희의 저 광기는 자신도 조금 부담이긴 했다.

어찌 보면 진짜 악마에 어울리는 놈?

"어쨌든, 준비됐으면…… 빠르게 진행하자."

더 문이 대화를 마무리하려 하자, 요미가 물었다.

"그럼 간부도 뽑아야겠네?"

"그렇지. 노야께서 승인하셨다. 다음까지 각자 2~3명씩 추천해 오도록."

"이야, 또 후배들 생기는 겁니까? 흐흐."

기대감에 실실 웃는 서동희를 끝으로, 정체 모를 공간에서의 회의가 끝났다.

"관리자 권한?"

진도윤이 존이 했던 말을 곱씹었다.

그가 여태 본 관리자는 둘. 정령계 깊은 곳에 있던 루이스, 그리고 지금 눈앞에 있는 존이다.

'이 둘의 공통점이라면…….'

당장 생각나는 거라고는, 차원의 틈을 통해 다른 세상으로 보낼 수 있다는 것 정도가 있다. 그런데 왜 갑자기 자신에게 관리자의 권한이 부여됐다는 걸까?

"아."

문득, 진도윤의 머릿속에 떠오르는 것이 있었다.

'서머너 전용 스킬?'

감응력 230을 달성하고 생겼던 스킬. 루시퍼가 갑자기 미친 존재감을 뿜어내는 바람에 미처 확인을 못 했었지.

진도윤은 재빨리 상태창을 열어 정보를 확인했다.

[서머너:진도윤]
[보유 스킬:4/4]
- 연공법
- 감응

- 천사화
- 차원 관리

역시나 가장 밑에 생소한 스킬 하나가 생겨 있었다.

"차원 관리?"

"그렇습니다."

존이 씩 웃으며 고개를 끄덕였다. 이야기가 길어질 것을 예상한 일행들은 벽에 기댄 채, 진도윤을 지켜보는 중.

"이제부터 그대는 별다른 던전이나 임무 또는 제 통제 없이도 이곳, 차원의 틈을 마음껏 이용하실 수 있습니다."

"차원의 틈을 이용한다고?"

"네, 천계 4구역, 마계 5구역, 그리고 정령계 4구역을 자유롭게 오갈 수 있다는 뜻이기도 하죠. 아, 물론 지구도요."

"오호라."

본래 이곳에 들르기 위해서는 여러 가지 제약이 따른다.

S급 아이템인 황금 양피지가 있어야 하고 한 달이라는 쿨타임도 있다.

물론, 다른 방법도 있긴 하다. 정령왕 본체의 힘을 이용해 '정령계 깊은 곳'으로 가도 차원의 틈에 갈 수 있을 테니.

하지만, 그런 건 아무런 의미가 없다. 결국, 차원 이동을 해주는 주체가 관리자이기 때문이다. 그들은 어떠한 임무가 있을 때만, 한정적인 곳으로 차원 이동을 시켜준다.

'하지만, 내가 관리자가 된다면?'

엄청난 메리트가 생긴다. 별다른 임무 없이도 이곳저곳을 다니며 사냥할 수 있을뿐더러 지구 어디든 원하는 곳으로 이동할 수 있다는 장점도 있다.

"이거 괜찮은데?"

진도윤의 빛나는 눈동자를 느꼈을까. 존이 아이처럼 해맑게 웃었다.

"나쁘지 않죠? 흐흣, 덕분에 이제 저도 편하게 쉴 수 있겠네요. 어차피 이곳에 오시는 분이 그대밖에 없으니."

"바깥에서 이쪽으로 오려면, 그냥 스킬을 사용하면 되는 거야?"

"아마 그럴 겁니다."

"크, 죽이네."

문득, 진도윤의 머릿속에 하나의 아이템이 스쳐 갔다.

[아이템:황금색 비서]
[등급:A]
[단일 대상을 순간이동 시켜주는 소모품 아이템.]
[옵션:3/3]
 - 설정:비서를 활성화하는 순간, 그 위치가 목적지가 된다.
 - 사용:비서를 찢을 경우, 그 대상은 목적지로 이동한다.
 - 단발성:이 아이템은 1회만 사용할 수 있다.

와이번을 잡아 얻었던 황금색 비서다.

나름 유용할 거라고 예상했던 비서. 하지만 차원 관리 스킬을 사용해 이곳으로 바로 넘어올 수 있게 된다면? 게다가 다시 틈을 통해 지구 어디든 넘어갈 수 있다면?

'완벽한 상위호환이잖아?'

그뿐만이 아니다. 던전 내부에서도 사용할 수 있다면 무한 밀랍 날개를 소유한 것과 마찬가지가 될 수도 있을 터.

물론, 이건 아직 실험해 보지 못했기에 확답할 수 없지만, 확실히 가능성 있는 일이었다.

우우웅!

진도윤은 내친김에 바로 사용해 보기로 했다.

감응력을 통해, 차원 관리 스킬을 활성화하자.

[차원 관리를 사용합니다.]

"……!"

오묘한 감각이 전신을 둘러싸기 시작했다. 동시에, 시야에 총 4개의 탭이 생성된다.

천계, 마계, 정령계, 인간계. 총 4개의 차원이었다. 진도윤은 입술을 축이며, 천천히 하나하나 눌러봤다.

'우선 천계부터.'

천계는 총 4구역이었다. 가드노스, 가드웨스트, 가드사우스, 가드이스트.

'가드노스는 절대 못 가.'

결국, 나중에는 루시퍼도 상대해야 하겠지만 지금은 절대 무리였다.

'끔찍했지.'

장담컨대 미궁 끝자락에서 봤던 데몰리션, 그 이상의 압박감이었다. 그때는 상대해 볼 생각이라도 했었지, 이번에는 그냥 초월자 앞에 서 있다는 무력감만 들었으니까.

"……."

진도윤은 옆에 있는 데몰리션을 힐끔 쳐다봤다.

이번 루시퍼를 만나며 확신이 들었다. 최후의 미궁에서 봤던 데몰리션은 녀석의 본체가 아니다.

가이아마저 두려워하던 파괴의 힘이 고작 루시퍼보다 약할 리 없지 않겠는가?

물론, 이 역시 추측일 뿐 우선 빠르게 6성화를 시켜봐야 답이 보일 것 같았다.

'다음은 마계.'

마계는 총 5구역이었다. 판데모니엄, 니플헤임, 볼란티스, 타르라크, 레이튼. 이곳에서는 딱 타르라크만 가본 상태.

"스릅."

나머지 부분으로 가도 감응력을 얻을 수 있을 터였다.

진도윤이 입맛을 다시자, 존이 재빨리 말했다.

"알아서 잘하시겠지만, 지금은 절대 판데모니엄에 가시면 안 됩니다."

"왜, 너무 세서?"

"잘 아시네요. 장담하건대 가드노스의 루시퍼가 어린애 장난처럼 느껴지실 겁니다."

"그건 좀 무섭네."

어차피 지금 당장 갈 생각은 없었다. 어떤 던전을 가던 만반의 대비를 하고 가는 그의 성격상, 지금은 어디에도 갈 수 없다.

'다음은 정령계.'

불의 구역, 물의 구역, 땅의 구역, 바람의 구역.

진도윤이 가장 궁금한 것은 이 부분이었다. 불의 구역과 물의 구역은 엘라임을 구하며 감응력을 하나씩 얻었다 쳐도.

'땅과 바람……?'

그는 과거 잭 폴탄과의 싸움을 떠올렸다. 엘라임이 땅의 정령왕과 싸웠었고, 이프리트가 바람의 정령왕과 싸웠었지.

"……."

진도윤이 정령계 탭을 빤히 바라보며 상념에 빠지자, 존이 부연 설명을 시작했다.

"땅과 바람의 구역은 현재 마계에 오염당한 상태입니다. 이곳 역시 가실 때 어느 정도 주의는 해야 할 겁니다."

"판데모니엄처럼 필사적으로 막지는 않네?"

"……뭐, 마계나 천계나 정령계나 위험한 정도는 비슷비슷하니까요."

"오케이. 판데모니엄만 가지 마라?"

"그렇습니다."

모든 구역이 개방된 것을 확인한 진도윤은 마지막으로 인간계를 눌렀다. 그러자 이번엔 커다란 지구의 원형이 홀로그램 형태로 그의 눈앞에 등장했다.

빙글빙글 돌아가고 있는 푸른빛의 지구.

진도윤은 본능적으로 알 수 있었다. 저기서 자신이 원하는 좌표를 찍으면, 그쪽으로 이동하리란 것을.

짝짝!

진도윤이 손뼉을 쳤다.

"자, 다들 모이자."

"다 끝났어?"

유리아가 기다렸다는 듯이 다가와 물어온다. 다른 일행들 역시 궁금증 가득한 눈빛이었다.

갑작스럽게 관리자의 권한이라니 설명이 필요한 일이겠지.

"우선, 이동한 다음 설명해 줄게. 다들 고생했으니, 좀 쉬어야지?"

"대충 보아하니, 차원의 틈을 다룰 수 있게 된 거 같던데."

제프리의 말에 진도윤이 고개를 끄덕였다.

"맞아. 대충이 아니라, 정확해."

"흐음, 이제는 관리자까지 해버리다니. 점점 더 괴물이 되어 가는군."

"어허? 사람보고 괴물이라니, 말이 섭섭한데?"

"사실인 걸 어쩌나."

가볍게 던지는 제프리의 농을 무시한 진도윤은.

꾸욱!

지구 대한민국 수도 방향의 좌표를 힘차게 눌렀다.

딸랑!
유리문에 달린 종소리가 공간을 울린다.
손님 하나 없는 한적한 동네 카페. 마스크를 쓴 진도윤은 커피 하나를 주문한 채, 구석에 앉았다.
진도윤은 우선 일행들과 흩어진 후, 이곳에 왔다.
본래였다면, 숙소로 갔을 테지만 해체한 풍운 길드는 건물을 넘긴 채, 살림에 들어선 상태. 현재로서 진도윤이 갈 곳은 털보네 매장밖에 없었다.
'나만의 공간이 없다는 게 조금 불편하긴 하네.'
최고급 호텔에 묵을 수도 있겠지만 이미 전 세계적으로 유명해진 터라 귀찮은 것을 싫어하는 진도윤이 갈 곳은 딱히 없었다.
"주문하신 아이스 아메리카노 나왔습니다."
자리에 앉아 있자, 여직원이 웃으며 커피 하나를 직접 가져다준다. 진도윤은 고개를 꾸벅이며 감사의 인사를 전했다.
다행히도 진도윤을 못 알아보는 직원 덕에 그는 이곳에서 짧게 계획을 짜보기로 했다.
슥슥!
종이와 팬을 꺼낸 그는 무언가를 빠르게 적어나갔다.

1. 거주할 공간 찾기.
2. 둠 4성(★★★★) 완성시키기.
3. 살림 들어가 보기.
4. 가이아 만나기.
5. 차원의 틈 이용해 보기.
6. 얻었던 아이템 처리 털보와 논의하기.
7. 상자 뽑기.

앞으로 해야 할 일을 순서 없이 떠오르는 대로 정리한 내용이었다.

'2번과 5번은 같이할 수 있을 테고.'

둠은 마계의 존재니, 천계 다른 구역이나 정령계에서 사냥을 하면 자연스레 레벨이 오를 거다. 하지만 불과 방금까지 천계에 있다 온 터라, 조금 미뤄도 되는 목표다.

'4번은 아직 쿨타임이 1주 정도 남았어.'

현재로서는 가장 중요한 게 4번이다.

가이아에 대해 궁금한 게 많았으니까.

하지만, 이것 역시 어쩔 수 없이 미뤄야 할 목표다.

'이제 남은 것은 1번, 3번, 6번, 7번인데.'

진도윤은 거기서도 각가지 이유를 곁들이며 조금씩 쳐 나갔다.

1번은 나름 신경 좀 쓰고 싶은 마음에 돈을 더 벌면서 알아보고 싶었고- 3번은 아직 그렇게까지 중요하다는 생각이 들지 않는다.

'살림'(殺林)이 어떤 식으로 흘러가는 건지, 그냥 '구경'하고 싶은 마음이 다니까.

즉, 현재로서 움직여야 할 것은 6번과 지금으로서 가장 기대되는 7번이다.

"좋아, 뽑기부터 하자."

진도윤은 가방을 뒤적거려 상자 하나를 꺼냈다. 이번 특별 임무 보상으로 얻은 랜덤 아이템 박스(S급)였다.

번쩍, 번쩍!

황금색으로 빛나는 상자에 카페 직원이 살짝 호기심을 가졌지만 그뿐 절대 다가서거나 궁금증을 표출하진 않았다. 길마다 서머니가 난무하는 이곳 세상에서의 불문율이다.

[랜덤 아이템 박스(S급)를 개봉합니다.]
[두근두근. 어떤 아이템이 나올까요?]

일행들도 이번 보상으로 하나씩 얻었다고 했다. 하지만, 그는 별다른 관심을 보이지 않았다.

'알아서 처리하겠지.'

보상은 원래 각자의 것. 굳이 관여할 생각은 없었다. 특히 이번처럼 기여도 없이, 공정하게 나눠 가진 보상에 대해서는 말이다.

"후, 과연……."

진도윤은 설레는 마음으로 열리는 상자를 쳐다봤다. 본래 A급 랜덤 박스 같은 경우엔 별다른 기대를 하지 않지만 이번 것은 무려 S급 박스다. 열리면, 무조건 S급 아이템이 나온다는 말이다.

저번 S급 아이템이 그렇게 좋은 성능이 아님에도 5,500억에 팔렸던 것만 봐도.

"기대하지 않을 수 없지."

심지어 자신은 남들보다 운이 좋은 편 잠깐 기다리자, 메시지가 띄워졌다.

[빠밤!]
['닉스의 은닉처'(S급)를 획득합니다!]

"닉스의 은닉처?"

닉스는 신화 속에 등장하는 밤의 여신 아니던가.

진도윤의 눈에 호기심이 잔뜩 피어올랐다.

닉스의 은닉처. 그 멋들어진 이름의 주인공은 번쩍번쩍 빛나는 목걸이였다.

"뭐야, 이번에도 목걸이야?"

찰그랑!

쇳소리를 내며 책상 위에 떨어진 금붙이를 바라보며 진도윤이 중얼거렸다.

"과거 대평야의 포용도 목걸이였는데……. 하긴, 이런 액세서리형이 제일 무난하긴 하지."

검이나, 활 등의 무기류보다는 액세서리가 훨씬 가치 있다. 모든 서머너들이 착용할 수 있다는 범용성이 있기 때문.

"어디 정보나 볼까?"

진도윤이 천천히 손을 뻗어 목걸이를 건드리자, 정보가 촤르륵 떠올랐다.

[아이템:닉스의 은닉처]

[등급:S]

[옛 드워프들은 천적을 피해 자신들이 만든 물품 속에 숨어 살곤 했는데…….]

[옵션:5/5]

- 던전:아이템 활성화 시, 허공에 특수 던전이 생성된다.
- 넓은 공간:넓이 500m × 높이 500m × 길이 500m의 공간을 제공한다.
- DIY:업그레이드 가능한 하우징 시스템을 제공한다. (필요 재화:세계수의 잎)
- 제한:최대 입장 가능 인원을 10명으로 제한한다. (소환수 제외)
- 잠금:던전 관리자는 출입 권한을 부여할 수 있다.

"이, 이게……?"

진도윤은 눈앞을 채운 정보들을 보며 말을 잇지 못했다. 그

오랜 기간 서머너로 살아온 그조차도 처음 볼 정도로의 신개념 아이템이었기 때문이다.

'목걸이 속에 특수 던전을 만드는 개념인가?'

그는 무언가 익숙한 기분을 받았다. 마치 어디선가 본 것 같은…….

"아?"

문득, 진도윤의 머릿속에 떠오른 것은 크림슨 공방이었다. 과거, 우연히 발견해서 볼드윈에게 선물했던 그 던전.

'E급 던전, 불의 대지랑 비슷한 느낌이겠구나.'

다만, 그것과는 분명히 다른 점들이 있다. 먼저, 거주지를 자신이 들고 다닐 수 있다는 점.

'목걸이가 집이니 얼마나 편하겠어?'

게다가 평범한 집도 아니다. 무려 던전이다. 그것도 최대 입장 가능 인원과 잠금을 걸 수 있는 던전. 거주지의 매력은 무엇보다 안전에 있으니, 돈 많은 부자들에게는 얼마나 매력적인 아이템으로 보일까? 있는 돈 없는 돈 털어가며, 벙커까지 만드는 양반들인데 말이다. 심지어 등급 또한 S급일 테니, 던전 내부도 무언가 특별한 게 있겠지.

'필요 재화가 세계수의 잎이라는 게 좀 걸리네.'

천계 임무를 통해 나온 보상이라 그런지, 아이템 설명에 세계수의 잎이 보인다.

'다른 곳에 팔기에는 그 부분이 조금 아쉬워.'

현재 지구에서는 저 세계수의 잎을 구할 방도가 없으니까.

확실히 가치가 떨어질 수도 있는 요소였다.

'아니지, 아니지. 굳이 팔 필요 있겠어?'

어차피 집이 사라져 거주지를 구하려고 하던 차였다. 세계수의 잎은 천계에서 쉽게 구할 수도 있으니, 자신에게 딱 어울리기도 했고.

'아직 내부가 마음에 들지는 모르겠지만……'

진도윤은 왠지 느낌이 좋았다.

"백문이 불여일견이라 했지."

계속 궁금해하기보다는 직접 눈으로 보기로 한 그는 목걸이를 착용한 후, 서서히 감응력을 불어넣었다.

파즛!

동시에 시야가 번쩍였다.

"뭐, 뭐야, 저 사람?"

카페 여직원의 눈이 휘둥그레졌다. 구석에 앉아 있던 남성이 무언가를 만지작거리는 것 같더니, 이내 사라져 버렸기 때문이다. 조금 마신 아이스 아메리카노의 흔적만 남긴 채.

"특수 계열인가?"

전투 계열이 아닌 특수 계열 서머너가 있다고 들었다. 온갖 기상천외한 능력들이 많다고 들었으니, 투명화나 순간이동을 하는 것도 무리는 아닐 터.

"잠깐?"

상념에 잠겨 있던 직원의 얼굴이 일그러졌다. 생각해 보니,

이곳 카페는 여타 평범한 곳과 달리 후불제를 택하고 있는 탓이다.

"우씨, 지금 튄 거야?"

특수 계열 정도면 돈도 많이 벌 텐데. 커피값이 얼마나 한다고 도망을 갈까.

씩씩거리며 테이블을 치우러 이동하던 직원이 이내 멈칫했다. 그러고는 찌푸렸던 얼굴을 풀었다.

책상 위에 놓인 노오란 신사임당 하나가 보였기 때문이다.

[띠링!]
[S급 던전 '닉스의 은신처'를 발견하셨습니다.]
[시간제한 - ∞]

"와……."

내부에 들어선 진도윤은 감탄했다.

넓게 펼쳐진 공터에, 중앙에 놓여 있는 전원주택 하나. 그것만 있을 줄 알았는데 화창한 날씨까지 이질감 없이 묘사됐다.

후우웅!

하늘이 푸르렀으며, 시원한 바람까지 느껴지는 것 보면…… 던전이 아닌, 지구 어딘가 실존하는 공간이라 해도 믿을 정도였다.

[최초 입장자, 진도윤님이 던전 관리자가 되셨습니다.]
[관리자는 추후에 변경 가능합니다.]
[현재 던전은 '비노출' 상태입니다.]
['노출' 상태로 변경 시 외부에 던전이 노출됩니다.]
[노출하시겠습니까?]

'노출이라.'
 어감이 좀 이상하긴 했지만, 정확한 단어이긴 했다. 고개를 끄덕이는 순간, 그 카페에 던전이 생기겠지. 무려 S급 던전이.
 "아니."
 소란을 만들기 싫은 진도윤은 일단 시스템의 제안을 거절했다.

['비노출' 상태를 유지합니다.]
[다음은 던전 출구를 설정해 주세요.]

 던전 시스템은 관리자가 된 진도윤에게 이것저것 알려줬다. 구조물의 위치 설정법부터, 기본적인 던전의 사용법까지. 시스템이지만 굉장히 친절한 녀석이었다.
 "흠, 설정을 외쳐보라고?"
 다음 안내에 따라 '설정'을 말하자 시야에 수없이 많은 탭들이 떠올랐다.

[전원주택(Lv.1):업그레이드 - 1,000닢.]
[창고(Lv.0):개설 - 100닢.]
[목욕탕(Lv.0):개설 - 100닢.]
……

"으아……."

저것 이외에도 약 수천 개의 구축물들이 보기 힘들 정도로 나열됐다. 심지어 꽃이나 처음 들어보는 나무까지 보였으니 말 다 했지.

"그리고 TV?"

던전 속인데 TV를 어떻게 본단 말인가?

과학적으로 말이 안 된다. 하긴, 애초에 던전 자체가 초자연적인 현상이긴 했다. 목욕탕이나 조명시설, 냉장고 등을 유지하려면 전기를 끌어와야 하는데, 발전시설도 없었으니까.

'전파가 통하기만 해주면, 엘라임이 좋아하긴 할 텐데.'

문제는…… 집 꾸미는 데 별다른 취미가 없는 진도윤에게 있다. 그는 고개를 절레절레 흔들며 설정 창을 껐다.

그에게는 쉴 수 있는 주거 시설 하나와 소환수들과 함께할 훈련 시설 정도만 있으면 충분했다.

"그 외에는 회의실 정도?"

생각해 보니, 리스트릭트 멤버들의 회의 공간으로도 딱 이었다. 세상에 이보다 보안이 잘되어 있는 곳은 없을 테니까.

"후."

이내, 진도윤이 옅은 한숨을 내쉬었다.

"세계수의 잎 좀 남겨둘 걸 그랬나……."

천계에서 떠나기 전. 혹시 못 돌아올 수도 있다는 생각에, 바꿔둔 잎들을 전부 광물 사는 데 써버린 탓이다.

즉, 지금은 개설이나 업그레이드를 할 수 없다는 뜻. 다시 천계에 가기 전까지는, 하나 딸랑 있는 전원주택에서 생활해야 했다.

덜컹!

진도윤은 과감하게 문을 따고 들어섰다. 그러고는 이곳저곳 돌아다니며, 내부를 구경했다.

과연 S급일까? 아직 Lv.1이라 호화스럽진 않지만, 그래도 기존에 지내던 숙소보다는 괜찮았다. 나중에 업그레이드하면 어떻게 될지 궁금할 정도로.

"진도유운! 우와, 여긴 어디야?"

"뀨웅?"

"끼루루룩!"

애들을 소환한 진도윤이 피식 웃었다.

'그래, 오늘 하루 정도는.'

소환수들과 쉬면서 새로운 주거지에 적응할 생각이었다.

다행히 던전 내부에는 전파가 튀었다. 내부에서도 핸드폰이 가능하단 소리.

원리는 몰랐지만, 대충 던전을 만든 장소의 환경을 그대로 적용받는 것 같았다. 일례로 통신이 안 되는 곳에서 던전을 구성하면, 내부에서도 핸드폰이 터지지 않았다.

'그래도 다행이지.'

그 덕에 진도윤은 안도할 수 있었다. 거주지에 있는 동안 긴급 연락을 받지 못하면, 이곳이 아무리 편하다 해도 이용할 수 없었을 테니까. 특히나 프리덤과 대척점에 있는 그로서, 통신은 필수였다.

"혀, 형님? 이게 다 뭐랍니까?"

그리고 이곳, 은닉처의 첫 손님은 털보였다. 하루 정도 적응한 진도윤은 아예 그의 매장 내부로 던전을 이동시켜 둔 상태.

"어때? 새로운 아이템인데. 쥑이지?"

"지, 진짜 신세계입니다. 이 정도 아이템이면 경매 내놔도 역대 최고가에 팔리겠는데요?"

"아서라, 이걸 왜 파냐? 이제부터 내 집인데."

"크으으으! 드디어 내 집 마련의 꿈을 이루시다니. 축하드립니다, 형님!"

털보가 감탄하며 엄지를 치켜세웠다. 사실 그는 형님이 집을 구하시긴 할 건가 걱정이었다. 돈을 그렇게 많이 보내는데도, 항상 거주하는 곳은 풍운 길드였으니까.

'차라리 잘됐지.'

털보는 진심으로 안도했다. 만날 검소하게 사는 진도윤이 조금이라도 가치 있는 곳에서 살기 원했는데 이 정도 집이면 세계 어디에도 없는 유니크한 집이었으니까.

그런 털보의 눈빛을 읽었을까, 진도윤이 피식 웃으며 말했다.

"혹시나 비싼 아이템 보관하고 싶을 때 써라. 출입 권한은 계속 부여해 놓을 테니까."

"아, 하긴······. 이곳만큼 안전한 곳이 없겠군요."

털보는 신기하다는 표정으로 두리번거리며 이곳저곳 돌아다녔다. 그러고는 한참 후, 거실 의자에 걸터앉았다.

"이거, 집들이 선물이라도 하나 가져왔어야 하는 건데 말입니다."

"선물은 무슨. 됐고, 구경 다 했으면 이리 와봐라."

진도윤이 인피니티 백팩을 꺼내며 말하자, 털보가 침을 꿀꺽 삼켰다. 형님이 저 가방을 꺼낼 때마다 심장에 굉장한 무리가 간다. 매번 여정마다 기상천외한 아이템들을 구해 오시기 때문.

'과연······ 이번에는 어떨까?'

막연한 기대감과 함께 가방을 쳐다볼 찰나.

후두두둑!

수없이 많은 아이템이 바닥에 쏟아지기 시작했다.

과거에 구해오던 것보다 수십 배는 많은 양.

"이, 이게 무슨?"

눈이 휘둥그레진 털보가 대충 두어 개를 집어봤다.

"A급 천공의 목걸이랑 A급 천공의 반지? 처음 들어보는 아이템들인데. 으엇!"

그러고는 헛숨을 들이켰다. 정보창에 달린 옵션들이 하나같이 기존 A급보다 뻥튀기되어 있었기 때문이었다.

"이거 성능이 미쳤는데요? 어디서 나신 겁니까?"

"어디긴 천계지."

"세상에, 무슨 천계 아이템 창고라도 털어오신 겁니까?"

"거긴 몬스터를 잡으면 아이템이 나와. 앞으로도 쭉 얻을 수 있어."

소환수를 6성(★★★★★★) 만렙까지 키우기 위해선, 천계 모든 구역의 몬스터를 쓸어야 한다. 그러다 보면, 지금 가져온 것은 빙산의 일각 수준이지 않을까.

"후우, 후우. 심장아, 그만 좀 나대자!"

털보는 가슴을 쾅쾅 치며 심호흡했다.

저런 걸 하나하나 풀면 값어치가 얼마나 할까? 하나하나가 최고 성능에 유니크함까지 갖춘 아이템일 텐데.

상인으로서의 본능이 꿈틀거리는 털보였다.

"대박이지?"

"대박 그 이상이죠, 형님!"

"그래서 말인데, 나랑 사업이나 하나 하자."

"……사업 말입니까?"

갑작스러운 진도윤의 제안에 털보의 눈이 빛났다.

'사업……!'

털보의 머릿속이 팽팽하게 굴러가기 시작했다. 사실, 요즘 들어 그도 공식적인 매장의 필요성을 느끼긴 했다.

현재 그가 운영하는 이곳은 지하 암시장이다. 입장 코드가 부여된 회원들에게 게시글이나 경매로 판매하는 방식. 그러다 보니, 물건을 제값에 팔 수는 있어도 프리미엄을 붙이기 힘들다는 단점이 있다.

'다들 잔뼈가 굵은 서머너들이니까.'

가격에 민감한 그들은 조금만 어긋나도 바로 다른 암시장으로 떠나 버린다. 애초에 경매는 경쟁이 붙지 않는 한 비싸게 팔기 힘들기도 하고.

물론, 문제는 그뿐만이 아니다.

어디 형님이 가져오시는 물품이 보통 많던가?

'회원들에게만 팔아서는 수요가 공급을 따라오지 못해. 특히나 요즘은 더욱더.'

물론, 암시장만의 장점은 분명히 있다.

세금 세탁, 물품 출처 세탁 등등. 또한 국가나 협회의 간섭을 받지도 않을뿐더러 철저한 보안 시스템으로 운영하기에, 보복을 당할 확률도 낮다.

'암시장도 좋긴 하지만……'

반대로 공식 매장의 장점은 셀 수도 없이 많다. 열거하기도 힘들 정도로.

'일단 음지가 아닌, 양지라는 점이 최고지.'

복잡한 세탁 과정을 거치지 않아도 되는 것 하며, 일반 직원들을 손쉽게 채용할 수도 있는 것 등등. 과정이 편해지는 것 자체가 털보에겐 엄청난 메리트였다.

'게다가!'

매력적인 점들이 많았다. 과거랑 비교할 수 없을 만큼의 아아이템 물량, 즉 자본력이 있었고- 무엇보다 '서머너 마스터'라는 확실한 뒷배경이 있다는 점!

세상 어느 간 큰 서머너나 국가가 현시점의 진도윤을 건들 수 있을까? 게다가 진도윤이 말 한마디만 해줘도 브랜드 가치는 빛의 속도로 불어날 터였다. 크림슨, 팀 헤파이스토스, 루카스 등 거대 공방들의 입지를 넘어설 수도 있겠지.

"저, 저는 무조건 찬성입니다!"

정리를 끝낸 털보가 주먹을 꽉 쥐며 외쳤다. 콧구멍이 넓어진 게, 무척이나 감정이 고조된 느낌이었다.

하긴, 거의 100의 확률로 재벌 총수가 될 수도 있는 길인데 어찌 흥분하지 않을 수 있으랴.

"어때, 이 정도 급 아이템들이면, 해볼 만하겠지?"

진도윤이 싱긋 웃으며 말했다.

"말이라고 하십니까! 골목 노점상을 데려다 앉혀놔도 세계적인 브랜드로 키워낼 겁니다."

"그 정도야?"

"원래, 이 바닥이 상품의 질만 좋으면 뜨는 바닥이거든요. 호호."

맞는 말이다. 사실, 서머너들에게 가장 중요한 건 경영진의 청렴함이나, 영업 수완이 아닌 아이템의 성능이니까.

"어쨌든, 사업을 같이하긴 하는데. 난 참여 안 할 거야."

털보, 네가 다 알아서 하라는 말.

진도윤이 당당할 수 있는 이유는 분명했다.

질 좋은 아이템 제공, 이름값, 홍보 등등. 가장 굵직한 일들을 그가 알아서 다 하게 될 테니까.

'게다가 유통까지.'

진도윤에겐 독보적인 스킬이 생겼다. 차원의 틈을 이용해 전국 각지를 지도에 점 찍듯 돌아다닐 수 있는 '차원 관리' 스킬. 사냥이 끝나면, 알아서 각 매장 창고에 채워놓기만 하면, 딱히 유통이나 제작에 드는 비용도 없을 터.

"여부가 있겠습니까? 호호, 맡겨만 주십쇼."

털보가 당차게 고개를 끄덕였다.

"왔냐?"

협회장실에 들어서자 유준태가 반겼다. 어깨를 한번 으쓱인 진도윤은 공간 내부를 살폈다. 그의 맞은편에 먼저 온 손님이 보였기 때문이었다.

"오, 김제하도 있었네? 캬, 살림의 문주와 서머너 협회장의 밀담이라. 이게 무슨 언밸런스한 조합이야."

진도윤이 가볍게 농을 던지자 먼저 온 손님, 김제하가 일어서 고개를 숙였다.

"천계는 잘 다녀오셨습니까, 형님."

"그래그래, 잘 다녀왔지. 그래서 왜 불렀는데?"

닉스의 은신처 정리를 하고 있을 때였나?

갑작스러운 유준태의 호출에 잠깐 옆 동네에 들른 진도윤이었다. 호출에 부담은 없다. 삼성동인 털보네 매장과 강남 협회는 비교적 거리가 가까운 편이니까.

"인도랑 파키스탄 쪽 협회에서 우리 쪽에 서신이 왔어."
"프리덤이냐?"

장난스럽던 진도윤의 눈빛이 곧바로 가라앉았다. 유준태가 굳이 자신을 불러서 할 이야기라고는, 프리덤밖에 없다.

"그런 거 같아. 그 외 여러 국가에서도 수상한 점들이 발견되고 있다는 보고가 들어오고 있긴 한데. 지금으로서 제일 확실한 건 그 두 나라야."

"흠, 어떤 내용인데?"
"대충 저번 네비아레 사건이랑 비슷한 느낌이야. 서머너들이 주기적으로 사라지고 있대."

"……아, 설마."
"맞아, 또 10 악마 소환을 준비하고 있는 거겠지. 물론, 저쪽 보고가 확실한 건 아냐."

"확실한 건 아니라니, 그게 무슨 말이야?"
진도윤이 고개를 갸웃하자, 유준태가 말을 이었다.
"들어온 정보가 비상식적으로 많아. 허위 정보들도 수백 개 이상 섞여 있고."

"쯧, 프리덤 짓이겠네."
"우리도 그렇게 생각 중이다."

국가의 서머너가 대거 사라지면, 협회 차원에서 조사할 수밖에 없다. 꽤 오랜 시간 소환진을 완성해야 하는 프리덤 입장에서는 장소가 노출되면 귀찮아질 게 분명한 일 일부로 허위 정보를 흘뿌리는 게 분명했다.

나름 잔머리라면 잔머리.

"이 자식들이, 귀찮게 하네."

"그래서 이번엔 살림 쪽에서 지원해 주기로 했다."

"살림이?"

진도윤이 김제하를 쳐다보자, 그가 고개를 꾸벅 숙였다.

"그렇습니다. 매번 형님이 전부 움직일 수도 없는 노릇이고, 저희도 힘을 보태겠습니다."

"어떻게?"

"소문의 근원지마다 단원들을 뿌려둘 생각입니다. 하나는 얻어걸리겠지요."

"흠, 그래도 프리덤인데 위험하지 않겠냐?"

"은신이나 정찰 쪽으로 특훈을 받은 인원들입니다. 과거 살수들이기도 했고요. 큰 문제는 없을 겁니다."

맞는 말이긴 하지만, 진도윤은 그래도 불안했다.

그 끔찍하던 루시퍼를 본 게 최근이기에 혹여나 살림의 멤버들이 전멸할까 걸리는 것이다.

"조심해라, 상대를 인간이라 생각하면 안 돼. 이상하다 싶으면 바로 연락하고."

진도윤이 자신의 스킬창을 훑으며 말했다.

'차원 관리 스킬.'

여차하면, 이걸로 이동해서 상대하면 된다. 그렇게 생각하니 조금은 마음이 편해진 진도윤이었다.

그런 그의 마음을 느꼈을까? 김제하가 감동 어린 표정으로 입을 열었다.

"걱정 감사합니다, 형님. 아, 그리고 이번에 만식이도 첫 출전입니다."

"만식이?"

진도윤이 고개를 갸웃했다. 처음 듣는 이름이었기 때문이다.

"그게 누군데?"

"왜, 형님이 데려오신 그 꼬마 있지 않습니까."

"아, 걔 이름이 만식이었어?"

맨날 꼬마라고만 불렀지, 이름은 처음 들어봤다. 딱히 물어볼 생각도 없었다. 모름지기 자신의 이름은 본인이 알리는 것이니 유명해지면 자연스럽게 알지 않겠는가?

"넵, 굉장히 잘하고 있습니다. 기본적으로 프리덤에 대한 적대감이 있어서 그런지…… 발전 속도가 남다릅니다."

"어, 그 꼬마 눈빛이 괜찮더라고."

복수는 발전의 좋은 원동력이 되기도 한다. 대표적으로 얼음 공주, 유아린처럼 말이다.

과연 얼마나 발전했을까? 조금은 기대되는 그였다.

사계절에 영향을 받지 않는 화창하면서도 선선한 날씨. 그곳에 놓여 있는 깔끔한 Lv.1짜리 전원주택 하나.

진도윤은 새로 생긴 자신의 집이 굉장히 마음에 들었다.

단, 하나 문제는…….

"마스터! 여기 화장실이 푸세식인데? 이거 빨리 업그레이드 해야 하는 거 아냐?"

"여기 나중에 서점 추가할 생각 없나? 네비로스가 심심하다는군."

다른 인원들이 들어와 있다는 것.

"……하아, 돌아가시겠구만."

거실 소파에 털썩 주저앉은 진도윤이 고개를 절레절레 흔들었다. 본래, 프라이빗 특급 호텔에서 지내던 둘이 이곳을 소개받은 이후로 완전히 눌어붙었기 때문.

"그러니까, 앞으로 쭉 여기서 지내겠단 말이지?"

"이해해 줘. 아무리 프라이빗이라 해도 알아보는 사람이 너무 많다고."

"한국은 숙박 시설이 어색해서……."

"후우."

상관은 없었다. 진도윤도 외로운 것보다는 같이 있는 게 더 재밌으니.

다만, 아직 저렙이라 그런지 주택에 방이 하나뿐이다.

"에이, 던전에서 맨날 붙어 있었는데, 뭐 어때! 그냥 거실에서 지내면 되지!"

"난 소파를 쓰도록 하지."

"그래그래, 알아서들 해라……."

마치 제집처럼 행동하는 유리아와 제프리를 보며, 옅은 한숨을 내쉴 찰나.

우우웅!

방 내 가구들이 자유롭게 움직인다. 이제 감응력 컨트롤이 경지에 올라버린 유아린의 기행이었다.

"여기 바깥에서 훈련해도 되나요? 그러니까 바닥 같은 거 부서져도 다시 복구되는 거죠?"

"그러니까 넌 또 왜 여기 있냐고."

제프리와 유리아는 이해한다.

던전에서 오래 있다 나온 지 얼마 안 됐기도 하고- 그들에게는 던전보다 한국이 더 불편할 수도 있으니까.

하지만, 유아린 또한 캐리어에 짐을 한가득 싸 들고 이곳에 들어온 상태였다.

"……저도 일성에서 방 뺀 이후로부터 갈 곳이 없어서요."

"후, 다들 여기가 무슨 노숙 쉼터냐?"

"……."

진도윤의 핀잔에 금세 시무룩해지는 그녀.

"됐다, 농담이야. 나중에 레벨 좀 올리면 방도 여러 개로 늘겠지, 뭐."

"정말요?"

금방 원 상태로 돌아온다.

"됐어, 어차피 이곳, 리스트릭트 아지트로 쓰려 했으니."
어깨를 으쓱인 진도윤은 진심으로 생각했다.
'최대한 빨리 천계에 다시 가야겠어.'
프리덤이고 뭐고 하우징 업그레이드가 제일 시급해 보였다.

[한 달이 지났습니다.]
[스킬, '감응'의 쿨타임이 초기화됩니다.]

"오."
잠깐, 명상하고 있었을까. 눈앞에 메시지가 떠올랐다. 벌써 이곳에 거주한 지, 일주일이라는 시간이 흐른 탓이다.
"유리아!"
"응? 감응인가 뭔가 그거 초기화됐어?"
물론, 일행들에게는 전부 말해둔 상태. 진도윤은 가이아를 만나기 위해 모든 일정을 취소한 채, 휴식 중이었다. '감응' 스킬은 아직 그에게도 엄청난 부담이 되는 수준이었으니까.
"그래서…… 그냥 아묘로 골골송 걸어주면 된다는 거지?"
"응, 최대한 접촉 시간 좀 늘려봐야지."
아묘의 골골송은 서머너의 감응력 회복 속도를 200% 증가시켜 준다. 폭발적인 감응 소모 속도를 조금이나마 줄여줄 방안.

그 외에도 진도윤은 가이아를 보기 전, 각종 준비를 마쳤다. 전날에는 아예 훈련조차 하지 않고, 티끌만큼의 감응력도 낭비하지 않았다.

'그래도 그때보다는 오래 만날 수 있겠지?'

그 당시 감응력이 220이었다면, 지금은 230이다. 200대에서 10 차이는 어마무시한 수준. 게다가 이번엔 넋 놓지도 않을 테니 대화다운 대화를 나눌 수 있지 않을까 생각하는 진도윤이였다.

"이제 가는 건가?"

방에서 소란이 들리자 제프리와 유아린도 들어섰다.

"참, 다들 이게 뭐라고 구경이야?"

병실의 환자라도 된 기분에 진도윤은 괜히 쓰게 웃었다.

하긴, 이들에게도 중요한 행사이긴 할 테니.

무려 서머너의 근원과도 같은 초월적 존재를 만나러 가는 일이다. 앞으로의 여정과도 직접적인 연관이 있을 터.

"후우."

진도윤은 괜한 긴장감에 호흡을 가다듬었다. 잠깐 눈을 감고 마음을 다잡은 진도윤의 눈이 다시 떠졌다.

"오케이, 바로 시작하자."

진도윤은 침대에 편안하게 누운 채 눈을 감았다.

그와 동시에 천천히 감응력을 가동했다.

[감응을 사용합니다.]

[대자연, 가이아와 감응을 시작합니다.]

밑 빠진 독에 물 붓는 게 이러할까?
심장 부근에 자리 잡은 감응력들이 콸콸 새는 게 느껴졌다. 동시에 온몸에 이는 오묘한 감각.
진도윤은 힘을 뺀 채 그 기운에 몸을 맡겼다. 그러자 검었던 시야가 새하얀 물감으로 칠해지기 시작했다.
잠깐의 시간이 흘렀을까. 의식은 홀이라는 공간을 생성했고 후드의 여인, 가이아를 불러왔다.

[감응 레벨이 낮아 머무를 수 있는 시간이 제한됩니다.]
[제한 시간 - 00:03:00]

"3분?"
과거보다 3배 더 늘었다. 굉장히 짧은 시간이었지만, 그래도 이전과 비교하면 나쁘지 않다.
"그대여, 오셨나요?"
홀 한가운데에 오롯이 서 있는 그녀가 따스한 목소리로 반긴다. 초월적 존재의 부드러운 환영을 진도윤은 웃으며 받았다.
"준 선물은 잘 받았어, 가이아."
가이아에 대한 그의 감정은 분명 '호감', 그 이상이었다. 던전에서 메두사의 눈을 얻게끔 만들어준 것. 어찌 보면, 자신의 목숨보다 더 중요시한 것을 얻게 해줬으니 생명의 은인이나 다름없는 존재 아니겠는가?

모든 것을 제쳐두고 우선 그녀를 믿어봤던 이유이기도 했다.

"후훗, 별말씀을요. 그대가 동료들을 다시 만난 것은 저에게도 큰 기쁨이자 감동이었답니다. 오히려 제가 감사하죠. 저를 믿고 관리자 존을 만나주셔서."

"관리자 존……."

"네. 정확히는 타락 천사, 루시퍼에게 그대라는 존재를 각인시켰죠."

"……."

진도윤은 궁금했다. 지금은 상대하기도 벅찬 루시퍼를 굳이 왜 만나게 한 건지 그래서 얻을 수 있는 게 뭐가 있는지.

"경각심을 일깨우기 위해서였어요."

"……경각심? 내 경각심 말인가?"

"아하핫, 그게 그렇게도 될 수 있나요?"

뭐가 그렇게 웃긴 건지.

가이아가 손으로 입을 가리며 키득거린다.

진도윤은 고개를 갸웃하며 말했다.

"그만큼 강하던데?"

"그대도 강하죠."

"에이."

"그대는 그대가 얼마나 대단한 존재인지 몰라요."

"응? 그건 아닐걸? 나보다 대단한 사람이 어디 있다고."

진도윤이 어깨를 으쓱이자, 가이아가 푸훗- 하고 웃는다.

"아, 물론 여기서의 포인트는 사람이야. 그리고 루시퍼는 분명 사람이 아니지. 어쨌든……."

그는 가이아를 응시하며, 말을 끌어냈다.

시간이 3분밖에 없다. 궁금한 것은 차고 넘치지만, 더 이상 말하면 시간만 깎아 먹는 꼴일 터.

그녀도 인지했는지, 고개를 끄덕였다.

"네, 정확히는 루시퍼뿐만 아니라 판데모니엄 일원 전체에게 그대를 인식시켰어요. 그대가 지닌 감응력과 파괴의 힘을 본 이상, 이제부터 그들은 그대를 견제할 수밖에 없겠죠."

"뭐야, 그럼 나만 ×된 거 아냐?"

"어쩔 수 없었어요. 저들 계획의 완성도를 조금이나마 낮추기 위해서는."

"……완성도를 낮춘다는 건, 조급하게 만든다는 의미인가?"

"으음……. 비슷해요. 견제할 대상이 눈앞에서 성장하는 것처럼 무서운 건 없을 테죠. 큼큼."

목을 한번 가다듬은 가이아가 다시 말을 이었다.

"어쨌든, 이제부터 그대는 루시퍼를 잡아야 해요. 그 타락천사를 잡음으로써 천신의 봉인을 풀어내 마계의 독주를 잠재워야 한답니다."

천계의 절대자였다는 천신. 루시퍼를 잡으면 천신의 봉인이 풀린다는 건가?

물론, 그것보다 더 문제 되는 게 있다.

"나 혼자 그 미친놈을 잡으라고?"

"당연히 지금은 무리겠죠."

"그럼?"

"먼저 사대 천사의 봉인을 해제하셔야 해요."

"사대 천사……?"

"천계를 통치하던 대천사들을 말해요. 가브리엘, 미카엘, 라파엘, 우리엘……. 지금은 마계의 4구역에 흩어져 봉인되어 있어요. 그들의 도움을 받으셔야 합니다."

"답도 없네."

천계 다녀왔더니, 이제는 다시 마계로 가란 소리 아닌가. 그래도 저 4구역 중 1구역은 둠이 먹어서 다행이었다.

'아씨, 세계수의 잎부터 구해야 하는데.'

마계보단 천계에 더 정이 가는 건 사실이었다. 세계수의 잎, 그리고 사업에 필요한 아이템을 떨구는 곳이니까.

"저에 대해서든, 지금 상황에 대해서든……. 궁금한 게 많으실 거예요."

"그러게, 이놈의 감응 스킬은 언제쯤 시간제한이 풀리는 거야?"

메시지는 감응 레벨이 낮아 시간제한이 생기는 거라 말한다. 그 말인즉슨, 감응 레벨이 높아지면 시간제한이 사라진다는 말.

"그대가 제 힘을 온전히 받아들일 수 있을 때쯤이요. 그때가 되면 속 편히 다 설명해 드릴 수 있겠지요."

"후우, 어쨌든 다음 행선지는 마계라는 거지?"

"맞아요, 곧 특별 임무를 통해 안내할 테니, 너무 걱정하지 않으셔도 돼요."

"특별 임무……."

진도윤은 고개를 끄덕였다.

이번에 얻은 닉스의 은신처도 그녀의 특별 임무를 통해 나온 아이템. 어차피 해야 할 임무라면, 없는 것보단 있는 게 훨씬 낫다.

"후훗, 벌써 시간이 다 되어가네요."

이어지는 가이아의 말에 진도윤이 메시지를 흘깃 쳐다봤다.

[제한 시간 - 00:00:05]

얼마 떠들지도 않은 것 같은데 벌써 끝이 보였다.

'비록 궁금증을 해결할 수는 없었지만…….'

일단은 다음 목적지를 알았다는 것에 만족하기로 했다.

진도윤이 가이아를 쳐다보자, 그녀도 부드럽게 응시한다.

"자주 봤으면 좋겠네요."

"동감이야."

서로의 대화는 그거로 끝.

[감응이 종료됩니다.]
[30일간 감응 사용이 제한됩니다.]

파즛!

진도윤의 시야 전체에 섬광이 일었다.

새하얀 홀.

진도윤이 다녀간 자리에.

스르륵!

누군가가 등장했다.

저번에 다녀간 에레보스와는 다른 형태. 가이아와 비슷한 체형을 가진 여성이었다.

"닉스, 훔쳐보고 있었구나?"

태초의 혼돈으로부터 나온 인간계의 다섯 신 중 하나. 여성은 밤의 여신이라 불리는 닉스였다.

"저게 언니가 말하던 우리의 히든카드라던 사람이야?"

"저게라니……? 혼날래?"

가이아가 눈썹을 치켜뜨자, 팔짱을 낀 닉스가 입을 삐죽였다.

"흥, 그게 언니가 할 말이야? 내 은신처 빌려달라더니…… 왜 저기에 가 있는 건데?"

"아, 그건……."

다시 눈썹이 내려간 가이아가 머리를 긁적였다. 그 부분에 대해서는 할 말이 없었다. 돌아갈 집이 사라진 진도윤을 보고, 충동적으로 저지른 일이라.

"미안하게 됐구나."

"됐어. 어쨌든…… 언니는 저 사람만 믿고 있다는 거지?"

"응, 어쩔 수 없잖아. 내가 힘을 낼 수 있는 상황이 아닌걸."

"그러니까 왜 그런 일을 벌여서!"

순간, 욱했던 닉스였지만 다시금 마음을 가다듬었다.

천계, 인간계, 마계를 통틀어 가장 강한 힘을 가졌던 맏언니, 가이아. 그녀의 희생이 있었기에 삼계가 유지된 채로, 파괴룡을 봉인할 수 있었던 거니까.

그 당시에는 그녀로서도 어쩔 수 없는 결정이었다. 그걸 이용한 판데모니엄 새끼들이 나쁜 거였다.

"후우, 언니가 그렇게 말하니 별수 없지 뭐."

그녀뿐만 아니라 나머지 네 신도 마찬가지였다.

마음속에 불안은 있어도, 결국 그들의 리더는 가이아. 그녀의 선택을 존중했다.

'진도윤……'

닉스는 방금 다녀간 인간을 떠올렸다.

감히 신에게 예의를 갖추지 않는 인간 400만 년 인류의 역사상 처음 있는 인간이었지만.

'그래도……'

첫인상은 그렇게 나쁜 것 같지 않았다.

"허억, 허억."

번쩍! 눈을 뜬 진도윤이 숨을 몰아쉬었다. 그런 그의 시야에 그를 물끄러미 바라보고 있는 일행들이 보였다.

"벌써 다녀온 거야?"

"딱 3분이로군."

태연하게 묻는 유리아와 제프리를 보고 진도윤은 다시 눈을 감았다. 시야가 핑핑 도는 게 굉장히 어지러웠기 때문이었다.

"후우, 조금만…… 조금만 쉬자."

"괜찮아? 기다려 봐, 아묘로 치유해 줄 테니까."

유리아의 목소리에 걱정이 깃들었다.

하지만 아묘가 해줄 수 있는 건 없다. 체력 문제가 아닌, 감응력의 부재 때문에 나타나는 현상이니까.

아묘의 '골골송' 버프로도 충분하다.

"아니다, 유리아. 일단, 조금 쉬게 해주는 것이 좋을 것 같군."

과연 제프리일까. 진도윤의 상태를 완벽히 분석한 후, 고개를 절레절레 흔들었다.

"그럼 쉬실 동안 음식 좀 준비할까요?"

"음식?"

"원래 기력 회복엔 먹는 게 최고라잖아요."

유아린의 말을 끝으로 진도윤은 서서히 의식을 잃었다.

얼마의 시간이 흘렀을까. 진도윤의 눈이 뜨였다.

조용한 공간과 옆 탁자에 떠져 있는 시원한 얼음물. 상체를 세운 진도윤은 저도 모르게 손을 뻗어 벌컥 들이마셨다.

꿀꺽꿀꺽.

시원한 물이 식도를 타고 건너가 몸을 차갑게 적셨다. 갈증이 깔끔히 해소되는 느낌.

목울대를 꿀렁거리며 컵에 있는 물을 다 비워낸 진도윤이 한숨을 내쉬었다. 그러자, 시야에 이전에 없었던 것이 보인다.

[가이아의 특별 임무가 도착합니다.]
[임무 - 마계 동쪽 평야, 타르라크로 이동. 타르라크로 이동해 그곳에 봉인된 대천사, 우리엘을 찾아 봉인을 해제해 주세요.]

'우리엘······.'

가장 먼저 구해야 할 대천사가 우리엘인가 보다. 원래 루시퍼가 통치하기 전, 가드노스를 다스리던 대천사였다지.

물론, 임무만 할 생각은 없었다. 천계로 가든 마계로 가든 소환수의 레벨은 계속 올려야 한다. 감응력 훈련도 꾸준히 해야 하고.

'결국 루시퍼나 악마들이나······. 상대하는 건 내가 될 거야.'

이건 직감이었다. 누구나 예측할 수 있는 굉장히 합리적인 직감.

진도윤은 쓴웃음을 지을 수밖에 없었다.

초월자와 싸워야만 하는 인간이라니.

'능력이 대단한 것도 참, 피곤한 일이지.'

만약 자신이 서머너 마스터가 아니었다면? 인류 최고가 아니었다면?

이렇게 싸울 기회조차 없지 않았을까? 애초에 가이아를 만날 일도 없었을 테지만.

"일어나셨어요?"

혼자 상념에 빠져 있을 찰나 방 안에 들어서다 멈칫하는 유아린이 보였다. 손에 들려 있는 축축한 하얀 수건도.

그러고 보니, 이마에 아직 남아 있는 물기가 느껴진다.

"뭐야, 지금까지 간호했던 거야?"

"아, 아뇨?"

진도윤의 물음에 유아린이 당황하며 부정했다. 뺨이 벌게지는 게 아무래도 쑥스러운 듯했다.

그러고는 재빨리 말을 돌렸다.

"아 참, 저희도 다 가이아의 특별 임무 들어왔어요."

"아, 그래?"

진도윤이 놀란 듯 되물었다.

자신에게만 준 줄 알았는데 모두에게 주는 걸 보면, 이들과 함께하라는 가이아의 배려겠지.

'게다가.'

저번 만남에서 분명 가이아가 얘기했었다.

―제프리도 유리아도 궁극적으로 그대에게 큰 도움이 되는 자들이니.

동료들이 도움이 될 거라는 말. 결국, 혼자 감당해서는 분명 한계에 부딪히는 순간이 올 거란 말이다. 그렇게 되지 않으려면 혼자 성장하는 것보단 동료들도 어느 정도 힘을 갖춰야 했다.
'미궁을 떠올려 봐도 그래……'
제프리나 유리아가 없었으면, 10년은 버틸 수 있었을까? 아니, 1년도 안 가서 싸늘한 주검으로 화했을 거다.
"다들 모이라 해봐."
고개를 끄덕인 진도윤이 유아린에게 말했다.
이제부터 본격적으로 임무 겸 제대로 된 사냥 계획을 세울 생각이었다.

전원주택 내부.
거실에는 사뭇 진지한 분위기가 맴돌고 있었다. 둥그런 원형 탁자를 중심으로 모인 네 명의 인원들. 진도윤, 제프리, 유리아, 유아린이 그 주인공들이다.
"말했다시피 가이아가 준 임무는 부가적인 옵션일 뿐."
두 팔꿈치를 탁자 위에 기댄 채, 깍지를 낀 진도윤이 말을 이었다.

"우선은 더 강해지는 데만 치중할 거야."

"……루시퍼 때문인가?"

제프리의 물음에 진도윤이 고개를 흔들었다.

"아니, 루시퍼뿐만 아니라, 10 악마를 비롯한 모든 초월자들도 포함……. 알지? 이제부터 우리가 상대할 자들은 인간이 아냐."

"맞아요. 악마든 대천사든…… 다들 신적인 느낌이 드는 존재들이죠."

유아린의 입술에서 긴장 섞인 목소리가 흘러나왔다.

불과 일주일 전에 봤었던 루시퍼의 그 끔찍한 모습이 떠올랐을까? 일행들의 표정은 급속도로 굳은 상태였다.

주변 공기 역시 당장에라도 끊어질 듯 팽팽해진 상태.

"그렇다고 너무 긴장할 필요는 없어."

그 모습에 옅은 한숨을 내쉰 진도윤은 말을 지속했다.

"우리 쪽에도 가이아라는 초월자가 있거든. 아마 걔가 알게 모르게 지원해 줄 거야."

"하긴, 마스터에게 굉장한 호감을 지녔다그 했으니……. 그나저나 나름 신일 텐데 걔가 뭔가? 걔가……."

제프리가 황당하다는 표정으로 말하자, 진도윤은 어깨를 으쓱였다.

"서로 돕고 돕는 느낌이지, 상하 관계는 아니니까."

"그런가……? 아, 그나저나 프리덤은 어떡할 생각인가."

제프리가 갑자기 생각났다는 듯 물어왔다. 요즘 들어 지나치게 조용한 게 무언가 불안한 탓이다.

"프리덤은 일단 영감과 살림 쪽에서 동태만 파악해 주기로 했어."

"……전투 역할인 우리는 일단 놈들을 상대할 역량을 기르는 데만 집중하자는 거군."

"고러치! 저들이 우리를 믿는 만큼 우리도 믿어주자고."

진도윤이 씩- 웃으며 답했다.

"어쨌든, 나야 경험치가 급하다지만, 너희들은 감응력 200을 만드는 걸 주목표로 해야 해."

현재 일행들의 감응력을 정리해 보자면 이렇다.

진도윤:230, 제프리:187, 유리아:190, 유아린:150.

먼저 구해진 제프리보다 유리아의 감응력이 더 높다는 게 아이러니했지만.

'원래 최후의 미궁에서도 그녀의 감응력이 더 높았었으니……'

불가능한 수치는 아니었다.

어쨌든, 이들은 굳이 사냥할 필요가 없다. 이미 6성풀 레벨을 달성한 상태니까.

"솔직히 내가 230인데, 늦게 합류한 유아린은 그렇다 치더라도 너희는 200까지 금방 따라오겠지?"

"어이 마스터 씨…… 따라갈 거긴 한데……. 마스터 같은 괴물이랑 우릴 비교하지 말라고."

"괴물이라니, 나도 사람이야, 인마."

"헹, 퍽이나 그러시겠수."

유리아가 픽 웃으며 답하자, 제프리가 다시 묻는다.

"그나저나 감응력 200이 되면 우리 소환수도 S급이 되는 건가?"

"그건 나도 잘 모르겠어. 만약 S급이 된다면…… 그땐 너희도 본격적으로 사냥을 시작해야지."

"음, 그래야겠지."

"어쨌든, 이번 여정의 사냥은 나 혼자. 너희는 보조만 해주면서 최대한 훈련에 임해. 유아린?"

"넵!"

진도윤이 부르자, 유아린이 씩씩하게 답했다. 이제는 얼음공주라는 이명이 무색할 정도로 차가운 기운이 싹 빠진 상태의 그녀였다.

"감응력 컨트롤은 셋 중 네가 제일 뛰어나니, 네가 최대한 친구들을 지도해 줘."

"제, 제가요?"

진도윤의 평가가 의외라는 듯 눈이 휘둥그레진 그녀.

옆에 있던 유리아도 인정하며 맞장구쳤다.

"맞아, 감응력 컨트롤은 솔직히 유아린이 선배지. 나도 가끔 깜짝 놀랄 때 많거든."

"그건 나도 인정한다."

제프리마저 인정하자, 유아린이 쑥스러운 듯 고개를 끄덕였다. 동시에 가슴 한편에 자부심과 뿌듯함이 듬뿍 올라왔다.

그저 밤낮으로 열심히 했을 뿐인데, 어느새 전설로 알려진 이들이 자신을 고평가한다.

"대신 체력 수준이나 소환수 컨트롤은 아직 제프리나 유리아에게 쨉도 안 되는 거 알지?"

"물론이에요."

아무리 유아린이 천재다 한들 100년 동안 싸워온 그들을 이길 수 있을까?

그녀는 잘 알았다. 이들 앞에 자신의 실력이 새 발의 피라는 것을.

그래서 더 노력하는 것도 있었다.

"절대 짐이 되지 않도록 할게요."

"짐은 무슨. 말했잖아, 잘하고 있다고."

과한 칭찬은 독이 될 수도 있다지만 끊임없이 노력하는 자에게 칭찬은 더욱 큰 시너지가 된다. 진도윤은 유아린이 얼마나 노력하고 있는지 잘 알았고.

그런 그녀에게 끊임없는 응원을 해주고 싶었다.

"어쨌든, 계획은 이 정도로 하고……. 나머지는 몸으로 부딪쳐 보자고."

"네."

"좋지, 어디 한번 죽어보자!"

유리아의 기분 좋은 파이팅에 진도윤의 입꼬리가 올라갔다.

"그럼 바로 가면 되는 거지? 준비 안 된 사람?"

그의 물음에 고개를 가로젓는 일행들. 이미 일주일이라는 기간 동안, 여정 준비를 다 끝내놓은 그들이었다.

"오케이, 그럼 다들 손잡자."

이제 스킬, '차원 관리'를 사용해 봐야 할 때.

던전 내부에서 사용할 수 있는지 확인해 볼 겸 진도윤은 내친김에 바로 실험하기로 했다.

각자 손을 마주 잡을 찰나.

우우웅!

진도윤의 감응력이 활성화됐다.

[차원 관리를 사용합니다.]
[S급 던전, '닉스의 은신처' 내부입니다.]
[인접한 인원들과 함께 '차원의 틈'으로 이동하시겠습니까?]

살짝 빠지는 감응력과 함께 떠오르는 메시지.

'역시 가능하네.'

진도윤이 고개를 끄덕이는 순간.

스르륵!

넷의 신형이 동시에 사라졌다.

['차원의 틈'에 도달합니다.]

도착한 필드는 과거 관리자들이 있던 곳과 비슷하다.

동굴 형태에 졸졸 흐르는 물, 그리고 구석에 보이는 오묘한

색의 틈.

과거와 다른 점이라고는 그 틈의 색이 흑색과 백색이 섞인 혼돈의 느낌을 준다는 것.

진도윤은 도착과 동시에 탭을 열고 외쳤다.

"마계."

그러자 마계의 지역들이 보였다.

그곳에서 목표를 지정했다.

"타르라크."

솔직히 다른 곳부터 정리하고 싶었지만 가이아의 임무가 타르라크를 가리키고 있다.

'우리엘을 찾으랬지.'

초월자이니만큼, 분명 자신이 보지 못하는 것 또한 보고 있을 터. 일단은 그녀의 말에 따르기로 했다.

역시, 처음 들어서자마자 보이는 것은 널따란 평야였다. 과거 와본 적 있기에 익숙한 그 평야. 식물 하나 없는 척박한 대지에 크림슨 나이트를 상징하던 시뻘건 하늘까지.

"둠."

철그럭!

본연의 힘을 되찾은 둠 나이트가 늠름하게 앞으로 나선다. 유아린의 자락서스와 제프리의 세이르 역시 그 뒤를 따른다. 아쉽게도 김제하의 푸르카스는 참여하지 못했다.

"혹시, 이곳에 봉인되었다던 대천사의 위치를 알아?"

진도윤의 물음에 둠이 고개를 가로젓는다.

전혀 듣지 못했다는 말. 하긴, 타르라크에 도착한 이후 싸움밖에 안 해오던 둠이 그런 걸 알 리가 없긴 하다.

"……."

그러자, 자락서스가 앞으로 나섰다. 자락서스는 둠과 달리 대화가 가능하다.

"둠 나이트의 주인이시여, 그 위치는 크림슨 나이트의 휘하였던 자들이 알고 있을 겁니다."

"크림슨 휘하들? 걔네 이제 둠 밑으로 들어온 거 아냐?"

"그렇습니다. 혹시 기운이 느껴지십니까?"

"기운?"

고개를 갸웃한 진도윤이 감응력을 펼쳤다. 그러자 강대한 기운들이 사방에서 느껴진다.

"위대한 둠 나이트를 따르는 수하들이 주인의 존재를 환영하고 있습니다."

"아……."

둠의 수하들이 다가오고 있다는 말.

진도윤은 무언가 아쉬움이 일었다.

'다 사냥해야 할 경험치들인데.'

이제는 둠의 부하라니, 아군이다. 아무리 경험치가 중하다 한들, 아군을 죽일 순 없다.

혹시 아는가? 저들의 힘이 나중에 악마들과 싸울 때, 큰 도움이 될지.

"……."

철컥!

진도윤의 마음을 읽었을까. 둠이 기파를 보내왔다.

"원하면 다 죽여도 된다고? 에이, 됐어."

사냥은 다른 곳에서도 얼마든지 할 수 있다. 천계의 다른 구역도 있고, 마계의 다른 구역도 있으니까.

지금 중요한 것은.

"아무나 붙잡아서 물어봐. 대천사의 위치가 어딘지."

"……."

둠이 묵묵하게 고개를 끄덕였다.

얼마의 시간이 지났을까. 데스 나이트 한 마리가 다가와 자락서스와 대화를 나눴고, 조금 더 시간이 흐른 후, 자락서스가 다시 진도윤에게 다가왔다.

"둠 나이트의 주인이시여."

"그냥 편하게 진도윤이라 불러."

"……진도윤이시여."

"그래."

"위치를 안다고 합니다. 과거 크림슨 나이트가 판데모니엄 측의 명령을 받아 타르라크 지하 깊은 곳에 봉인시켰다 합니다. 다만……."

"다만?"

진도윤이 되묻자, 자락서스가 머뭇거리다 답했다.

"그곳에 그 누구도 접근하지 못하도록 강력한 마물들을 배치시켰다 합니다."

"마물?"

진도윤의 눈이 휘둥그레졌다. 놀라움이 아닌 반가움의 제스처였다.

'개 꿀이네.'

마물이 어떤 개념인지는 모르겠지만 어쨌든 싸울 수 있으면 경험치가 될 수도 있다는 말 아닌가?

오히려 좋았다. 사냥도 하고 우리엘도 구하고- 경험치도 얻고 임무도 달성하고. 꿩 먹고 알 먹고 아니겠는가.

"……마스터."

그렇게 진도윤이 좋아하고 있을 찰나 옆에서 제프리가 굳은 표정으로 다가왔다.

"네비로스가 말하길, 생각보다 만만치 않은 느낌인 것 같다."

"왜, 뭐라는데?"

"마물은 악마들과 다르게 이지가 없는 대신, 굉장히 끔찍한 힘을 가지고 있다는 거 같군. 그 힘은 각 구역 지배자들도 함부로 접근할 수 없을 정도라 한다."

"……크, 역시 좋잖아?"

"좋은 건가?"

"아무리 세봐야, 그 루시퍼만 하겠어? 미리 실전 경험도 쌓고 하는 거지."

어차피 나중에는 10 악마나 루시퍼와 상대해야 할 몸이다.

뇌가 딸리는데 힘만 세다는 괴물들을 두려워할 거면 그냥 닉스의 은신처에서 영원히 숨어 사는 게 낫다고 생각하는 진도윤이었다.

"마스터의 마인드는…… 못 말리는군."

그런 생각을 읽었을까. 제프리가 피식 웃으며 답했다.

'하긴, 그게 마스터다운 자세이긴 하지.'

최후의 미궁 중반부부터 마스터는 오히려 위기를 즐겨왔었다. 두들길수록 강해지는 강철처럼, 위기는 자신을 더욱 단단하게 만들어주니까.

그런 성격이 아니었다면, 결코 미궁에서 살아남지 못했을 거다. 애초에 미궁 끝자락에서 데몰리션을 마주했을 때, 좌절했겠지.

"게다가 옆에 너랑 유리아가 있는데 별일 있겠어? 아, 물론 유아린도."

대수롭지 않게 말하는 저 말투. 사실 네비로스의 경고 때문에 살짝 불안했던 그였지만…… 그 마음이 눈 녹듯 사라지도록 만드는 언변이었다.

'역시.'

자신도 유리아도 100년이 넘는 시간 동안 마스터를 따르는 데는 이유가 있다고 생각하며 제프리는 고개를 끄덕였다.

"알겠다, 바로 가자고."

"곧바로 안내하라 해."

"명을 받들겠습니다."

진도윤의 명에 고개를 숙이는 자락서스를 끝으로.

작전명, 대천사 구하기.

본격적인 우리엘 구출 작전이 시작됐다.

저벅, 저벅.

진도윤 일행은 안내하는 방향을 따라 천천히 행군을 시작했다.

광활한 마계의 동쪽 평야. 빠르게 이동할 수 있는 방법이 분명히 있었지만, 굳이 그러지 않았다.

'빨리 갈 이유가 뭐 있겠어?'

이곳에 들어올 때부터 각오한 것이 있다. 가이아의 임무보다는 강해지는 데 초점을 두는 것. 지금은 우리엘을 구하는 것보다 훈련이 더 중요했다.

걸으면서도 진도윤의 후미에서는 유리아가 유아린에게 배움을 청하고 있었다.

"아린아, 그러니까 감응력을 하나의 신경이라 생각하라는 거지?"

"네, 손가락이나 발가락도 그냥 움직이고 싶을 때 움직여지는 거잖아요? 감응력도 마찬가지예요. 뇌가 인지하는 순간 자동 반사적으로 나가게끔."

"……그래? 흠, 난 안 되던데."

유리아는 얼굴에 온갖 힘을 쓴 채, 돌멩이 하나를 띄우기 위해 노력했다.

투욱!

그러나 얼마 지나지 않아 힘없이 바닥에 떨어지는 돌.

그녀의 입술에서 옅은 한숨이 새어 나왔다.

'이게 정말 실제로 되는 걸까?'

의문이 들었지만 믿을 수밖에 없었다. 유아린의 옆에는 무려 3개의 돌멩이가 둥실둥실 떠다니고 있었으니까.

간신히 떠오르는 느낌이 아니었다. 춤추는 것 같은 돌멩이의 리드미컬한 움직임은 절로 감탄을 자아내게 할 정도.

"어떻게 그렇게 자연스럽게 컨트롤하는 거야?"

"원래 처음엔 다 그럴 거예요. 저도 그랬고 도윤 오빠도 그랬었죠. 아기도 뒤집기나 걸음마 하는 데 시간이 걸리는 것처럼……. 계속 그 감각에 익숙해져야 해요."

"그냥 꾸준히 하면 된다는 거야?"

"네. 저기 봐요, 제프리는 벌써 하나 띄운 채 걷고 있잖아요."

묵묵히 수련하던 제프리는 유리아보다 훨씬 진도가 빨랐다. 집중력이 강한 것도 있겠지만, 그녀보다 수련한 기간이 더 많아서이기도 했다.

"……이런."

유리아의 이마에 혈관이 살짝 돋아 올랐다. 괜한 경쟁 심리가 생기는 것이다. 유아린은 그렇다 쳐도, 제프리 정도면 비빌 만하다고 느꼈으니까.

제프리를 한 번 힐끗 본 유리아는 이내 최전방 선두에서 걷는 진도윤을 바라봤다.

'역시, 저 괴물은······.'

자락서스와 함께 길잡이를 하고 있는 주제에 그의 옆에 있는 돌멩이의 개수는 10개가 넘어선다.

그뿐이랴? 그걸 하나하나 컨트롤하면서 자락서스와 대화까지 나누고 있다.

친구지만, 절로 존경심이 이는 마음.

그녀는 솔직히 알고 있었다. 자신도 제프리도, 대중들에게 존경받는 서머너가 된 원인에는 진도윤이 있다는 것을.

그에게는 분명 누군가를 빠르게 성장시키는 재능이 있었다.

'유아린도 봐.'

마스터랑 다닌 지 얼마나 됐다고 저렇게까지 성장했을까.

그녀 역시 진도윤이 없었다면 그냥 국가에서 이름 좀 날릴 정도의 실력이었겠지.

"후우."

마음을 다잡은 유리아가 돌멩이를 집어 올리려 할 찰나였다.

"4시간 지났다."

돌멩이를 떨어뜨린 제프리의 목소리가 들려왔다. 제프리의 역할은 시간 체크도 겸한다.

"감응력 훈련은 여기까지. 다음은 체력단련이야."

"벌써?"

유리아의 목소리에서 짙은 아쉬움이 흘러나왔다. 이번 훈련은 만족스러운 성과를 얻어내지 못했기에.

하지만, 별수 없다. 진도윤이 짜놓은 커리큘럼대로 움직이기로 했으니까. 하나에 집중하는 훈련보다 균형 잡힌 훈련을 선호하는 게 그의 방식이었다.

"후우, 그럼 이제 내 타임이네?"

유리아가 유아린을 보며 빙긋 웃자, 그녀가 고개를 꾸벅 숙인다.

"잘 부탁드릴게요, 언니."

체력에 있어서는 진도윤 다음이 유리아다. 그렇기에 다른 동료들이 뒤처질 때마다, 보통 그녀가 힘을 돋워준다.

"마스터, 오늘 체력단련은 뭔가?"

물론, 종목의 선택 권한은 진도윤에게 있었다.

"간단해. 이제부터 준비해 온 모래주머니를 차고 무조건 뛰는 거야. 내가 그만하라 할 때까지."

각 10kg의 모래주머니를 양손, 양발에 착용한다.

도합 40kg의 무게. 혹자는 인간의 힘을 벗어난 서머너에게 너무 낮은 무게를 적용하는 거 아니냐 물을 수 있다.

물론, 처음은 쉽다. 하지만 그 시간이 한 시간이 지나고 두 시간이 지나면? 아무리 서머너라 해도 지칠 수밖에 없다.

'게다가 휴식 시간도 없으니.'

준비하던 유아린이 긴장한 듯 심호흡했다.

자신이 가장 약한 분야. 체력 분배를 잘못하거나 호흡이 꼬이는 순간, 그냥 초죽음이라 보면 된다. 그녀의 눈앞에 있는 자들은 체력에 있어서 타의 추종을 불허하는 괴물들이니까 그저 간신히 따라가는 것만으로도 벅차다.

"페이스 메이커는?"

유리아가 가볍게 스트레칭하며 묻자, 진도윤이 태연자약하게 답했다.

"뭘 물어? 당연히 나지."

"으악, 조졌네."

"조지긴, 알잖아. 감응력 올리려면 한계까지 밀어붙여야 해."

"후우, 더 무서워지는데?"

혀를 내두르는 일행들이었지만, 그들은 그 누구보다 잘 알고 있는 자들이었다. 대충하는 것은 안 하느니만 못하다는 것을.

"자, 그럼 달리자."

"질주 쓰기 없기다?"

유리아의 농을 끝으로 죽음의 질주가 시작됐다. 그 누구도 불만은 없었다. 얼마 전 진도윤이 찬 모래주머니가 각 20kg씩이라는 걸 안 이후부터는.

훈련, 행군, 휴식을 대충 3일 정도 반복했을까. 끝이 없을 것만 같았던 평야도 마침내 끝이 보였다.

"……저 돌산이 이곳, 동부 평야의 마지막입니다."

길 안내를 하던 자락서스의 목소리였다.

평야의 끝에 존재하는 커다란 돌산. 그 가운데에는 넝쿨로 뒤덮인 동굴 하나가 존재했다.

보기만 해도 으스스한 기운이 뿜어 나오는 곳.

"여기가 우리엘이 봉인되었다는 곳이야?"

"그렇습니다. 진도윤이시여."

자락서스가 고개를 끄덕이자, 제프리가 앞으로 나섰다.

"그럼 바로 정찰, 시작하지."

훈련이 끝나고 작전으로 들어서는 순간. 모든 통제권은 진도윤에게서 제프리로 넘어가게 된다. 진조의 능력으로 박쥐를 들여보낸 제프리의 미간이 점점 찌푸려졌다.

"왜? 무슨 문제라도 있어?"

"제길, 지룡이다."

"지룡?"

익숙한 이름이었다. 몸길이가 10m 정도 되는 거대한 지렁이. 과거 A급 던전, '끝없는 악몽'에서 상대해 본 적이 있던 녀석이니까.

"뭐야, 마물이 지룡이었어? 그 물리 면역 있어서 상대하기 좀 까다롭던 그 지룡?"

진도윤의 물음에 제프리가 고개를 끄덕였다.

"맞다, 그때는 히든 패시브였지."

네비로스가 판단하지 못하는 스킬을 뜻하는 말. 그 때문에 근접전에서 굉장히 애먹었던 기억이 있었다.

"문제는…… 그때가 열화판이었다는 거다. 지금은 그것보다 수배는 강해 보여."

"그렇겠지. 이곳은 평범한 던전이 아니라 마계니까……."

A급 던전에서도 보스급이었던 녀석인데 본연의 힘을 끌어낼 수 있는 이곳에서는 얼마나 강할까?

꿀꺽.

진도윤도 침을 삼킬 수밖에 없었다.

"동굴 내부는 커다란 공터다. 그 내부에 으리엘도 보여."

"오, 그래?"

"이상한 쇠사슬에 묶인 상태로 잠들어 있다."

"쇠사슬?"

"신비한 마력이 느껴지는 게 특수한 쇠사슬인 것 같다. 그 주변을 지룡이 지키고 있고. 느낌만 봐도 절대 이곳을 떠날 것 같지 않아 보이는군."

"흐음……. 결국 잡아야 만날 수 있다는 소리네?"

"아마도."

"쩝."

진도윤이 혀를 차자, 제프리의 입꼬리가 살짝 올라갔다.

"물론, 까다롭기야 하겠지만 그때보단 상황이 나아."

"응."

진도윤도 인정했다. 아무리 지룡이 강하다 할지라도 지금과 그때가 확연하게 다른 한 가지가 있다.

'바로 나에게 이곳의 통치자, 둠이 있다는 것.'

둠 나이트는 마계의 힘을 받아 현재 본연의 힘을 끌어낼 수 있는 상태였다.

스릉!

진도윤의 전의를 읽었을까. 옆에 있던 둠이 묵직하게 검을 뽑아 들었다.

우우웅!

그에 맞추어 진동하는 검. 과연 볼드윈이 야심 차게 만든 무기답게 날카로운 예기였다.

"상대하는 방법은?"

진도윤의 물음에 제프리가 명료하게 답했다.

"그때와 동일."

"그 외 특이점은?"

"딱히 없다. 지금으로선."

정찰로 얻을 수 있는 정보는 그게 끝. 나머지는 직접 몸으로 부딪치며 알아봐야 한다는 의미일 터.

"좋아."

진도윤이 씨익 미소를 지었다. 생각했던 것보다 빡셀 것 같긴 했지만 그래도 기다리던 순간이었다.

훈련이 아닌, 본격적인 사냥 타임.

'그리고 사실.'

오히려 강해서 다행이라는 마음도 내심 있었다.

강한 만큼 경험치를 많이 줄 테니까.

진도윤은 간만에 피가 들끓는 것을 느꼈다.

"바로 들어가자고. 맛있는 거 먹으러."

철컥!

갑옷을 장착하고 소환수를 일렬 배치한 진도윤이 먼저 걸음을 옮겼다.

3장

[주의! 주의! 주의!]
[보스급 몬스터가 응시합니다.]

 소름 끼칠 정도로 오싹한 분위기와 코를 괴롭히는 고약한 냄새.
 들어온 우리의 냄새를 맡았을까? 어두운 배경 사이로 놈의 붉은 눈동자가 망막에 비쳤다.
 쿠그그그……
 동시에 요동치는 바닥.
 "둠!"
 끄덕.
 문제없다는 듯 자신감을 내비치는 둠 나이트. 그의 기세도 눈앞의 지룡에 비해 절대 부족하지 않았다. 오히려 기세만 따지고 봤을 땐, 둠이 녀석을 압도할 정도.

'문제는……'

둠의 기술 대부분이 물리 공격이라는 점이었다. 지룡(地龍)의 스킬은 일정 기간 물리 공격이 통하지 않는다. 그렇기에 진도윤은 데몰리션을 뒤로 뺀 상태로 브레스를 준비시켰다.

제프리가 굳은 표정으로 입을 열었다.

"최대한 거리를 벌려놔야 한다. 놈은 지렁이지만 제법 똑똑해."

"알지."

진도윤이 고개를 끄덕이며 컨트롤을 준비할 찰나.

"크아아아아아!"

지룡의 포효가 동굴을 가득 채워 울렸다.

까아아앙!

먼저 선두에 나선 둠이 칼로 녀석의 표면을 후려쳤다. 비록 대미지는 들어가지 않지만, 힘을 이용해 이곳으로 다가오는 것을 저지할 수는 있다.

"유리아!"

제프리가 다급하게 외쳤다.

"말 안 해도 알아!"

그런 둠의 육체에 아묘의 힐링과 페어리킹의 버프가 더해졌다.

쾅! 콰아아아아앙!

그렇게 힘과 힘이 맞붙는 육탄전이 시작됐다.

땅이 움푹- 파이고 벽면이 우수수 무너질 정도로의 과격한 전투. 과연, 본래의 힘을 찾은 둠의 위력은 상상 초월이었다. 저 괴물 같은 놈을 상대로 손쉽게 버텨내고 있었으니까.

'이제 브레스랑 마법 공격만 날리면 되나?'

그때였다.

"잠깐, 마스터?"

살짝 다급해 보이는 제프리의 목소리가 들려왔다.

'응?'

진도윤은 순간 어떤 묘한 기시감이 들었다. 동시에 느껴지는 이질적인 감각.

'뭐지?'

진도윤의 심장이 철렁했다. 전투에 앞서 예민해져 있는 그의 감각에…… 분명 예상과 다른 것들이 끼어 있었기 때문.

우르르르!

이윽고 조금 전의 흔들림과는 다른, 동굴 전체를 뒤집어 엎어버릴 것만 같은 진동이 그들을 집어삼켰다. 동시에 어두운 배경에 수많은 붉은 눈동자가 하나, 둘 떠오르기 시작했다.

[주의! 주의! 주의!]
[보스급 몬스터가 응시합니다.]
[주의! 주의! 주의!]
……

시야를 한가득 채우는 경고 메시지.

"……미, 미친? 이게 뭐야!"

경악한 유리아의 목소리가 들려왔다. 옆에 있던 유아린도 헛숨을 들이켰다.

"제기랄……. 마스터! 지룡이 한 마리가 아니었다!"

"……."

대충 세어봐도 최소 10마리 이상. 진도윤은 말없이 입술을 깨물었다.

아무래도 사냥 타임이 아닌 생존 타임인 것 같았다.

"야, 제프리! 어떻게 된 거야?"

유리아가 황당하다는 듯 소리쳤다. 분명 정찰 때 한 마리인 줄 알았던 지룡이 이렇게나 많다니.

"저거 다 네가 말했던 지룡 맞지? 내 눈이 삐꾸인 거 아니지?"

"……맞다. 젠장할. 네비로스가 말하길, 대악마의 결계 흔적이 보인다고 하는군. 아무리 똑똑한 녀석이라도 자신보다 상위 종은 어쩔 수 없었던 것 같다."

"이런, 미친! 그럼 함정이었다는 거야?"

"일단 다들 침착해라."

진도윤의 명에 다들 입을 다물었다. 이런 상황에서 어떻게 대처해야 하는지는 그들도 잘 알고 있었다.

미궁에서 수천, 수만 번 전투할 동안, 이런 상황이 없었던 것도 아니었고.

"누구의 잘못을 따질 때가 아니야. 지금 상황에 집중해."
"오케이, 우선은 생존부터 하자는 거지?"
고개를 끄덕인 유리아가 제프리를 바라봤다.

정확히 따지자면, 이번 사건은 그의 실수가 아니다. 네비로스도 몰랐던 부분이니, 어쩔 수 없었던 상황. 지금 중요한 것은 그다음의 대처였다.

짧은 고민 후, 제프리의 입이 무겁게 열렸다.
"다들 우선 모서리에 최대한 붙어. 벽을 등지고 포물선 배치로 최대한 방어한다. 작전은 그다음."
"오케이!"

현재 대열은 수비하기에 형편이 좋지 않다. 지룡에게 사방을 내어줄 가능성이 있었으며, 그렇게 된다면 원거리 딜러들이 공격을 넣을 수도 없을 터. 동굴 모서리 각을 이용해, 지룡의 공격 범위를 최대한 좁히자는 것이 제프리의 판단이었다.

"다들 뛰어! 제대로 공격하기 전에 자리를 잡아야 한다!"
제프리의 외침에 일행들이 일사불란하게 움직이기 시작했다. 우선, 본연의 힘을 끌어낼 수 있는 자락서스와 세이르를 양옆에 배치했고 중앙을 가장 센 둠 나이트가 맡았다. 그 틈 사이에는 펜-리르와 미카엘이 서브로 지원하게끔 대열을 구성했다.

막상 명령이 떨어지자 물 흐르듯 움직이는 일행들.
"키아아아아!"
"키에에에!"
그 모습을 지켜보던 지룡들이 드디어 강한 적의를 품었다.

칠흑 같은 어둠 속에서 급속도로 다가오는 붉은 눈동자.

쿠구구구구…….

그와 동시에 지진이라도 난 듯 땅이 흔들린다. 나름 전투 베테랑인 그들조차 오금이 저릴 만큼 강한 압박이었다.

"와라."

하지만, 이 정도에 굽힐 진도윤이 아니었다. 앞으로 싸워야 할 상대들을 생각한다면, 이 정도는 버텨줘야 할 터. 그래도 얼마 전 만났던 루시퍼에 비하면 그나마 나은 상황이었다.

쿠과가가가!

육체로 밀어붙이는 지룡들을 상대로 둠은 힘차게 검을 휘둘렀다.

카아앙!

그러나 검을 둘러싼 시커먼 검강에도 지룡들은 전혀 타격을 입지 않는다. 강력한 기세의 둠임에도 난감할 수밖에 없는 상황.

"우선 힘으로 다가오지 못하게만 막아! 딜은 피닉스와 이프리트, 엘라임이 넣는다! 그리고 마스터는…… 아무래도 정령왕의 돌을 준비해야 할 것 같다."

제프리의 비장한 어투에 진도윤은 고개를 끄덕였다.

"이미 꺼내놓긴 했지."

꺼내긴 했지만, 함부로 사용할 수 없는 게 바로 이 정령왕의 돌이다. 30분 동안 처리하지 못한다면, 그대로 녹다운될 수 있는 위험이 있기에.

하지만, 반대로 말하면 현재 그가 가진 것 중 가장 강한 수단이기도 하다. 어쩌면 데몰리션의 뉴클리어 브레스보다 더.

"마스터, 어차피 데몰리션은 브레스 못 쓰는 거 알지? 탱커로 가용하자."

"후우, 맞다. 지룡 저거…… 반사 있었지?"

진도윤의 입에서 한숨이 절로 나왔다. 지룡의 진짜 무서운 점은 위기의 순간에 단 한 번 스킬을 튕겨낸다는 점.

그런 녀석들에게 브레스를 사용했다간.

'바로 전멸이지.'

[파괴룡, 데몰리션(★★★★)이 불만을 표출합니다.]
[친밀도에 변화가 없습니다.]

제프리의 말을 이해했을까.

데몰리션의 입이 삐죽 튀어나왔다. 딜러가 아닌, 고기 방패로 쓰자는 말에 자존심이 상한 것이다.

"인마, 네가 아니면 누가 막겠냐, 저것들을."

"뀨웅!"

고개를 한번 휙- 돌린 데몰리션이었지만, 별수 없다는 듯 자신의 말을 따르는 녀석. 그래도 소환수라고 말은 잘 듣는다.

[스킬, '변화하는 육체'(S급)를 사용합니다.]

쿠과가가!

동굴을 한가득 채울 정도로 커다랗게 변한 파괴룡이 앞발로 녀석들을 강하게 후려쳤다. 물리 면역이라 딜이 들어가지 않음에도 불구하고 뒤로 밀릴 만큼 강한 공격이었다.

그 모습을 본 제프리가 주먹을 꽉 쥐며 외쳤다.

"이렇게 조금만 버티면 돼! 어차피 물리 면역은 무한 지속이 아냐!"

지룡의 물리 면역은 시간이 지나면 해제된다.

'하지만 그것보다는.'

진도윤이 걱정하는 것은 다른 부분에 있었다.

['지룡'(★★★★★)의 비늘이 부풀어 오릅니다!]

이런 가시를 뿜어내는 스플래시 공격은 둘째 치고.

['지룡'(★★★★★)이 새끼들을 부릅니다!]

지룡은 자신의 새끼까지 전투에 가용하는 극악무도한 녀석이다. 게다가 그 수만 수십이니, 거의 동굴이 지렁이로 빽빽하게 찰 정도의 물량이 쏟아져 나왔다.

"마스터……."

그 광경을 넋 놓고 쳐다보던 유리아가 이내 고개를 절레절레 흔들었다. 그러고 보니, 그녀는 지룡을 상대하는 것이 이번이 처음이다.

"이건 진짜 역대급 답도 없겠는데? 미궁 끝자락이랑 루시퍼 이후로 또 이런 절망감은 처음이네."

확실히 상황은 좋지 않았다. 둠도 힘겨운 전투를 펼치고 있었으며 그렇다고 원거리 딜러들의 딜이 통쾌하게 들어가는 것도 아니다.

"아냐, 흔들릴 필요 없어."

그러나 진도윤의 눈빛은 부동이었다. 아직 믿을 구석이 하나 남아 있기에.

손에 들린 '정령왕의 돌'을 꽉- 쥐는 진도윤이었다.

"……."

철크렁!

시끄러운 소리에 간신히 의식을 차린 어떠한 존재가 손발을 움찔거렸다.

'누구지?'

상급 천사 루시퍼의 배반 이후 이곳에 봉인 당한 채, 아무 능력도 쓸 수 없었던 그녀. 대천사, 우리엘이 미간을 찌푸렸다.

귀가 울릴 정도로 시끄러운 주변에다가 심지어 땅까지 흔들리는 바람에 상처 입은 부분의 통증이 칼에 찔린 듯 아파 왔기 때문이었다.

'이 빌어먹을 족쇄.'

그뿐이랴? 손발을 꽁꽁 묶고 있는 쇠사슬이 거슬리면서도 자존심이 상했다. 천신을 모시던, 고고한 대천사인 자신이 이런 악마 소굴에 갇혀 있다니.

슬쩍 눈을 뜬 우리엘이 주변을 살폈다. 누군가의 접근을 완전히 차단하던 저 마물들이 무슨 일이 있어서 저렇게 날뛰는 걸까? 혹시, 천신의 군사들이 자신을 구하기 위해 다가와 주기라도 한 걸까?

이윽고 우리엘의 눈동자가 살짝 커졌다.

'인간?'

놀랍게도 이곳 마계 구석에 등장한 존재가 인간이었기 때문이다.

"인간이 어떻게……."

우리엘의 목소리에는 분명 놀라움도 있었지만, 동시에 실망감 역시 공존했다. 혹시나 했던 살짝 피어올랐던 그 희망의 불씨가 식은 탓이다.

'인간은 절대 저 마물들을 이길 수 없어.'

우리엘은 저 마물들의 무서움을 잘 알았다. 공격이 통하지도 않고, 힘 또한 무식하게 강하다. 자신의 힘이 온전하다면 모를까 절대 인간이 이길 수 있는 수준의 마물은 아니었다.

그가 대천사 시절 나갔던 인간계의 존재들은 신과 정령을 제외하고는 다 별 볼 일 없는 수준이었기에.

"……."

결국, 포기한 마음으로 상황을 지켜보던 우리엘.

그러나 시간이 흐를수록 그녀는 무언가 다른 점을 느꼈다.

'몬스터를 다루는 인간들? 게다가…… 그 힘이 만만치 않아.'

게다가 풍기는 기운이 무언가 익숙했다.

'설마, 가이아……?'

그랬다. 분명 인간들은 하나하나 가이아의 기운을 품고 있었다. 천계, 마계, 인간계. 삼계(三界)를 통틀어 가장 거대하면서도 강했던 대지의 여신. 우리엘 역시 천신을 모시며, 먼발치에서 그녀를 본 적이 있었다.

그렇기에 확실히 알 수 있었다. 저 인간들에게서 느껴지는 기운이 가이아의 기운이라는 것을.

'비록 완전한 힘은 아니지만…….'

완전한 가이아의 힘에 비할 바 없긴 했다. 힘이 잘게 잘게 쪼개져 있는 그런 느낌이었으니까.

'하지만, 그분의 힘이라면.'

일말의 가능성이 있어 보이기도 했다. 게다가 가이아의 기운에는 멸마(滅魔)의 힘이 깃들어 있다. 그 힘이라면 대악마들이 봉인해 놓은 이 빌어먹을 결계를 끊어낼 수도 있을 거다.

'게다가.'

잠깐 후, 우리엘은 또 하나의 특이점을 발견했다. 익숙하다기보다는 무언가 공포스러운 기운.

'저것은 분명…….'

비록 미약하다지만, 그 강력하던 천신께서도 벌벌 떨던 파괴의 기운이었다. 원인은 모르겠지만, 태초부터 그 누구도 통제하지 못한 저 힘을 한 인간이 통제하고 있는 듯했다. 말이 안 되면서도 또 한편으로는 굉장히 신기한 광경.

우리엘은 차근차근 생각했다.

'저들이 이곳에 온 이유가 뭘까?'

이곳은 오직 자신을 봉인하기 위해 만들어진 공간이다.

그렇다면 높은 확률로 저들은 자신의 봉인을 풀러 들어왔을 가능성이 컸다.

"……"

결국, 우리엘은 결심했다. 남아 있는 힘을 털끝까지 뽑아내, 저들에게 기파를 보내보기로.

생명의 원천을 끌어다 쓰는 것이기에, 실패하면 혹여 나중에 봉인이 풀린다고 하더라도 큰 타격을 입을 수밖에 없다.

'하지만 어차피…… 답은 없는 상황이니. 모험을 해보자.'

우리엘은 인간들 중 하나를 천천히 응시했다. 가이아의 힘을 가장 많이 가지고 있는 자, 진도윤이었다.

"제기랄. 지렁이 새끼 주제에."

진도윤의 눈살이 찌푸려졌다. 지렁이면 지렁이답게 멍청할 것이지 놈들은 점차 영리하게 움직이고 있었다.

굳이 앞에 있는 데몰리션을 뚫으려 하지 않았고 정면을 뚫기보다, 새끼를 소환해 천장과 바닥을 모두 점령해 포위하려 했다.

"……."

시간이 얼마나 흘렀는지 세지도 못했다. 한순간, 한순간이 긴장의 연속이었기에, 시간 가는 줄 몰랐다는 것이 더 정확한 표현이겠다.

강하기도 강한데 수까지 많으니, 정말로 답이 없는 상황.

유리아의 버프와 힐링 때문에 지금까지 버텼던 거지.

이제 그녀도 감응력이 텅텅 다 비어간다.

'이제는 어쩔 수 없어.'

결국, 결심한 진도윤이 '정령왕의 돌'에 감응력을 불어넣으려 할 찰나였다.

- 오른쪽으로 피하거라!

"흐읍?"

갑작스레 머릿속을 울리는 음성에 진도윤은 본능적으로 움직였다.

콰아앙!

그리고 그 자리, 바닥에는 커다란 구멍이 깊숙이 뚫려 있다. 어느새 천장을 타고 올라온 새끼 지룡이 낙하 공격을 한 탓이다.

'그나저나 누구지?'

진도윤이 급하게 주변을 두리번거렸다.

- 여기, 중앙이다!

중앙에서 자신에게 목소리를 보낼 존재라면 답은 하나밖에 없다.

"우리엘?"

"응? 그게 무슨 소리야?"

옆에 있던 유리아가 물었지만, 진도윤은 손을 들어 올렸다. 잠깐 집중해야겠다는 제스처. 중앙을 바라보니, 원래 잠들어 있던 우리엘이 눈을 뜬 채 정확히 자신을 바라보고 있었다.

- 맞다. 혹시 저 장벽을 뚫고 이곳 중앙까지 올 수 있겠느냐? 그렇게만 해준다면, 내 도움을 줄 수 있을 것 같구나.

"중앙이라……."

진도윤은 본능적으로 깨달았다. 생존하기 위해서는 저 존재, 우리엘의 말을 따라야 한다는 것을.

"키에에에!"

"크에에!"

['지룡'(★★★★★)이 포효합니다.]
[소환수들의 이동속도가 20% 감소합니다.]

과연, 지룡 수십 마리의 위용은 끔찍하고도 대단했다. 하나 상대하기도 벅찰 것 같은 녀석들이 집단을 이루어 달려드니, 정신을 차리고 있는 게 장할 정도.

이미 일행들의 얼굴은 완전히 창백하게 질린 상태였다.

"하…… ×나 힘드네."

머릿속에 울리는 우리엘의 말을 들으면서도, 진도윤은 계속해서 소환수들을 컨트롤했다.

"마스터! 점점 감응력이 딸려! 이러다 번아웃 올 수도 있겠어!"

"조금만 참아라, 유리아. 방법이 생긴 것 같으니까."

"방법?"

"일단, 유아린, 이리로."

"네!"

좌측의 방어를 전담하던 유아린이 급하게 달려왔다. 지속되는 새끼 지룡의 낙하 공격을 피하느라 갑옷은 이미 먼지로 뒤덮인 상태. 동굴이 흔들리며 굉음을 자아냈기에 목소리도 커질 수밖에 없었다.

"어떤 방법인데?"

유리아가 다급하게 외쳤다.

사실상 현 전투에서 가장 바쁜 것이 그녀였다. 두 방위를 덮치는 지룡들로 인해 전열 탱커들의 피가 급속도로 닳는 탓에, 이리저리 옮겨 다니며 힐링을 해야 했으니까.

그뿐이랴? 그녀의 미카엘은 탱커 역할까지 겸하고 있었다.

유아린이 다가오자 진도윤이 다시 말을 꺼냈다.

"다들 잘 들어. 이제부터 중앙으로 이동할 거야."

그는 갑옷에 묻은 먼지를 털며 우리엘이 있는 방향을 바라봤다. 도움을 주겠다 하는 걸 보면 분명 어떠한 방법이 있을 터인데 어차피 정령들로 싸워야 할 상황이라면, 싸우는 김에 저쪽으로 이동하는 게 훨씬 나을 거란 판단이었다.

"중앙……? 마스터 그건 좀 위험한 것 같은데."

제프리가 불안한 듯 표정을 일그러뜨렸다.

현 진형을 깨뜨리는 것. 그것이 얼마나 위험한지는 두말해 봐야 입 아프다.

"벽을 등지고 싸워도 위태한 상황인데……. 중앙으로 이동하는 순간 놈들에게 완전히 포위당할 것이 분명하다."

"나도 알아. 내가 그걸 모르겠냐?"

"……?!"

제프리의 눈에 의문이 피어올랐다. 그가 아는 마스터는 가끔 무모하긴 해도, 그 행동에 항상 이유가 있기에.

"그럼, 왜?"

"방금 우리엘이 날 불렀어. 가면 방법이 나올 것 같은 느낌인데, 나 혼자 가기엔 애매한 상황이야."

자신뿐만이 아니다. 이 파티에서 누구 하나만 빠져도 모두 전멸이다.

"우리엘이……?"

"시간 없어. 끌수록 불리해지는 건 우리야."

"하긴, 감응력이 무한한 건 아니니까. 오케이, 이곳에 죽치는 것보단 뭐라도 해보는 게 낫겠지."

제프리가 승인하자, 진도윤이 고개를 끄덕였다.

"지금부터 정령왕의 돌을 쓸 거야. 아린이랑 내가 정령들을 컨트롤하면서 이동하는 동안, 나머지는 따라오면서 최대한 방어에 임해."

"진형을 유지하면서 이동하자는 건가?"

"어, 남은 방위는 정령들로 커버 치면 되니까."

진지한 표정으로 명령하는 진도윤.

그의 몸에서는 분명 어떠한 생기가 뿜어져 나오고 있었다.

다 죽어가는 위급한 상황에 생기라니?

실제로 진도윤의 감정이 그러했다.

'이렇게 피 끓는 전투를 해본 적이 얼마 만이던가······.'

지룡에게 처맞으면서도 환하게 웃고 있는 데몰리션처럼 사실, 그는 온몸을 달구는 전율을 만끽하고 있는 상태였다.

"······."

그런 그의 모습을 바라보며, 유아린은 내심 안도했다. 절체절명의 위기 상황임에도, 왠지 해결해 낼 수 있을 것 같은 믿음이 생겼기 때문이다.

'그때처럼.'

공략 불가 판정 던전이었던 황금 계단. 그곳에서도 결국 그는 그 끔찍했던 자이언트 스웜의 입속으로 들어갔었다.

누가 보면 미쳤다 할 행동이었지만, 그 덕에 전멸할뻔한 서머너들을 구해내지 않았던가.

지금은 힘들어 보일지 몰라도 결국은 또 그의 말이 맞을 터였다.

"그럼, 바로 시작할까요?"

"준비됐어?"

"네!"

유아린의 당찬 대답과 함께.

우우웅!

진도윤이 꺼내 든 정령왕의 돌에 감응력을 냅다 들이부었다.

그 순간.

쿠구구궁!

안 그래도 흔들리던 동굴이 다시 한번 거세게 떨리기 시작했다.

[띠링!]
[정령왕의 돌을 사용합니다.]
[30분 동안 현세에 정령계를 소환합니다.]
[앞으로 한 달 동안 사용이 제한됩니다.]

"끄으으……."

"으아아."

공간을 압박하는 기운에 일행들이 들끓는 소리를 냈다. 진도윤 역시 심장으로부터 짜릿한 감각이 끓어오르는 상태.

[모든 정령들이 돌의 주인을 따릅니다.]

전방에 생긴 차원의 문에서 물과 불의 기운이 쏟아지기 시작했다. 옆에 있던 엘라임이 지금까지와는 다른, 거친 기세를 뿜어내며 외쳤다.

"진도유운! 여긴 나한테 맡겨!"

"끼루루루!"

피닉스 역시 본연의 힘을 되찾은 상태로 돌진했다.

과연, 6성(★★★★★★)의 힘일까? 안간힘을 쓰며 버텨야 할 정도로 힘들긴 했지만, 그만큼 상황도 좋아졌다.

콰앙! 쾅!

엘라임이 통제하는 물의 군단과 이프리트가 통제하는 불의 군단이 지룡들을 향해 끊임없이 밀고 들어갔다.

"크에에?"

"크에에에!"

갑작스러운 정령들의 기세에 살짝 당황하는 지룡들. 하지만, 녀석들도 괜히 까다로운 마물이라 불리는 게 아니었다. 단단한 피부와 광역 스킬을 앞세워 정령들에게 저항하기 시작한 것이다.

콰가가강!

거대한 존재들의 부딪힘. 진도윤은 그 여파만으로도 정신을 차릴 수가 없었다.

잘근!

그는 자신의 입술을 강하게 씹었다. 알싸한 혈향이 그의 얼을 되돌려 놓았다.

'정신 차리자. 정령계의 통제권이 사라지면, 무조건 전멸이야.'

최대한 빨리 우리엘이 있는 방향으로 이동해야 했다.

"크윽, 다들 중앙으로 뛰어!"

"오케이!"

"유아린은 이프리트 통제권 받고!"

"문제없어요!"

흔들리는 공간 속에서 중심을 잡아가며 달리는 일행들.

그중 유리아가 다가와 물었다.

"이게 다 뭐야? 저게 엘의 진짜 힘이야?"

이 광경을 처음 본 그녀는 입을 떡 벌리고 있는 상태였다. 귀엽게 방어만 하던 엘라임이, 전장을 휘저으며 수 속성 공격을 난사하고 있었으니까.

"이프리트도 대단하네. 지금껏 공격은 무슨 애들 장난인 수준이잖아?"

그뿐이 아니었다. 정령왕의 기세도 대단했지만, 그 옆을 보좌하는 최상급 정령들도 다 남다른 수준이다.

"미쳤네, 왜 이런 걸 이제야 꺼낸 거야?"

"30분짜리 힘이야. 쿨타임은 한 달이고."

"캬, 그래도⋯⋯ 미궁 땐 왜 이런 게 없었을까."

"그만 쳐다보고 이동하는 데만 집중해라. 발 조심하고."

"아, 알겠다구."

거리는 약 500m 정도. 진형을 유지하며 가기 위해서는 한치도 방심하면 안 된다.

"허어?"

실눈을 뜬 채 그 모습을 지켜보던 대천사 우리엘은 놀랄 수밖에 없었다.

'저게 말이 되는 일인가?'

정령들이 어떤 존재들이던가. 비록 인간계를 통치하는 여신, 가이아와 비견되는 수준은 아닐지라도 태초부터 인간계의 근원을 이루는 존재들이었다.

'마치, 천계의 세계수처럼 말이지.'

그런 존재들을 고작 인간들이 통제하고 있다고? 그녀의 상식으로는 말이 안 되는 일이었다.

'심지어 불과 물의 정령은 앙숙이라 알고 있었는데.'

저 모습을 보아라. 융해와 증발을 오가는 원소 반응까지 일으키며 서로를 돕고 있지 않은가.

우리엘은 힘차게 달려오고 있는 한 인간을 바라봤다.

'저자가 도대체 어떤 존재이기에.'

그녀는 강한 호기심이 일었다. 가이아의 힘, 파괴의 힘, 정령의 가호를 동시에 가지고 있는 자. 심지어 가까이 오면 올수록, 언뜻 천계의 냄새도 나는 것 같았다.

'어라?'

지금 보니, 마계의 냄새도 살짝 난다. 그야말로 혼돈이라는 말이 어울리는 존재.

'하긴 평범한 인간은 아니겠지.'

사실, 지금도 그렇다. 혹시나 하는 마음으로 불렀던 게, 진짜로 여기까지 와 줄 줄은 그녀도 예상치 못했다.

'지룡은 일개 평범한 마물이 아니니까.'

녀석들은 대악마들조차 다루기 성가셔하는 끈질긴 종이다. 그러니까 자신들을 봉인해 둔 장소에 배치해 둔 거겠지. 그런 지룡들을 분명 저들은 견뎌내고 있었다.

"……."

그리고 얼마의 시간이 지났을까.

지금 눈앞에.

"허억, 허억."

거친 숨을 내쉬며 쇠사슬을 건드리는 인간이 보였다.

"참으로 대단하구나……."

"네가 말한 대로 이곳에 도착했어. 이제 어떻게 해야 하지?"

그 말에 우리엘이 고개를 들었다. 그녀의 눈빛에는 분명한 희망이 깃들어 있었다.

얼마의 시간이 흐른 지도 모를 만큼 긴 시간의 봉인을, 그 답답한 족쇄를 눈앞의 인간이 풀어줄지도 모른다 생각하자, 희열이 한가득 차올랐다.

"네 몸 안에 지닌…… 가이아의 힘."

"감응력?"

"그걸 무엇이라 부르든……. 그 힘을 이곳 족쇄에 불어넣거

라. 가능하겠느냐?"

"많이 필요해? 저것들 유지하는 데도 벅차서."

"조금만 있으면 된다."

원래 봉인이란 게 그렇다. 조그마한 틈만 만들어지면, 그 틈을 벌리는 것 정도는 자신도 할 수 있었다.

"오케이, 해볼게."

진도윤은 속이 좋지 않은 듯 가슴을 부여잡으면서도, 감응력을 끌어모았다.

우-우-웅!

그렇게 그의 손에서 감응력이 흘러 들어갈 찰나.

파즉! 파즈즉!

쇠사슬에서 전류가 흐르기 시작했고 사이사이 틈이 벌어지기 시작했다.

'과연 멸마(滅魔)의 힘인가?'

우리엘이 탄식했다. 족쇄에 깃들어 있던 악마들의 힘을 가이아의 힘이 게걸스럽게 먹어치우기 시작한 것이다.

동시에, 억압되어 있던 자신의 힘 역시 점차 돌아오는 게 느껴졌다.

"아……. 아아아아……."

막혀 있던 것이 뚫리는 그 엄청난 해방감에 그녀는 본능적으로 신음을 흘렸다. 그런 우리엘의 모습을 바라보는 진도윤의 눈에서 안타까움이 스쳤다.

이런 곳에 얼마나 오래 묶여 있었을까? 미궁에서 있던 100년이라는 기간 역시 생지옥으로 느껴졌을 정도인데.

"야, 잘되고 있는 거냐?"

"……그런 것 같다. 정말 고맙구나…… 고마워."

우리엘이 조용히 읊조리며 해방의 감각을 느꼈다. 루시퍼에게 억울하게 뒤통수를 맞은 후, 쌓여온 증오심과 복수심을 이제는 마음껏 풀어낼 수 있게 된 것이다.

펄럭!

힘없이 늘어져 있던 우리엘의 여섯 쌍 날개가 사방으로 솟구쳤다. 그와 동시에 사방으로 뻗어 나가는 성스러운 빛.

"나 천신을 수호하는 대천사, 북쪽의 우리엘은 그대에게 은을 입었다. 이 은혜는 생이 다하는 순간까지 잊지 않겠노라."

"야, 은혜는 됐고, 빨리 저거나 좀 해결해 달라니까."

무언가 숭고해 보이는 그녀의 목소리에 진도윤이 약간 짜증을 냈다. 이제는 정말 숨이 턱 막힐 정도로 버티기 힘든 상태였기 때문.

"아, 알겠느니라."

머리를 긁적인 우리엘이 품속에서 새하얀 불꽃의 검을 꺼내 들었다.

"예전 힘만큼은 발휘 못 하겠지만, 이 능력이면 충분히 도움이 되겠지."

동시에, 느린 속도로 지룡들을 향해서 가로 베기를 펼쳤다.

뭐야, 싶을 정도로 힘없는 움직임 하지만. 그 결과는 그렇지 않았다.

[대천사, 우리엘(★★★★★)이 스킬, '능력 멸살'(S급)을 사용합니다.]

동굴 전체가 번쩍임과 동시에 눈앞에 수많은 버프 해제 메시지들이 떠올랐으니까.

[요정왕 '페어리킹'(★★★★★)의 '맹공' 효과가 사라집니다.]
[모든 소환수의 공격력이 50% 강화 효과가 해제됩니다.]
[요정왕 '페어리킹'(★★★★★)의 '의지' 효과가 사라집니다.]
……

"……뭐야, 이게?"

갑작스럽게 사라진 버프들에 진도윤이 어이없다는 듯 눈살을 찌푸렸다.

"능력 멸살……"

네비로스와 대화를 나누던 제프리가 중얼거리며 다가왔다.

"아무래도 광역 디스펠인 것 같다, 마스터."

"광역 디스펠?"

"피아를 가리지 않는다는 게 단점인 것 같은데. 그래도 저기 봐."

진도윤은 제프리가 가리킨 방향을 주시했다. 그러고는 놀란 표정을 지었다.

"오?"

"상황이 많이 좋아졌잖아."

제프리의 말대로였다. 정령들의 공격을 맞받아치던 지룡들이 이제는 고통에 울부짖으며 도망 다니고 있었다.

"키에에에!"

마치 무언가 공포스러운 것을 마주한 듯 도주하는 그들. 정령들까지만 해도 상대해 볼 법한 했던 지룡들이 갑자기 전의를 상실한 데에는 이유가 있었다.

서걱! 스거걱!

무서운 기세로 근처에 있는 모든 지룡들을 도륙하는 존재. 칠흑의 데스나이트, 둠 때문이었다.

둠의 기세는 정말로 대단했다. 멀리서 보고만 있어도 숨이 턱 막힐 정도인데, 막상 눈앞에서 상대하는 저들은 어떠할까.

"……."

둠 나이트는 마치 이곳의 지배자가 자신이라는 것을 알리듯 거침없이 질주했다.

지룡들이 땅속에 숨으면 검으로 땅을 박살 냈고 근처에 있는 모든 새끼 지룡들은 도망가던 자세 그대로 두 동강 났다.

도주도 쉽지 않았다. 옆에서 보조하는 자락서스의 속박술이 그들의 발을 꽁꽁 묶었으니까.

"키에에에!"

어떤 지룡은 위기에 몰린 듯 방향을 틀어 둠에게 돌진했지만.

서거거거걱!

시커먼 검기를 두른 둠의 난도질에 순식간에 고깃덩이로 화했다. 말이 나오지 않을 정도로 빠른 검술.

스릉!

한차례 썰어낸 둠은 오연한 표정으로 검을 털었다. 그 와중에도 둠의 육체에는 녀석의 피나 진액이 하나도 묻지 않았다.

"크, 그래……. 저게 둠이지."

진도윤은 감격한 표정으로 둠을 쳐다봤다.

그래, 저게 둠의 본 모습이었다. 크림슨 나이트의 진영을 홀로 뛰어가며 학살하던 둠 나이트 본연의 모습. 지룡의 '물리 면역' 때문에 죄어 있던 고삐가 마침내 풀려 버렸다.

"그래, 답답했던 만큼 더 날뛰어라."

그렇게 진도윤이 둠의 예술적인 전투 장면을 넋 놓고 바라보고 있을 때였다.

"허, 마계에 저런 데스나이트가 있었던가……? 정말이지 놀랍구나."

옆에서 감탄하는 우리엘의 소리가 들려왔다. 그녀 역시 입을 떡 벌린 채 전투를 감상하고 있었다.

하긴, 둠의 화려한 전투 모습을 보고 시선이 가지 않을 존재는 없을 터. 뭔지 모르게 뿌듯한 감정을 느끼며, 진도윤이 말을 꺼냈다.

"응, 놀랍게도 둠은 이곳 지역의 지배자거든."

"이곳 지역이면, 타르라크? 과연, 마계 구역의 지배자라…….

그대에게 나던 마계의 향도 저것 때문이었구나."

"응? 마계의 향?"

생각해 보니, 우리엘은 대천사다. 마계의 향이라 하면 기분이 나쁘지 않을까? 잠깐 걱정했지만, 그런 눈치는 아니었다.

"그나저나 정말 대단하구나······. 솔직히 도움을 준다 했을 때도, 이 정도까지 해낼 줄은 몰랐느니라."

아무리 패시브가 사라졌다 해도 지룡은 기본적인 신체 조건이 뛰어나다.

우리엘은 신중하게 생각해 봤다. 자신의 '능력 멸살'(S급)이 들어갔을 때, 저렇게까지 전투를 할 수 있는 자가 천계에 누가 있을까?

'미카엘.'

그녀가 고개를 끄덕였다. 공방 밸런스가 갖추어진 천계 역사상 최고의 전투 천사, 미카엘. 아무렴, 그밖에 떠오르지 않는다.

'게다가.'

불과 물을 지배하는 두 정령왕들의 기세 역시 둠 나이트 못지않다. 둠을 피해 도망 다니는 지룡들을 태우고 가르는 두 정령왕의 위세는 과연 한 세계(世界)의 근본다운 위력이었다.

'대단하구나.'

그렇게 한참 전투 장면을 감상하고 있을 찰나 우리엘은 옆에서 무언가를 꼴딱꼴딱 넘기는 진도윤을 인식할 수 있었다.

"······그대는 지금 무얼 하는가?"

"응? 잠깐만."

꿀깍, 꿀깍.

진도윤은 경험치 폭주 시약 A~D급을 한 번에 털어 넣고 있었다. 게다가 유리아에게 부탁해, 없어진 페어리킹의 '축복'(S급)도 다시 받고 있었다.

['지룡'(★★★★★)을 처리합니다.]
[경험치 40,000,000exp를 획득합니다!]

방금 잡은 지룡의 경험치가 생각보다 적게 들어온 탓이다.

둠이 저렇게 개미 학살하듯 싸워주는데 추가적으로 얻어낼 수 있는 경험치를 날린다? 그건 주인으로서의 죄악이었다.

'둠은 마계이기에 경험치를 못 받겠지만······.'

현재 경험치를 얻을 수 있는 소환수는 필드에 나와 있는 데몰리션이 전부다. 소환수들의 근원이 되는 세상에선 본연의 힘을 낼 수 있는 대신, 경험치를 못 받기 때문.

'뭐, 녀석은 나중에 키워주면 되니까.'

우선, 얻을 수 있는 경험치는 얻어놔야 했다.

[경험치 110,000,000exp를 획득합니다!]

다시 경험치가 제대로 들어왔다. 무려 마리당 1억이 넘는 경험치가.

"키아아아아!"

후두두둑!

그 와중에도 지룡의 숫자는 점점 줄어들고 있었다. 이미 새끼들은 데몰리션과 정령들에게 짓밟힌 지 오래였고 둠의 검격에 걸려든 지룡들은 하나하나 고꾸라졌다.

'하, 천계에서도 저 정도 힘만 됐다면……'

루시퍼도 해볼 만하지 않을까?

물론, 루시퍼가 지금의 둠보다 약하다는 건 아니다. 그러나 자신은 둠만 있는 게 아니니까.

'빨리 6성 만렙 찍는 게 시급하겠네.'

[띠링!]
[현세의 정령계가 닫힙니다.]

얼마의 시간이 흘렀을까. 탈진이라도 한 듯, 온몸에 힘이 빠짐과 동시에 정령계가 닫혔고 피가 남아 있지 않던, 지룡들도 급속도로 정리됐다.

['데몰리션'(★★★★)의 레벨이 오릅니다.]
['피닉스'(★★★★)의 레벨이 오릅니다.]
['엘라임'(★★★★)의 레벨이 오릅니다.]

'오?'

예상치 않게 피닉스와 엘라임의 레벨도 만렙이 됐다. 정령계가 닫힌 후, 잡은 지룡들의 경험치만으로도 충분한 듯싶었다.

'후, 드디어!'

셋 다 레벨 30에 달해, 5성이 될 준비를 마쳤다.

"뀨우웅……."

"끼루루루……."

"진도유운……."

진도윤은 우선 전투가 끝나고 괴로워하는 셋을 역 소환시켰다. 진화는 닉스에 은신처로 가서 편안하게 시킬 예정이었다.

'그리고 마지막으로…….'

뜰 메시지가 하나 더 있는데.

[띠링!]

[가이아의 특별 임무를 클리어합니다.]

[타르라크에 봉인된 북쪽의 대천사, 우리엘의 봉인을 해제하였습니다. 자연의 기운이 그대에게 축복을 내립니다.]

임무 완료 메시지까지.

완벽했다.

"근데 왜 감응력이 고작 1?"

진도윤이 살짝 투덜거렸다. 기존 특별 임무에 비해 보상이 짠 탓이다.

마르바스의 소환을 저지했을 땐, 감응력 3이었고 루시퍼를 만났을 땐, 무려 S급 랜덤 박스를 얻었던 전적이 있었으니까.

"잉? 1 올랐다고?"

진도윤의 중얼거림을 들었는지, 유리아가 다가왔다.

"신기하네, 난 3 올랐는데."

"뭐?"

진도윤이 눈을 휘둥그레 떴다. 왜 자신은 1이고, 유리아는 3인데.

"나도 3 올랐다."

"저는 4 올랐어요……."

제프리도 3. 심지어 유아린은 4 올랐다.

"아……."

처음엔 황당했지만, 이내 급속도로 이해했다. 누가 보면 감응력의 차등 지급이라 생각할 수 있겠지만, 이해는 간다. 다른 인원들이 3~4 오르는 것보다 자신의 감응력 1 올리는 게 훨씬 더 빡세고 어렵다는 걸 알기에.

"……."

그리고 그런 우리의 모습을 신기한 듯 지켜보고 있는 우리엘이 보인다. 임무를 달성할수록 강해지는 레벨 업 메커니즘을 이해하지 못함이 분명했다.

"후."

진도윤은 옅은 한숨을 내쉬었다. 임무를 달성했으니, 우리엘과 대화를 나눠봐야 하는데 뭐부터 말해야 할지 모르겠다.

"우리엘이라고 했나?"

"그렇다, 은인이여."

우리엘은 자신을 은인이라 불렀다. 일단은 호감은 있다는 거니, 나쁠 건 없다.

결국, 진도윤은 자리에 걸터앉아 어떤 경유로 구하게 됐는지 자세히 설명했다. 루시퍼를 만났던 것부터, 가이아의 임무까지.

"······어떻게 된 건지 대충 알겠구나."

"알겠다고?"

"가이아께서 왜 그대들에게 다른 대천사들을 젖혀두고 나를 먼저 구하라 했는지 말이다."

"음······?"

진도윤과 일행들이 고개를 갸웃하자, 우리엘이 진하게 미소 지었다.

"들어보거라. 그대들의 힘을 루시퍼에게 보여줌으로써 마계 진영에 견제를 가했다는 논리라 했었지?"

"그랬지."

"그렇다면 그대들이 다시 천계에 들어가기 힘들 가능성이 농후하지 않느냐."

"아."

진도윤이 고개를 끄덕였다.

현 천계 전체를 통치하는 자가 바로 루시퍼다. 그렇기에 모든 마을과 도시에서 우리를 악마의 끄나풀로 알고 있을 확률이 높았다. 우리엘과 그 외 사대천사들이 악마와 계약했다는 헛소문이 받아들여질 정도니까.

"참, 웃기는 일 아니더냐? 정작 악마와 계약한 건 루시퍼 그 자식인데 말이다. 괜히 미카엘에게 자격지심만 가지고서는……. 그 욕심이 화를 부른 거지."

우리엘의 중얼거림에 유리아가 반응했다.

"그럼 그 루시퍼보다 미카엘이 더 강한 거야?"

아무렴 자신의 소환수다 보니, 더 관심이 가는 모양이었다.

"그렇느니라. 루시퍼가 더 강했으면 대천사의 칭호는 루시퍼였지 않겠느냐?"

"근데 왜……."

"녀석은 힘을 갈구했느니라. 자신의 근원을 팔아먹는 대가로 악마와 손을 잡은 거지. 그 때문에 본래보다 더 강한 힘을 낼 수 있던 거고."

"……."

할 말이 없었다.

하긴, 짧은 기간 천계를 경험해 본 바로는 천사나 인간이나 다를 게 없긴 했다.

"그럼, 이제 뭘 해야 하지? 다른 대천사들도 구해야 하는 건가?"

진도윤이 묻자, 우리엘이 단호하게 고개를 저었다.

"그건 불가하느니라."

"응?"

"내 봉인이 해제된 순간, 이미 판데모니엄 놈들의 귀에 들어갔을 거야. 다른 지역의 경계를 더 강화하겠지."

"흐음……."

"그렇다고 판데모니엄을 비울 순 없는 노릇이니……. 나, 그리고 그대들 수준으로선 막지 못할 병력을 배치해 놨을 터."

"그럼?"

"아까 보니, 그대들은 싸울수록 강해지지 않느냐?"

"대충 그렇지?"

"그렇다면 천계의 몬스터만 한 것도 없지."

아무래도 천계에서 사냥하라는 말인데.

문제는…….

"아까는 들어가기 힘들 거라며?"

"그게 바로 가이아께서 날 먼저 구하라 한 이유이니라."

빙긋 웃은 우리엘이 자리에서 일어났다.

펄럭!

그리고 여섯 쌍 날개를 활짝 폈다.

"잘 보거라."

우-우-웅!

그녀의 몸에서 성스러운 빛이 새어 나오는 순간.

"오?"

날개 한 쌍이 사라졌다. 시간이 지나자 두 쌍이 사라지고 종국에는 모든 날개가 사라져 버렸다. 누군가가 보면 인간이라 해도 믿을 정도. 물론 굉장한 미인이었다.

"내 고유 능력 중에 위장이 있느니라. 사실 천사들이 인간계에 드나들 때마다 항상 내가 동행하곤 했었지."

"오, 그 말은?"

"그렇느니라, 그대들이 루시퍼에게 걸리지 않도록 다른 천족으로 위장시켜 줄 수 있을 거야."

"캬. 최고네."

진도윤이 격하게 고개를 끄덕였다.

다른 것보다 세계수의 잎 때문이었다. 위장술만 있으면 부담 없이 과일을 팔아 재낄 수 있지 않겠는가.

광역 디스펠에 천족 위장술이라니. 생각보다 훨씬 더 유용한 우리엘이었다.

"그럼 너도 참여하는 거지?"

"물론, 그대를 도우려면 그대 팀에 합류해야 하지 않겠느냐?"

"좋아, 좋아."

이렇게 리스트릭트 멤버가 하나 더 늘어버렸다. 그것도 이번엔 이종족으로.

세간에 '살림'(殺林)은 아직도 살수들의 집단으로 각인되어 있다.

조금 정보가 있는 서머녀들이야, 뒤바뀐 살림의 실체를 알고 있다지만 일반 서머녀들에게 그곳은 아직도 공포의 대상일

뿐이다.

아무리 '협'(俠)을 새긴 채, 좋은 일을 한다고 해도 결국은 살생을 저지르는 곳이니까. 그렇기에 협회 측에서도 살림이란 단체를 공식적으로 인정하기 힘들었다.

김제하도 이를 분명히 알고 있었다.

"흐아암……."

살림 본부.

단장실에 앉은 김제하는 창문을 벌컥 열고 하품을 내질렀다. 창문 밖으로는 몇 가지 건물들과 훈련에 임하는 단원들이 보였다. 그 외에도 수많은 사람들이 각자의 임무를 가진 채 이리저리 움직이고 있었다.

'다들 열심이로군.'

김제하가 뿌듯한 표정으로 고개를 끄덕였다.

비공식 집단이자, 나름 범죄 집단 타이틀을 지닌 '살림'(殺林). 이곳의 근거지를 알고 있는 서머너는 집단의 멤버가 아니고서야 전무하다.

널따란 지대에 과연 일개 길드 건물인지 의심이 갈 정도로 커다란 첨단 건물, 거기에 과학화된 훈련 시설까지. 이런 장소를 어떻게 타인에게 들키지 않고 이용할 수 있었을까?

"……."

창밖을 바라보던 김제하의 시선이 옆으로 흘러갔다.

이내, 그의 시야에 담긴 것은 푸른 빛이 솟구치는 포탈.

그곳에 답이 있었다.

그렇다. 이곳은 바로 던전 내부. 현실에 존재하지 않는, 그 어떤 곳보다 보안상 완벽한 공간이었다.

"후, 구하느라 힘들었었지."

던전을 근거지로 이용하는 법은 생각보다 단순하다.

우선 시간제한이 길고 임무가 간단한 던전을 구한다. 그리고 그 임무를 클리어하지 못하게 인위적으로 막는다.

이 두 가지면 모든 게 해결된다.

임무가 어떤 몬스터를 잡는 거라면? 그 몬스터를 아무도 가지 못할 곳에 가둬놓으면 되는 거고 임무가 어떤 지점에 도달하는 거라면? 그 지점에 커다란 벽을 세우면 되는 식이다.

만약, 던전을 아무도 모르게 숨기고 싶다면? 시중에 풀려 있는 던전 클라킹용 아이템을 사는 것도 나쁘지 않은 선택이다.

나중에 형님께 들어서 알게 된 사실이지만 3대 공방 중 하나인 크림슨의 볼드윈도 이런 식으로 공방을 구축했다 들었다.

"……."

말없이 창밖을 바라보는 김제하. 그의 표정에는 근심이 가득해 보였다.

말 못 할 상념을 하고 있을 찰나.

덜컹!

단장실의 문이 열리고 누군가가 들어왔다. 이번에 신임 정찰대장으로 맞이한 여성이었다.

"오, 이혜연 씨?"

"네, 단장님. 이번에도 꽝이네요."

"꽝……. 그렇습니까?"

김제하가 씁쓸하게 웃었다.

현 살림의 최우선 과업은 언제나 프리덤에 대한 조사였다. 사이트를 통해 받던 살인 임무도 닫은 지 오래였고, 던전 발굴도 진행하지 않았다.

단원들의 불만은 없었다. 프리덤을 제거하는 것 역시, '협'(俠)의 일부이기에 이혜연은 현재 김제하의 명을 받고, 일부 길드들의 건물 내부를 탐색하는 중이었다.

투시가 가능한 특수 능력 서머너가 있기에 할 수 있는 방식이기도 했다.

"심연 길드, 네메시스 길드, 청연 길드 전부 의심 가는 길드였었는데 확인 결과 특이사항 없었어요. 그냥 평범한 길드였나 봐요."

"단원들의 이동 경로도 파악했습니까?"

"물론이죠. 혹시 아니요? 우리처럼 이런 던전들을 숨기고 있을지."

이혜연이 싱긋 웃으며 답했다.

확실히 그녀는 이곳, 살림에 잘 적응 중이었다. 빈말이 아니라 일 처리도 깔끔했고, 친화력도 뛰어났다.

하지만, 표정만 그럴 수도 있기에.

"여기."

김제하는 괜히 내려놓은 커피 하나를 건네며 물었다. 일종의 단원 관리 차원이었다.

"아, 고마워요."

"살림 생활은 어떠십니까? 지낼 만하십니까?"

"이곳이요?"

이혜연이 커피를 한 모금 마시며 답했다.

'이곳이라.'

사실, 진도윤에게 추천받을 때만 해도 조금의 두려움은 있었다. 그래도 살수 집단이었으니까.

그러나 역시 경험해 보지 않는 것을 섣불리 판단해서는 안 되는 법.

"생각보다 아늑해서 좋아요. 사람들도 다 좋아 보이고, 단장님처럼 의협심도 넘치구요."

"과찬이십니다."

"사실 길드 마스터라는 그 책임의 무게가 사라졌다는 거로도 굉장히 가벼워진 느낌이에요."

"그렇습니까?"

"안 보이세요? 제 어깨 가벼워진 거."

이혜연이 어깨를 으쓱이며 말을 이었다.

"것보단 단장님이 더 걱정이네요."

"제가 말입니까?"

"표정에 근심이 가득하시잖아요. 저기 밖에 있는 단원들이 왜 평소보다 열심히 훈련하겠어요?"

'아, 그런 거였나.'

하긴, 그럴 수도 있었다. 실제로 일주일 전부터, 그의 기분은 굉장히 다운되어 있었으니.

"만식이 때문이죠?"

"……티가 납니까?"

"단장님 빼고는 다 알걸요?"

"후우."

그가 깊은 한숨을 내쉬었다.

한만식. 형님이 요청해서 데려온 꼬마.

김제하는 그 녀석을 떠올리며 눈을 감았다.

일주일 전, 단장실.

"단장님, 저 프리덤에 입단하겠습니다."

"뭐?"

김제하는 황당할 따름이었다. 갑자기 문을 벌컥 열고 들어와서는 버릇없게 한다는 말이 파견 간다는 것도 아니고 프리덤에 입단한다고?

"너…… 제정신이냐?"

"네, 제정신입니다."

"제정신 아닌 거 같은데……."

김제하가 꼬마를 쳐다봤다. 형님께 구해진 이후로 반말하는 버릇이나, 예의 없는 행동들은 조금씩 사라지고 있다 들었었는데 가끔 이렇게 톡톡 튀는 행동들이 감당 안 될 때가 있다.

"아니, 들어보세요! 저 협회에 떨어져서 서머너 자격증도 없는 상태인데 프리덤에서 얼마나 좋아하겠어요. 심지어 나이도 어린데. 잠입하기 딱 좋은 조건 아닙니까?"

"그곳은 위험해. 네 말마따나 나이도 어리고."

당연히 김제하는 단호하게 고개를 저었다.

베테랑 단원들도 엄청난 주의와 조사 끝에 들어가는 것이 파견인데 아직 만식이는 어려도 너무 어렸다. 그러나 눈빛에 독기 가득한 꼬마가 한 번에 물러날 리 없다.

"위험은 기회의 씨앗이며 성장의 발판이다!"

"응?"

"서머너 마스터 교본에 쓰여 있는 말이에요. 저는 이곳에 프리덤을 잡기 위해 들어왔지, 온실 속 화초처럼 키워지려고 들어온 게 아니거든요."

어린 것이 말은 청산유수다. 김제하는 녀석이 든 교본을 질린 듯 쳐다봤다. 존경해 마지않는 형님이지만 저놈의 교본 때문에 만식이가 꼬여도 너무 꼬여 버린 탓이다.

형님이 부탁했기에 저 멀리 내칠 수도 없다. 딸이 있는 자로서 그럴 성격도 되지 못했고.

"후우, 안 되는 건 안 되는 거다. 집단에 들어왔으면 그 수장의 말을 따르는 법도 배워야지."

"흥, 아무리 생각해도 제 발전을 위해서는 이곳보다 프리덤이 더 빠를 것 같은데요?"

"……이것이."

김제하의 이마에 혈관이 살짝 도드라졌다.

"분명 안 된다고 했다. 이건 명령이야."

"싫어요! 분명 누나랑 약속했단 말이에요!"

"누나?"

"유아린 누나요. 프리덤에 대한 복수는 제 손으로. 그러기 위해선 전 더 강해져야만 해요."

꼬마가 이를 바득 갈았다.

"강해지는 것도 순서가 있다. 네가 하려는 짓은 단련이 아닌 가학이야. 그곳이 어떤 곳인 줄 알고."

"싫어, 갈 거야!"

결국, 끝은 반말이다.

"가서 강해진 다음에 그놈들, 다 죽여 버릴 거라고!"

"이 버릇없는 녀석이?"

단단히 혼쭐을 내주려고 김제하가 눈을 부릅떴지만.

쿵쿵쿵!

꼬마는 이미 발에 힘을 준 채로 밖으로 나가 버렸다.

"허, 참."

어이없는 표정을 짓는 김제하.

그때는 몰랐다. 꼬마가 진짜로 대한민국을 떠버릴 줄은.

하여튼, 예의와는 별개로 실행력 하나만큼은 대단한 녀석이었다.

지대가 높아 날씨가 굉장히 서늘한 파키스탄 지역. 여러 서머너들이 모여 있는 마을을 천천히 순찰하는 한국인 사내가 있었다. 간부 후보를 내정하기 위해 돌아다니는 프리덤 제 3간부, 서동희였다.

"쩝."

이곳 역시, 과거 네비아레 마을과 비슷한 동네였다. 인적이 드문 곳에, 서머너들을 마치 생선 양식하듯 가두리 쳐둔 곳.

서머너가 아닌 자들은, 평생 노예처럼 서머너들의 뒷바라지를 해야만 한다.

"여기도 하나같이 마음에 차지 않는 놈들이구만."

자신의 속이 음흉하기에 잘 안다. 조금만 강해져도 집단의 뒤통수를 후려칠 것 같은 놈들. 서동희는 과거부터 그런 부류들을 족집게처럼 집어내곤 했다.

'개인적으로 좋아하는 부류이긴 하지만.'

간부 후보는 조금 더 신중해야 했다. 악마라는 위험한 힘을 다뤄야 하는 건 둘째 치고 한번 테이밍하면 자신조차 건들 수 없는 프리덤의 '진짜' 멤버가 되는 것이기에.

"응?"

그러던 와중에 흥미로운 자가 보였다.

되지도 않는 영어로 주점에 끼어 있는 꼬마. 느껴지는 감응력으로 봤을 땐, 서머너라 부를 수도 없는 정도의 수준이다.

'뭐, 간부 후보에 실력이 중요한 건 아니지.'

어차피 감응력이야 노야가 모종의 방법으로 채워준다. 소환수야, 이 세상에서 가장 강력하고 아름다운 10 악마를 부리게 될 테고.

컨트롤? 어차피 악마가 다 알아서 한다.

그가 부리는 예언의 악마 '바사고'만 봐도, 현 인류는 감히 따라갈 수조차 없는 현기와 전투 실력을 지녔다.

"흐음, 게다가 한국인이네?"

정말 간만에 보는 자국 사람이었다.

게다가 눈깔에 보이는 그 독기는 마치 자신의 어릴 적을 보는 듯한 향수도 불러일으켰다.

'게다가.'

어디서 본 것 같은 느낌이기도 한데, 머릿속에 잘 떠오르지는 않는다.

"너."

결국, 지나가던 서동희가 꼬마를 불렀다. 당연하게도 그 자리에 있던 서머니들은 전부 놀라자빠졌다.

"허, 허업! 미스터 서 아니십니까?"

"가, 간부님?"

"어찌 이곳에?"

동경의 눈빛으로 바라보는 그들을 무시한 채, 서동희는 꼬마를 가리켰다.

"너, 이리 와봐."

"네?"

서동희의 말에 꼬마가 긴장한 듯 답했다.

아무렴, 긴장할 수밖에 없겠지. 술렁이던 서머너들도 볼일이 자신에게 없는 걸 알았는지, 금세 관심을 껐다.

그만큼 자유로운 곳이 바로 프리덤이다.

"너, 이름이 뭐냐?"

"한만식이라고 합니다."

"한국인이네?"

"그렇습니다!"

"내가 누군지 알아?"

"그 주변 사람들 반응 보니, 간부 아니십니까? 그것 말고는 잘 모르겠습니다."

서동희는 의외라는 표정을 지었다. 분명히 목소리는 떨리고 있었지만, 자신이 간부인 것을 인지하고 있음에도 눈빛만큼은 변함이 없다. 다른 잡것들이랑은 확실히 다른 반응이었다.

"그래? 알겠다."

"……?"

긴 이야기는 없었다. 몇 마디 주고받은 서동희는 쿨하게 자리를 떴다. 그러고는 자신 옆을 따라오고 있던 황색 두건의 남자를 불렀다.

"야."

"넵, 서동희 님."

"저 새끼 누군지 자세히 알아봐 봐. 가정환경부터 이곳에 오게 된 경유까지 싹."

마음에 들면 다음 단계는 조사다. 뒤가 깨끗해야, 대계를 함께할 수 있을 테니.

그 시각 닉스의 은신처 내부.

일행들, 그리고 우리엘과 함께 도착한 진도윤은 서둘러 건물 근처 공터로 이동했다. 그러고는 세 소환수를 꺼냈다.

[파괴룡 '데몰리션'(★★★★)을 소환합니다.]
[죽지 않는 새 '피닉스'(★★★★)를 소환합니다.]
[물의 정령왕 '엘라임'(★★★★)을 소환합니다.]

"뀨우웅……."
"끼루루루루."

감기에 걸린 것마냥 한껏 몸을 말고 있는 그들. 엘라임의 말에 따르면, 진화를 앞두고 받는 고통은 그 어떤 것보다 더 아프고 힘들다고 한다. 그리고 그 고통은 성(★)의 개수가 많아질수록 더 심화된다지.

"이게 무엇이더냐?"

날개를 전부 접은 우리엘이 호기심 가득한 눈빛으로 물어왔다. 방금 전까지 엄청난 기세를 보이던 존재들이 갑자기 약해진 상태로 부들부들 떨고 있는 것이 이해가 가지 않는 탓이다.

"유리아."

"응?"

"우리엘이랑 애들 데리고 방에 들어가 있어."

"같이 있어주게?"

"그래야지."

"오케이."

유리아가 이해한 듯, 고개를 끄덕였다. 예전부터 소환수의 진화를 누구보다 극진히 보살펴 주던 게 그였으니까.

일행들이 들어가는 것을 본 진도윤은 다시 소환수들에게 고개를 돌렸다. 그러고는 안쓰러운 눈빛으로 쳐다봤다.

"진도유운……."

"그래그래, 조금만 참자."

극진한 간호의 시작이었다.

5성으로의 진화 과정은 꽤나 오래 걸렸다. 피부가 벗겨지고 소환수의 그릇 자체가 변형되는 과정. 태생의 등급이 높을수록 그 폭이 더 커진다고 하니.

'엄청 괴롭겠지…….'

진도윤은 이마에 흐르는 땀을 무시하며, 소환수들을 정성스레 보살폈다. 감응력을 불어넣어 포근한 환경을 만들어주는 방식이었다.

그러다 보면.

[파괴룡 '데몰리션'(★★★★)이 서머너와 교감합니다.]

[친밀도가 1 상승합니다.]

이렇듯, 친밀도도 오르게 된다.

물론, 친밀도 때문에 이렇게 하는 건 아니다. 그렇게 따지면, 이미 친밀도 100을 달성한 피닉스와 엘라임은 방치했어야 하지 않겠는가?

소환수들도 생각하는 생명체였다. 그것도 서머너와 온종일 붙어 있을 수밖에 없는 존재이기에 주인이 보내는 마음이 진심인지 가식인지는 그 누구보다 잘 알 터였다.

'그나저나 벌써 3이나 올랐구나.'

약 3일의 과정 동안, 데몰리션의 친밀도는 3이나 올랐다. 전투 이외의 것에서 친밀도가 오른 것이 처음인 걸 보면 녀석과도 어느새 정이 들어버린 듯싶었다.

"뀨우웅……."

아직도 힘들어하는 데몰리션의 표정. 날밤을 새워서 간호했음에도 체력적으로 힘든 건 없었다.

굳이 힘들다면 정신적으로 힘든 것 정도?

아무렴, 소환수들이 괴로워하는 모습을 지켜보는 게 마음 편할 리 없었으니까.

그렇게 그의 안쓰러운 시선으로 바라보기를 얼마나 지났을까.

"끼루루루……!"

"피닉스?"

변화는 피닉스에게 먼저 일어났다.

시커멓게 타버린 깃털들이 우수수 빠지기 시작했고 육체 중앙에서 강력한 화염이 들끓기 시작했다.

화르르륵!

비록 정령계에 있는 본체만큼은 아니었지만, 아지랑이가 아른거릴 정도의 열기였다.

[축하합니다.]
['피닉스'(★★★)가 진화에 성공합니다.]
[스킬 봉인이 해제됩니다.]

"끼루루루!"

"녀석, 고생 많았다."

언제 고통스러웠냐는 듯, 힘찬 날갯짓을 하는 녀석. 환한 빛무리와 함께 아름다운 부리와 발톱의 자태를 뽐냈다.

"이제 거의 본체의 절반 정도 크기구나?"

무려 대형차 크기로 자라난 피닉스의 모습은 굉장히 든든해 보였다. 그 크기만큼 능력도 발전했을 테지.

[소환수:죽지 않는 새, '피닉스'(★★★★★)]
[레벨:1 (Exp 0/1,500,000,000)]
[보유 스킬:10/10]
- 화염 장판(S급):바닥을 달구는 거대한 화염 지대는, 주변 소환

수의 공격력을 200% 올려준다.

- 불새(S급):커다래진 피닉스의 질주는 모든 것을 불태우며 지나간다.

- 봉인되어 있습니다.

"허……"

진도윤의 입이 벌어졌다.

가장 처음 놀란 것은 고작 레벨 1의 경험치 요구량이 15억이라는 것. 4성일 때도 답이 없어 보였는데, 5성은 더욱더 미친 수준이었다.

두 번째는 새로 해금(解禁)된 스킬 때문이었다.

'화염 장판'(S급)은 과거 서머너 마스터를 있게끔 한 희대의 사기 스킬. 널따란 장판으로 적에게 지속 딜을 넣으면서도 주변 소환수들의 딜뻥까지 시켜준다.

그 소환수의 범위가 자신의 것만이 아닌, 피닉스의 의지에 따르니 이제는 딜러이자 광역 버퍼까지 겸하게 된 것이다.

'불새'(S급) 또한 만만치 않은 스킬이다. 순간적으로 자신의 불타는 몸을 무려 20배의 크기로 증폭시켜, 보이는 모든 것을 휩쓸고 지나가는 광역기니까.

'대단했었지.'

커다래진 피닉스가 장판을 깐 후에 날아다니며 플레임 노바를 쓰는 광경. 거기에 방깎인 화마술과 화염 돌풍까지 더하면 그야말로 불지옥이 따로 없었다.

과연, 1티어라 불리는 소환수다웠다.

"끼루루루!"

진도윤의 뿌듯한 시선을 느꼈을까, 녀석이 다가와 부리를 다리에 비벼댔다. 그런 녀석의 머리를 미소 지으며 쓰다듬을 찰나.

"끄으으아……."

엘라임의 괴로움 섞인 음성이 터져 나왔다.

"엘, 네 차례구나."

"진도유운……. 힘들어!"

"엘……."

진도윤이 할 수 있는 거라고는, 자신의 감응력을 불어넣어 주는 것뿐.

첨벙, 첨벙!

생명의 형태가 없는 물답게. 소녀의 모습을 하고 있던 그녀의 몸이 커다란 수구(水球)로 변하기 시작했다.

그 순간 뿜어져 나오는 시원한 바다 냄새와 함께.

파앗!

시야를 잔뜩 메울 만큼 환한 빛이 닉스의 은신처를 가득 물들였다. 쉴 새 없이 눈을 괴롭히던 빛이 서서히 미약해진다 느껴질 즈음.

진도윤은 닫고 있던 눈을 슬며시 열었다.

뽀글뽀글.

다시 형태를 이루고 있는 엘라임. 역시 정령왕이라 그런지,

1성(★)부터 완성된 모습이었던 그녀는 외형적인 변화가 없었다. 하지만 내부에 품은 기운은 분명 예전과 다른 힘을 내포하고 있었다.

"후우."

엘라임의 입술에서 옅은 숨이 흘러나왔다.

진화의 완료였다.

"고생했어, 진도윤."

그 고생을 했던 주제에 엘라임은 오히려 부드러운 미소를 지으며 진도윤에게 감사를 표했다. 인간 세상을 파고들면 파고들수록 진도윤만 한 주인이 없다는 것을 아는 탓이다.

그 마음을 느꼈을까. 진도윤 역시 마주 웃으며 답했다.

"고생은 네가 했지."

"아냐, 오랜만에 진도윤의 걱정 어린 눈빛을 받아서인지 고통스러운 와중에도 굉장히 푸근한 경험이었어."

"뭐야, 적응 안 되게 갑자기 왜 그래?"

민망한 듯 웃은 진도윤은 엘라임의 형태를 빤히 바라봤다. 그러자 상태창이 떠올랐다.

[소환수·물의 정령왕, '엘라임'(★★★★★)]
……

스킬 하나의 봉인이 풀렸다.

물 갈퀴(S급). 회복 스킬 위주로 풀리던 봉인이 이번엔 공격

스킬을 가져다줬다. 물 갈퀴의 무서움은 대상의 바깥뿐만이 아닌, 내부도 난도질한다는 점에 있다. 어떤 몬스터든 체내에 수분을 가지고 있게 마련이니까.

"……."

상태창을 닫은 진도윤은 시선을 옆으로 돌렸다. 그곳에는 아직도 웅크린 채, 미동조차 없는 데몰리션이 보인다.

아직도 들끓는 녀석의 내부가 느껴지는 게 아무래도 시간이 더욱 걸릴 듯싶었다.

"진도유운?"

"응?"

순간, 엘라임의 표정에 걱정스러움이 서렸다.

"안색이 안 좋아 보이는데……. 우리 지키느라 너무 무리한 거 아냐? 생각해 보니까 벌써 3일이나 흘렀지?"

"아니, 괜찮아."

"안 괜찮아 보이는데."

"걱정하지 말고, 피닉스랑 같이 들어가 있어. 못 봤던 TV도 봐야지?"

"진도윤이 이렇게 고생하는데 무슨 TV야!"

오, 그렇게 좋아하던 TV를 포기할 정도인가?

그건 좀 감동이었다. 그래도 진도윤은 저들에게 휴식을 제공해 주고 싶었다.

3일이라는 기간 동안 진도윤이 잠깐 피곤한 것과는 차원이 다른 싸움을 해왔을 테니 데몰리션을 지키는 것은 자신으로

족했다.

"방해돼서 그러니까, 들어가 있어."

"싫어, 안 갈래!"

"흐음, 그럼……."

잠깐 고민하던 진도윤이 이리 엘라임에게 다가오라 손짓했다. 그녀를 보낼 아주 좋은 방법이 떠오른 탓이다.

"왜, 왜 불안하게 그래, 그냥 거기서 말하면 안 돼?"

"빨리."

"으응."

다가온 엘라임에게 진도윤은 무언갈 속삭였다. 이내 진지하게 듣던 그녀는 결연한 표정을 지으며 고개를 끄덕였다.

덜컹!

전원주택 입구의 문을 연 엘라임은 그곳 내부에 있는 존재들을 한눈에 담았다.

주방에서 진도윤을 위한 요리를 하고 있는 유아린 탁자에 앉아 담소를 나누고 있는 유리아, 제프리. 그리고 그 옆에서 그 광경을 멀뚱히 쳐다보고 있는 우리엘이 보였다.

"오, 엘! 진화 끝난 거야? 마스터는?"

엘라임의 등장을 확인한 유리아가 반갑게 말을 걸어왔다.

"진도윤은 아직. 데몰리션이랑 같이 있어."

싱긋 웃으며 답한 그녀의 시선은 우리엘에게 고정되어 있었다. 진도윤이 귓속말로 속삭였던 말 그것은 다름 아닌 하나의 임무였다.

이름하여 세계수의 잎 프로젝트. 앞으로 이곳, '닉스의 은신처'를 멋지게 키워내기 위해서는 세계수의 잎이 꼭 필요했다. 그걸 쉽게 얻어내는 방법으로 진도윤은 우리엘을 지목했다.

그녀는 천계에서 수천 년을 살아왔던 대천사. 필히 그녀의 도움이 필요할 거라 생각했던 탓이다.

'단순히 과일을 많이 가져간다 해도 그걸 한꺼번에 처리하기는 힘들 테니까.'

우리엘이라면 그 방법을 알 확률이 높았다. 그리고 그녀의 호의적인 도움을 얻어내기 위해서는?

'엘, 수단과 방법을 가리지 말고 우리엘이랑 친해져 봐.'

진도윤의 속삭임을 떠올린 엘의 눈동자는 의욕으로 불탔다. 고생하고 있는 계약자를 위해 고생하는 것은 정령으로서 큰 기쁨이니까.

"……?"

우리엘 역시 진득한 엘라임의 시선을 느끼고는 고개를 갸웃했다.

'물의 정령왕이 왜 날……?'

그와 동시에, 우리엘의 눈빛에도 호기심이 서렸다.

'정령왕……'

우주를 보통 크게 삼계(三界)로 나눈다.

천계, 마계, 인간계. 그중 정령왕은 인간계의 근본이라 할 수 있는 존재다.

'굳이 우리 천계와 비유하자면……'

여신, 가이아를 포함한 다섯 신이 천계의 천신과 대칭되고 천계의 네 대천사가 인간계의 네 정령왕과 대칭된다. 대천사 역시 천계의 각 구역을 대표하니까.

물론, 그렇게 이분법적으로 나누기엔 애매한 자리이긴 했지만 그래도 우리엘은 엘라임이 궁금했다.

"어, 으음……"

그런 우리엘에게 엘라임이 어색한 미소를 지으며 다가왔다.

친해지긴 친해져야 하는데. 저 숭고해 보이는 여성체와 어떻게 친해져야 할지 감이 안 잡혔기 때문이었다.

"물의 정령왕이여……. 내게 볼일이 있는 것이냐?"

그런 엘라임에게 우리엘이 따듯한 미소를 지어줬다.

"음…… 우리엘!"

"편하게 말하거라."

"우리 같이 TV 볼래?"

순수한 엘라임은 결국, 자신이 가장 좋아하는 것을 그녀에게 추천했다.

오물오물.

"으으음……."

바나나 하나를 베어 문 우리엘이 기분 좋은 소리를 냈다.

입안 가득 느껴지는 부드럽고 촉촉한 식감과 풍미 가득한 향. 천계에 없는 인간계의 과일들은 하나같이 달콤하고 맛있었다.

"야, 우리엘."

"으음?"

식탁에 앉아 있는 우리엘은 건너편에서 부르는 유리아를 바라봤다.

"이것도 먹어볼래? 여기, 사과도 있고 복숭아도 있고 싱싱한 딸기도 있는데."

"저, 정말 다 먹어도 되는 것이냐?"

"뭐, 얼마 한다고. 당연하지."

부엌 식탁에는 귀중한 과일들이 널려 있었다. 유리아가 여정에 앞서 대량 사둔 것들이었다.

"부담 가지지 말고 많이 먹어. 이곳에서는 쉽게 구할 수 있는 것들이니까. 난 밖에서 훈련하고 있을 테니, 뭐 필요한 거 있으면 말하고."

유리아는 우리엘에게 친절하면서도 편안하게 다가갔다. 그녀를 볼 때마다 어딘가에 봉인되어 있을 자신의 소환수, 미카엘이 떠오른 탓이다.

"……고맙구나."

우리엘은 행복한 표정으로 딸기 하나를 집었다.

그녀가 이곳에 온 지도 어언 5일 차. 리스트릭트의 새로운 멤버인 우리엘은 나름 이곳 생활에 잘 적응하고 있었다.

사실, 그녀는 이곳이 꽤나 마음에 들었다.

옛 가드노스의 통치자였을 당시엔 주변에 자신을 우러러보고 어려워하는 천족들뿐이었다.

하지만, 이곳은 달랐다. 대천사라는 자신의 신분을 알면서도 모두가 자신을 친구처럼 대했으며, 친근한 미소로 맞이했다.

"아아, 역시 달콤하구나."

우리엘은 딸기의 싱긋한 향을 느끼며 주변을 둘러봤다.

이곳 사람들의 일과는 굉장히 단순했다. 우선, 온종일 시커먼 용 앞에 붙어 있는 진도윤이란 자를 제외하고는.

대다수가 밤낮을 가리지 않고 훈련에 임했다. 이상한 공을 띄우고 조절하는 방식이었는데 그럴 때마다 가이아 님의 기운이 느껴지는 것 보니 이곳, 인간들만의 방법인 듯싶었다.

'그다음은……'

우리엘의 고개가 살짝 돌아가자, 창고로 쓰고 있는 작은 방이 보였다. 그곳 내부에는 털이 수북한 남자가 아이템을 정리하며 골머리를 앓고 있었다.

근처 문서에 적혀 있는 것을 대충 확인해 보니, '천계 상점'이라는 곳을 운영하기 위함인 듯했다.

'천계……?'

왜, 천계일까? 의문이 들었지만, 그 생각은 길게 이어지지 못했다.

"우이씨! 이게 무슨 막장 전개야? 개연성은 밥 말아 드셨나!"

얼굴이 붉어진 채로 소파에 앉아 씩씩거리는 존재. 물의 정령왕, 엘라임 때문이었다. 대충 보니, 연인인 줄 알았던 인간 여자가 사실은 여동생이었다는 내용인 것 같은데.

"흥, 이 작가 건 앞으로 안 봐야겠어. 다른 거 봐야지."

"……."

TV라는 것. 아무래도 굉장히 위험해 보였다. 한 세계의 근간이라는 정령왕의 기분을 들었다 놨다 하니 말이다.

사각!

이번엔 사과를 하나 베어 문 우리엘은 깊은 상념에 빠졌다.

'진도윤이라 했나?'

그 인간에 대한 호기심이 강하게 이는 탓이었다. 가이아 님의 힘을 가지고 정령왕들을 통제하며 타르라크의 통치자가 따르는 인간 심지어 이 신비한 공간마저도 밤의 여신, 닉스의 기운이 풍기지 않던가.

'도대체 어떤 사람이길래……'

많은 대화를 해보고 싶었지만, 도저히 그럴 분위기가 아니었다.

5일이라는 기간 동안 그는 단 한 번도 이곳, 집에 들어서지 않았으니까.

그렇게 잡념에 빠져 있을 찰나.

"응?"

우리엘은 감았던 눈을 슬며시 떴다. 자신을 빤히 쳐다보는 엘라임의 시선을 느낀 탓이다.

"……왜 그러느냐?"

"TV 안 볼 거야?"

고개를 갸웃하며 묻는 정령왕. 사실, 우리엘은 TV보단 이곳 존재들 그 자체에 더 관심이 갔다.

그런 그녀의 마음을 눈치챘을까. 엘라임이 쁠쭘한 듯 머리를 긁적이며 TV를 껐다.

그러고는 뽀글뽀글 날아와 우리엘의 앞에 섰다.

"우리엘, 우리엘! 여기 집, 마음에 들지 않아?"

"굉장히 따듯한 공간인 것 같구나."

"그치! 그치! 근데 여기 집이 사실 오가는 애들에 비해 좀 좁거든. 그래서 말인데……."

엘라임이 진도윤이 남긴 임무. 일명 프로젝트 '세계수의 잎'을 떠올리며, 다시 한번 영업할 찰나였다.

쿠그그그……!

갑작스럽게 주택 내부가 뒤흔들리기 시작했다.

"뭐, 뭐지?"

"흐읍?"

그 순간, 우리엘의 눈동자가 휘둥그레졌다.

바깥에서 느껴지는 익숙하면서도 끔찍한 기운.

"……이건 파괴의 힘 아니더냐?"

힘을 되찾은 자신마저 위기감을 느낄 정도로 엄청난 기세였다.

"맞아, 저 밖에 있던 시커먼 용 있지? 그 녀석 힘이야."

엘라임 역시 심각한 표정으로 답했다.

"……허, 파괴의 힘이라."

무언갈 알고 있는 듯한 우리엘의 표정은 굉장히 복잡미묘해 보였다.

"아무래도 나가봐야겠어."

"같이 가자꾸나."

둘은 서둘러 발을 옮겼다. 진도윤이 있는 곳으로.

그 시각 진도윤은 식은땀을 흘리며 데몰리션을 바라봤다.

[축하합니다.]
['데몰리션'(★★★★)이 진화에 성공합니다.]
['데몰리션'(★★★★★)이 되었습니다.]

마침내 이뤄낸 데몰리션의 진화. 오랜 기간이 걸려 진화한 것까지는 좋았다.

"후욱, 후우……."

그러나 진도윤은 떨리는 심장을 주체할 수 없었다.

녀석의 그릇이 변형되고 더 막강한 기운을 담아낼 수 있게 된 그 순간.

잠깐이지만 분명 보았다. 녀석의 몸 내부에 자리 잡고 있는 끔찍하고도 공포스러운 기운을.

'저게 가이아나 천사, 악마들이 말하는 진짜 파괴의 힘?'

진도윤은 감히 말할 수 있었다. 최후의 미궁에서 봤던 데몰리션은 방금 느꼈던 그 힘에 비하면 극히 미약한 수준에 불과하다고.

마주하는 순간 숨이 턱 막혀 호흡조차 할 수 없을 정도의 그냥 아예 천사나 악마들과는 급(級) 자체가 다른 그런 기운이었다.

"뀨웅?"

물론, 지금은 그저 귀여운 데몰리션 그 자체로 돌아와 있었지만.

"……너, 뭐였냐?"

"뀽?"

아무것도 모르겠다는 듯 고개를 갸웃하는 녀석 그러고는 이내 힘들었다는 듯 머리를 들이민다.

"허."

절로 한탄이 나왔다. 솔직히 다른 종족들이 파괴의 힘, 파괴의 힘 거릴 때는 그냥 최후의 미궁에 있던 데몰리션을 떠올렸었다. 밤낮을 새워가며 싸웠던 그 존재 역시 끔찍하고 무서웠으니까.

그래서 굳이 묻지 않았었다. 그들도 인식은 했지만 그렇다 할 반응을 보인 것도 아니었고 엘에게 물었을 땐, 그냥 본능적으로 아는 거라고만 답했다.

'분명 뭔가 있는데.'

그러고 보니, 예전부터 이상했다. 분명 미궁 끝자락에서 만난 데몰리션은 자신과 대화를 할 수 있을 정도의 지능체였는데 왜, 소환수인 데몰리션은 말을 못 할까?

가슴속에 묻어두었던 궁금증이 꿈틀거릴 찰나.

"진도유운!"

"괜찮느냐?"

멀리서 달려오는 엘라임과 우리엘이 보였다. 그 뒤로는 훈련하던 일행들도 줄줄이 달려오고 있었다.

"마스터, 갑자기 무슨 일인가."

"뭐야? 던전이 무너질 것처럼 흔들리던데?"

"후우."

진도윤은 섬뜩했던 그 느낌을 털어버리고 일어섰다. 그러고는 우리엘을 응시했다. 궁금한 김에 물어볼 생각이었다.

"우리엘."

"……불렀느냐?"

"도대체 너희들이 말하는 그 파괴의 힘이라는 게 어떤 거냐?"

진도윤이 진지하게 묻자, 우리엘이 고개를 갸웃했다.

"파괴의 힘을 다루는 자가 파괴의 힘을 모른다는 것이냐?"

"뭐, 그냥 어쩌다 우연히 얻은 힘이라서."

"우연히, 어쩌다 말이더냐……?"

우리엘이 황당하다는 표정을 지었다. 천사들이나 악마들도 감히 취급하기 어려운 그 힘을 어쩌다가 다루게 됐다니? 루시퍼가 들었으면 열등감에 속이 뒤집혔을지도 모르는 일이었다.

"으음……."

그러나 진도윤이란 자는 정말로 모르는 얼굴이다.

옆에 있는 일행들의 시선 또한 자신에게 쏠려 있었다.

그 순간 우리엘은 가슴속에서 무언가 뿌듯한 감정이 올라오는 것을 느꼈다. 5일 동안 신세만 졌던 자신이 드디어 무언가 이들에게 도움을 줄 수 있을 것 같아서.

"잘 듣거라. 파괴의 힘은 모든 창조된 것을 무(無)로 돌리는 힘이니라. 천계도 마계도 인간계도 결국은 태초의 누군가에 의해 창조된 것. 그것을 없애려 드는 힘이니, 어찌 두렵지 않을 수 있겠느냐?"

우리엘이 끔찍하다는 듯 고개를 털었다.

"파괴의 힘은 이 세상 곳곳에 꿈틀거리고 있느니라. 위험한 힘이긴 하지만 너무나 강력하기에 많은 천사들과 악마들이 그 힘을 얻기 위해 노력했었지."

"아, 파괴의 힘이란 게 하나가 아니라 여러 개야?"

"물론, 그 힘에도 최고 종주가 있느니라. 서상을 한가득 채울 정도로 커다란 파괴룡의 모습을 하고 있지. 하지만 걱정 말거라. 그놈은 최근 힘을 합친 천신, 가이아, 바알에 의해 봉인된 상태니까. 세상에 남아 있는 것들은 다 그 파괴룡의 잔해일 뿐."

"잠깐, 잠깐!"

진도윤은 손을 뻗어 우리엘의 말을 멈춰 세웠다. 너무나 많은 정보가 머릿속에 들어온 탓이다.

이 힘에도 최고 종주가 있다면 미궁 끝자락에서 봤던 데몰리션은 어떤 놈이었을까? 봉인된 최고 종주일까? 아니면 그 잔상일까?

'아니, 그보다.'

천신, 가이아, 바알. 그 셋이 힘을 합친 적이 있다고?

진도윤의 눈이 가늘어지는 게 느껴지자 우리엘이 조심스레 말했다.

"아무것도 모른다면 혼란스러울 수밖에 없겠지. 나 역시 혼란스러울 따름이니라. 그 끔찍했던 파괴의 종주를 봉인하는 그 날. 세계수가 무너져 내렸으니까."

"……한마디로 원래는 힘을 합쳤었는데, 마계 쪽에서 뒤통수를 때린 거네?"

"굉장히 이해력이 빠르구나."

대충 정리하자면 이렇다. 파괴의 힘을 봉인하기 위해 삼계(三界)가 합심했고 마계 쪽이 뒤통수를 쳤다.

'어쩌면 세상이 이 모양 이 꼴이 된 것도.'

그 사건과 관련이 있을 수 있겠지.

"그 이후의 일은 나도 잘 모르느니라. 배신한 루시퍼와 정신없이 싸우다 봉인된 기억뿐이 없으니까. 하여튼 확실한 건."

우리엘이 진도윤을 스윽 쳐다보며 말했다.

"여태껏 그 힘을 다루는 존재는 그대밖에 본 적 없느니라."

"후……. 그래서 마르바스가 놀라던 거였구나."

옅은 한숨을 내쉰 진도윤의 표정은 아직도 혼란이 가득했다. 궁금한 것이 아직 한가득이기 때문이다.

결국, 데몰리션을 길들이게 된 것도 가이아의 시스템 덕일 텐데.

'역시.'

궁금증을 풀 방법은 둘 중 하나였다.

더 성장해서 데몰리션을 끝까지 키워보든가. 아니면, 열심히 달려 가이아의 임무들을 끝까지 해결하든가.

'어차피 둘 다 하고 있으니.'

원래 하던 대로 하면 될 일이었다.

"뀨웅! 뀨웅!"

옆에서 데몰리션이 진도윤의 다리에 머리를 들이받은 것은 그때였다.

"왜, 인마. 너 때문에 복잡한데."

"뀨우웅!"

대충, 다른 소환수들은 끝나고 격려해 주는데, 왜 자신한텐 관심도 안 주냐는 뜻이었다.

"그래, 그래. 고생했다. 이 녀석아."

피식 웃은 진도윤이 녀석의 머리를 쓰다듬었다.

녀석이 파괴의 종주든 잔해이든 변하지 않는 사실이 있다. 과거에 어떤 식으로 만났든, 녀석은 이제 자신의 소환수라는 점. 그리고 자신이 서머너 타이틀을 달고 있는 이상, 녀석은 내

거라는 점.

비록 그 속에 끔찍한 무언가를 숨기고 있다 해도 말이다.

'그래, 상황이 어떻든.'

이제 세 소환수의 진화가 무사히 끝났다.

남은 것은 둠의 4성(★★★★)화. 레벨이 29지만, 굳이 따로 던전을 돌 생각은 없었다. 어차피 천계에 가면 더 수준 높고 맛있는 몬스터들이 즐비해 있을 테니까.

진도윤은 멀뚱히 자신을 바라보는 일행들을 마주 봤다.

그러고는 씨익 웃었다.

"다들 기다리느라 고생했고. 슬슬 준비하자고."

"준비?"

유리아가 고개를 갸웃하자, 진도윤이 답했다.

"응. 내일, 바로 천계로 뜬다."

4장

 진도윤이 차원의 틈을 이용해 천계로 이동할 무렵 파키스탄, 음지에 위치한 주점에선 한바탕 소란이 일어나고 있었다.
 우당탕탕!
 한 소년이 누군가의 발길질에 볼썽사납게 나뒹굴었다. 프리덤에 잠입한 당돌한 꼬마, 만식이의 모습이었다.
 "……이, ×발 놈이."
 꼬마는 독기 가득한 눈으로 자신을 걷어찬 상대를 노려봤다.
 이곳, 마을 서열 2위. 루크만이라는 자였다.
 "크하하, 저 꼬마가 뭐라 지껄이는 거야? 아는 사람?"
 온몸이 근육질로 가득한 루크만이 호탕하게 웃으며 물었다.
 "모르겠는데요. 야, 꼬마야. 영어로 지껄여 보렴. 네놈만 아는 말로 떠들지 말고."

"끌끌, 그러니까 건방지게 왜 형님의 눈 밖에 나서는."

많은 서머너들이 모여 있는 주점임에도 그 누구도 말리는 자가 없었다. 오히려 루크만 근처에서 낄낄거리며 조롱하는 자들이 있다면 있을 뿐.

'개×끼들……'

꼬마는 이빨을 으드득 갈았다.

저들이 자신에게 이러는 이유는 단순했다. 불과 조금 전, 이곳에 순찰 온 간부 서동희의 부름을 받았기 때문.

쿵, 쿵!

거대한 덩치를 이끌고 다가온 루크만은 꼬마의 멱살을 잡아든 채 천장 위로 들쳐 올렸다. 그러고는 웃음기 싹 빠진 얼굴로 싸늘히 노려봤다.

"다시 한번 묻겠다. 간부님이 불러서 뭐라고 했냐?"

"그냥 이름만 물어보고 끝이었다니까……"

"그걸 나보고 믿으라는 거냐?"

루크만의 힘이 더욱 거세졌다. 꼬마는 그 강력한 악력에 얼굴이 시뻘겋게 달아올랐다. 숨쉬기가 곤란한 탓이다.

"커, 커억!"

루크만은 그 모습을 보며 미간을 찌푸렸다. 최근 들어, 프리덤의 간부들이 새로운 간부를 뽑기 위해 돌아다닌다는 정보가 있었다.

그래서 한껏 기대하고 있던 찰나 간부, 서동희가 웬 신입 꼬마와 대화를 나눈 후 떠나 버린 것이다. 당연히 간부 후보로 자신이 거론될 줄 알았던 그는 화가 머리끝까지 솟구칠 수밖에 없었다.

"형님, 너무 걱정하지 마십쇼. 어차피 형님 아니면 누가 또 간부가 되겠습니까?"

"맞습니다. 형님만큼 강한 사람이 어디 있다고."

"흐흐, 게다가 저따위로 약한 신입을 어떻게 간부로 쓴답니까?"

주변에서 아부해도 달갑지 않았다.

왜 모르겠는가. 간부가 되는 길은 간부의 눈에 드는 수밖에 없다는 것을.

약한 것? 그것 역시 문제가 안 된다. 간부들 입장에선 어차피 저 꼬마나 자신이나 똑같이 약한 존재이니까.

"후우."

루크만은 당장에라도 신입 꼬마를 죽여 버리고 싶었지만, 가까스로 참았다. 잘못 건드렸다 서동희의 눈 밖에 나면, 간부고 뭐고 끝장이다.

"잘 들어라, 꼬마."

대신에 그는 서슬 퍼런 눈으로 컥컥거리는 꼬마를 노려봤다.

"어떤 수를 썼는지는 모르겠지만, 간부는 내 거다. 혹여라도 그런 제안이 오더라도 거절하는 게 좋을 거야. 승낙했다가는……"

그 순간, 루크만의 눈빛에 아득한 살기가 담기기 시작했다. 사람 수십은 죽여본 자의 눈빛.

"네놈이 간부가 되기 전에, 내 모든 걸 동원해서 찢어발겨 줄 테다."

퍼억!

주먹으로 꼬마의 배를 강하게 올려친 후 던져 버린 그는, 싸늘한 표정으로 부하들을 바라봤다.

"가자, 오늘은 술맛 떨어졌다."

"넵, 가시죠, 형님! 흐흐."

루크만이 주점 문을 거칠게 열고 나가자, 낄낄거리며 따라가는 프리덤의 다른 멤버들.

'저 돌대가리 새끼들.'

꼬마는 입가의 피를 닦으며, 문 쪽을 노려봤다. 한심한 자들이었다. 자신을 쥐잡듯 잡는다고, 그 결과가 바뀌는 것은 아닐 텐데.

'게다가······.'

꼬마는 이미 알고 있었다. 이곳 마을 자체가 끔찍한 악마를 소환하기 위한 소환진 그 자체라는 걸. 저들은 그저 악마 소환의 재료일 뿐이었다. 물론, 자신도 마찬가지일 테지만.

"카악, 퉤."

꼬마는 핏물이 섞인 가래를 바닥에 뱉어냈다. 입속에는 비릿한 혈향이 가득했다.

"어디 두고 보자고."

그러고는 마음속 깊이 다짐했다.

저들이든, 간부들이든, 프리덤이든 어떻게든 강해져서 다 쓸어버리겠다고.

꼬마는 이곳에 온 것을 후회하지 않았다. 그래도 꽤나 시스템이 잘 짜여 있었기 때문 이곳, 마을에 상주하기만 해도 여러 파티를 구성해 던전을 돌 수 있었다.

간부 주관이기에, 저 양아치들이 어찌할 도리도 없었다.

'마치 식용 돼지 같은 거지······.'

감응력을 무럭무럭 성장시켜서, 나중에 싹 다 잡아먹기 위한 잠깐의 호의.

꼬마의 플랜은 둘 중 하나였다. 그 밥을 잘 먹다가 적당한 기회를 봐서 도주하든지. 아니면, 정말로 간부가 되든지.

'두 번째 안은 좀 현실성 없긴 하지만.'

그는 조금 전 잠깐의 희망을 맛봤다. 간부, 서동희란 자가 자신을 바라보는 눈빛은 분명한 호기심이었으니까.

'정신 똑바로 차리자, 만식아.'

꼬마는 자신의 뺨을 살짝 때렸다.

두려움은 없었다. 그가 존경하는 자, 서머너 마스터는 그 끔찍하다던 최후의 미궁에서도 살아남았다. 고작 이 정도 악조건에서 버티지 못한다면, 강해지는 것은 요원할 터였다.

그렇게 속으로 다짐을 할 찰나.

"이봐. 꼬마."

뒤에서 누군가가 부르는 소리가 들렸다.

그는 심장이 철렁했다. 바로 근처였는데도 기척을 전혀 못 느낀 탓이다. 곧바로 고개를 돌리자, 시커먼 마스크를 쓰고 있는 남성이 보였다.

"누, 누구? 한국말?"

심지어 상대가 사용한 말은 분명 모국어였다.

"이거나 받아라."

"……?"

가방에서 무언가를 꺼낸 사내는 다짜고짜 꼬마에게 던졌다.

"인마, 같은 살림 출신끼리 못 알아보면 되겠나?"

"살림……?"

꼬마의 눈이 휘둥그레졌다.

"그래, 이곳에 네 녀석만 잠입하고 있는 줄 알았나? 저건 김제하 단장께서 보내신 물품이다."

"아아……!"

순간, 꼬마의 눈시울이 살짝 붉어졌다. 격한 상황이 지나서 그런지, 감정이 더욱 북받친 탓이다.

동시에 할 말도 잃었다. 프리덤에 대한 증오와 강함에 대한 열망으로 무작정 달려오긴 했는데 너무 생각 없이 달려왔었다는 걸 인정하지 않을 수 없었으니까.

"대충 던전에서 쓸 수 있는 갑옷이랑 항마 능력이 있는 액세서리다. 천계 상점 지원이라니, 쓸 만은 할 거다."

"……천계 상점?"

"단장께서는 곧 세상을 놀라게 할 공방이라는데. 사실 나도 잘 몰라."

"아아, 감사합니다."

"그리고 아까 보니, 간부에게 부름받은 것 같던데."

"진짜 이름만 물어봤어요."

"그걸 묻는 게 아니다. 여기 받아라. 네놈 세탁한 뒷배경이랑 작업 쳐둔 입국 기록이다. 쯧, 네놈이 막무가내로 달려가느라 단장께서 급하게 해놓은 거니까 괜히 사고나 치지 말도록."

"……."

꼬마는 입맛이 썼다.

대책 없고 버릇없던 자신과는 다르게 단장은 순수하게 자신을 위해 걱정하고 있었던 것일 테니.

그런 꼬마를 보며 사내는 피식 웃었다.

"착각하지 마라, 파견 나가는 모든 단원들에게 지원되는 것들이니까."

'살림'(殺林)은 확실히 체계적이었다.

일주일 후 남쪽 구역, 가드사우스 외곽.

진도윤은 홀로 사냥을 즐기고 있었다.

['파괴룡' 데몰리션(★★★★★)이 응시합니다.]

[대상이 공포에 빠집니다.]
[대상의 모든 능력치가 30% 하락합니다.]

콰아앙!

데몰리션의 날카로운 발등이 코볼트의 몸을 강하게 후려쳤다. 녀석의 작은 몸뚱어리는 그 강대한 힘을 버티지 못하고 단박에 터져 나갔다.

"뀨웅!"

"잘했어, 데몰리션."

만족스러운 표정을 지은 진도윤이 주변을 둘러봤다.

코볼트가 많이 등장한다 해서 이름 붙여진, 코볼트 평야. 그러나 다시는 이곳을 코볼트 평야라 부를 수 없을 것이다.

'굳이 불러야 한다면 코볼트의 무덤이겠지.'

몇 마리를 잡았는지도 모를 정도로 수많은 코볼트들을 학살했다.

사냥은 굉장히 쉬웠다. 이번에 데몰리션이 진화하면서 얻은 스킬, '공포의 시선'(S급)의 능력이 굉장한 사기였기 때문.

그저 스윽 바라보는 것만으로도 대상의 모든 능력치가 30%씩 하락해 버린다.

'게다가 덩치도 많이 커졌어.'

4성(★★★★)일 때 크기가 5층들이 빌라였다면, 지금은 거의 20층들이 아파트 한 채 크기였다. 보는 것만으로도 두려움을 자아낼 만큼 어마어마한 크기.

이제 거의 미궁 끝자락에서 봤던 녀석의 모습이 잠깐이나마 보일 정도였다. 물론, 지금은 '변화하는 육체'(S급) 효과로 자그마한 모습이지만.

"자, 아이템 콜렉터. 나와봐."

"키이이?"

한바탕 사냥을 끝낸 진도윤은 '소울 콜렉터'를 소환했다. 사냥이 끝난 후, 아이템을 수거하는 것은 녀석의 몫이다.

"너도 뭐라도 해야지."

라는 마음가짐으로 시켜봤는데.

"키이이! 키이이!"

의외로 잘 모은다. 마치 영혼 수집욕이 아이템 수집욕으로 전환된 것마냥.

"후우."

진도윤은 비상용 수건으로 땀을 닦으며 바닥에 자리 잡고 앉았다.

일행들과 잠깐 떨어진 지도 벌써 일주일 차. 그들은 우리엘과 함께 도시로 이동해 감응력 훈련에 열을 다하고 있었다.

굳이 그들과 함께 사냥하는 건 시간 낭비일 뿐.

효율성을 따지는 것이다.

"오오, 진도유운! 드디어 쉬는 시간이야?"

둠과 데몰리션에게 힐링 시전을 마친 엘라임이 다가왔다. 그러고는 장난스레 웃었다.

"힛힛, 언제봐도 그 날개는 적응 안 되네. 진도윤 천사님이라 불러야 하나?"

 등 뒤에는 두 쌍의 날개가 달려 있었다. 딱히 '천사화' 스킬을 사용한 것도 아닌데 달려 있는 건, 우리엘의 위장 능력 덕분이다.

 스킬명 하여, '우리엘의 인장'(S급). '가이아의 인장' 짝퉁이냐 묻자 우리엘은 굉장히 발끈했었다. 그러고는 자신이 원조라고, 가이아 님이 따라하신 거라고 박박 우겨댔다.

 '그, 그러냐?' 하고 넘겼지만.

 하여튼, 현재 자신과 모든 일행은 날개 두 쌍의 중급 천족으로 위장한 상태였다.

 상급 천족은 수가 너무 적어 들킬 확률이 높고 그렇다고 하급 천족으로 다니기엔 가진 실력들이 너무 높은 탓이었다.

 철컥!

 잠깐 시간이 흐르자 멀리서 코볼트 하나를 베어낸 둠이 다가왔다. 녀석은 굳이 컨트롤을 받지 않기에, 근처에서 자율 사냥 중이었다.

 "둠도 고생했다. 조금만 쉬다 움직이자."

 끄덕.

 녀석이 쿨하게 고개를 끄더니, 검집에 칼을 넣는다.

 일주일이란 시간 동안, 둠 나이트는 4성(★★★★)화에 성공한 상태였다. 새로 생긴 스킬은 '검막'(S급)과 '검뢰'(S급). 검막은 검을 마구잡이로 휘둘러 만드는 방어막 개념이었고 검뢰는 일종의 광역기인데, 약 1~2초 안에 번개 같은 속도로 코볼트 수

십을 베어 넘기는 걸 보면.

"크으, 압권이지."

절로 이런 소리가 나온다.

"응? 뭐가?"

엘라임이 고개를 갸웃하자, 진도윤은 고개를 저었다.

"아니, 아무것도 아냐."

그러고는 간만에 상태창을 열었다.

[서머너:진도윤]

[나이:133]

[감응력:231]

[보유 소환수:5/5]

- S급, 파괴룡 '데몰리션'(★★★★★)

- S급, 죽지 않는 새 '피닉스'(★★★★★)

- S급, 물의 정령왕 '엘라임'(★★★★★)

- S급, 지옥의 기사 '둠 나이트'(★★★★)

- A급, 정원의 주인 '소울 콜렉터'(★)

[보유 스킬:4/4]

- 연공법

- 감응

- 천사화

- 차원 관리

현재 상황이었다. 어느새 다시 별(★)로 가득 찬 상태창을 보니 마음이 뿌듯했다.

또 하나 바뀐 건, 나이. 어느새 한 살 더 먹어서 133살이 되어 있었다.

'요새 바쁘게 움직이다 보니, 해가 지났는지도 모르고 있었네.'

"키이이! 키이이!"

그렇게 상태창을 보고 있자, 소울 콜렉터가 아이템을 한가득 든 채로 뒤뚱뒤뚱 걸어오고 있었다.

최근 영업을 개시한 '천계 상점'의 소중한 자원들. 저것들이 다 시중에 팔리고 팔려 서머너들의 발전에 이바지할 터였다.

'털보가 좋아하겠구나.'

입을 벌리고 헤벌쭉 웃는 털보의 모습을 떠올린 진도윤이 피식 웃었다. 그러고는 자리에서 일어났다.

"자, 다 쉬었으면 움직여야지?"

"……진도윤? 우리 2분은 쉬었나?"

엘라임이 어이없다는 표정으로 쳐다본다.

"아이템 수거했으면 다 쉰 거지."

"이 사냥광!"

"뀨웅!"

엘라임 옆에서 데몰리션도 대꾸했다. 물론, 환호의 대꾸였다.

투욱!

"에라잇!"

허공에 둥둥 떠 있던 돌 세 개가 바닥에 떨어졌다.

결정적인 순간이었는데!

유리아가 괴성을 내지르며 털썩 주저앉았다.

"왜, 잘 안 되나?"

옆에서 그 모습을 지켜보던 제프리가 피식 웃으며 물었다.

그의 주변에는 돌 다섯 개가 두둥실 떠 있는 중. 누가 봐도 압도적인 격차였다.

"후우, 제프리, 계속 그렇게 무시해라……?"

"무시할 수밖에 없는 실력인 걸 어쩌겠나?"

"흥, 고작 조금 잘한다고 유세는."

"조금은 아니지."

"이게……?"

유리아가 뒷목을 부여잡았다.

딱 봐도 놀리는 건데, 뭐라 할 수가 없다. 미궁에서 체력 딸린다고 맨날 놀리던 게 자신이었으니.

"제길, 아무래도 감응력 훈련은 나랑 잘 안 맞나 봐."

"성격이 급해서 그렇다. 나처럼 차분하게 해보도록."

"시끄럽거든? 나보다 감응력도 낮은 게."

둘이 그렇게 계속 투덕거리자.

"그래도 많이 느셨잖아요."

옆에 있던 유아린이 싱긋 웃었다. 아이 같은 둘의 모습이 정감 가는 탓이다.

그녀는 둘의 인간적인 모습이 좋았다. 과연 세상 누가 저 유치한 대화의 주인공이 빛의 성녀와 냉철한 분석가라 생각할까?

모든 사람들이 존경해 마지않는 서머너들의 전설 그 자체. 심지어 나이도 먹을 만큼 먹었다. 상태창으로 따지면 100살도 넘게 먹은 노인들이니까.

'그만큼 친근하시다는 거지.'

그녀가 판단하기에 둘은 유난히 친해 보였다. 어찌 보면, 서머너 마스터보다 더.

솔직히 셋 다 친하긴 했지만 유리아나 제프리가 서머너 마스터를 상대로 저런 장난을 치진 않으니까.

그들이 진도윤을 대함에는 분명 아득한 '존경'이 있었다.

'하긴……'

유아린은 그들을 이해했다. 그래도 나름 진도윤과 동행해 본 입장에서 그는 존경하지 않고 배기지 못할 그런 사내이니까.

"그만해라. 어차피 우리 둘 다 아린이에 비하면 초보 수준인데, 뭘."

"그 수준에도 격의 차이란 게 있지 않겠는가."

"헹, 언제까지 그렇게 의기양양할지 두고 보자고."

유리아가 코웃음 치며 중얼거렸다.

제프리도 흥미가 식은 듯, 돌을 내려두었다. 그러고는 화제를 돌렸다.

"그나저나 우리엘은 어디 갔나. 원래 매번 같이 참관하지 않았었나?"

이곳은 가드사우스 중앙 도시, 헬레네. 우리엘의 도움을 받은 일행들은 숙소를 하나 구한 채, 온종일 감응력 훈련에 몰두하고 있었다.

일행들의 임무는 총 두 가지였다.

감응력 올리기 그리고 세계수의 잎 구하기.

그래도 일주일 동안, 나름 짭짤한 수익을 올렸다. 거래가 활발한 장터에서 과일을 하나씩 팔아 재낀 탓이다.

대략적인 시세는 개당 5,000닢 위아래. 가끔 경쟁이 과열되면 7,000닢까지도 받았다. 그러다 보니, 벌써 40,000닢 이상의 세계수의 잎을 끌어모을 수 있었다.

"우리엘?"

유리아가 고개를 갸웃하며 묻자, 제프리가 고개를 끄덕였다.

"그래, 아침에 봤던 거 같긴 한데, 도통 보이질 않는다."

"아 참, 우리엘!"

그 순간, 유리아가 무언가를 떠올렸다는 듯 손뼉을 쳤다.

"아까 아침에 바나나 팔러 어디 좀 다녀오겠다 했어. 말한다는 걸 깜빡 잊었네."

"장터에? 혼자 갔단 말인가?"

"응, 원래는 의심 산다고 하나하나 짤짤이로 팔았었잖아? 그게 답답했나 봐. 이쪽 세계에서 나름 부자로 통하는 천족 알고 있다고, 거기 알아보러 간다고 했었어."

"흐음, 그런가……?"

제프리가 불안한 듯 중얼거렸다. 아무리 우리엘이 대천사 출신이라 해도, 지금은 중급 천족으로 위장하고 있다.

인간 세상과 하등 다를 바 없는 천계의 모습인지라 괜한 시비에 걸릴까 걱정이 되는 제프리였다. 유리아도 제프리의 감정을 손쉽게 알아챘다.

"왜, 불안해서?"

"조금은."

"에이, 설마 뭔 일 있겠냐? 그래도 천계 짬만 수천 년일 텐데. 천계에서 대천사 걱정이라니, 다른 천족들이 알면 비웃을걸?"

그러나 제프리는 고개를 저었다.

"혹시나 위장을 들키기라도 하는 날에는…… 그녀가 위험해질 수도 있다. 루시퍼가 있으니까."

"어련히 잘하겠지. 지금껏 잘해왔…… 어라? 근데 나도 좀 불안하긴 하네. 갑자기 왜 그러지?"

"대천사답지 않게 좀 허당기가 있잖나."

"맞아, 꼭 물가에 내놓은 애마냥……."

우리엘의 모습이 이곳에서 보던 천족들과 달리 순수했기에 제프리와 유리아는 살짝 불안해졌다.

그 시각.

우리엘은 과일이 한가득 담긴 보따리를 꽉 쥔 채, 헬레네의 거리를 걷고 있었다.

그녀가 걷고 있는 이유는.

'전부 다 팔아버리겠느니라……'

과일을 대량으로 팔아버리기 위해서였다.

새로 사귄 인간들이 원하는 건 막대한 세계수의 잎. 그녀는 그 인간들이 기뻐하는 모습을 보고 싶었다.

시크한 제프리, 친근한 유리아, 귀여운 엘라임.

분명 잠깐의 시간이었지만, 그녀는 그들에게 지금껏 느끼지 못했던 '정'을 느꼈다. 수천 년 동안의 천계 생활에서는 느낄 수 없었던 그런 감정을. 그리고 그녀는 그들이 원하는 것을 손쉽게 이뤄낼 방법을 잘 알았다.

'데카마리안이 이곳, 가드사우스 출신이니까.'

천계에서 유명한 거상을 꼽으면 꼭 등장하는 천족이 바로 데카마리안이다. 상급 천족으로 날개 다섯 쌍 천사이기도 한 그는 우리엘과도 큰 인연이 있었다. 가드노스에 상품을 들여오기 위해서는 우리엘의 결재가 필요했기 때문.

'그라면 분명 이 과일을 전부 사들일 만한 재력이 있을 터……'

잠시 길을 찾던 우리엘은 10층 들이로 높게 솟은 건물 앞에 멈춰 섰다.

이곳이 바로 데카마리안의 거처. 찾는 것은 어렵지 않았다. 그의 거처는 헬레네에서 가장 화려하기로 유명했으니까.

"이곳인가……?"

우리엘은 침을 꼴깍 삼켰다.

분명 자신 앞에서는 굽신거리며 좋은 모습만 보여주었던 데카마리안이다. 하지만 그녀는 지금 중급 천족의 신분. 그가 어떻게 나올지는 모르는 일이다.

똑똑.

문을 두들기자, 경호원으로 보이는 천족이 문을 열었다.

"무슨 일로 찾아왔나? 이곳은 중급 천족이 함부로 들어올 수 있는 곳이 아니다."

"과일을 팔러 왔어요."

천신을 제외하고는 평생 존댓말을 써본 적이 없던 그녀였지만. 인간들을 위해, 우리엘은 자신을 낮췄다.

"과일…… 말인가?"

경호원이 눈을 가늘게 뜬 채, 우리엘을 쳐다봤다. 그리고 이내 눈에 이채가 흘렀다.

'저자는……?'

상계에 몸담은 천족으로서 모를 리 없었다. 그 구하기 힘든 인간계의 과일들을 매일같이 하나씩 팔아 재끼는 자인데 모를 수가 있겠는가?

심지어 최근 그의 상관 데카마리안도 흥미를 느낀 터라, 경호원의 태도는 단숨에 뒤바뀌었다.

"실례했습니다. 요즘 화제가 되고 있는 분이셨군요?"

"인간계 과일들, 대량으로 저렴한 가격에 팔겠다고 전해주세요."

우리엘이 싱긋 웃으며 말하자, 경호원이 흠칫했다.

그 귀하디귀한 과일을 대량으로? 원래 잡상인은 쳐내야 하지만, 이미 그녀는 잡상인의 범주를 넘어섰다.

"잠시만 기다려 주십시오."

잠깐 멀리 떨어진 경호원은 무언가 속닥거렸다. 그녀가 모르는 어떤 통신 수단이 있는 듯했다.

약 1분 정도의 시간이 흘렀을까? 다시 다가온 경호원이 꾸벅 고개를 숙였다.

"만나시겠다고 합니다."

"어디로 가면 될까요?"

"아, 혹시 과일은 가져오셨습니까?"

"여기요."

우리엘이 보따리의 천을 들춰내 내용물을 보여줬다. 바나나뿐만 아니라 복숭아, 키위, 사과 등등 다양한 종류의 과일이 모습을 드러냈다.

대략 수십 개의 과일들. 저걸 가치로 환산하면 얼마일까?

꿀꺽!

침을 삼킨 경호원의 눈빛에 잠깐이지만 탐욕이 서렸다.

"……이리 들어오시죠."

"데카마리안이 직접 오는 건가요?"

"아마 그럴 겁니다. 혹시 여기 1층 홀에서 잠깐만 대기해 주실 수 있겠습니까?"

"……그럼요."

과연, 과거에 비해 초라한 신분 때문일까. 가드사우스에 들를 때마다, VIP실에서 응대받았던 것과는 다른 대우였다.

'그래도.'

우리엘은 히죽 웃었다. 세계수의 잎 다발을 들고 갔을 때의 일행들의 반응이 기대되기 때문이었다.

막연한 기대를 가진 채 기다리기를 몇 분. 위층에서 다섯 쌍의 날개를 가진 남성이 걸어 내려왔다.

'데카마리안……. 오랜만이구나.'

그 뒤로는 호위로 보이는 다섯의 천사 또한 있었다. 데카마리안은 굉장히 업된 기분으로 우리엘을 맞이했다.

"오오, 자네가 요즘 화제 되고 있는 그 과일팔이 천족인가? 안 그래도 찾아보려고 수소문하려던 찰나였는데, 이렇게 직접 와주다니. 감개무량하구먼."

"……."

우리엘은 미간을 살짝 찌푸렸다. 안 그래도 찾아보려 했다고? 그의 말에서 살짝 위화감이 느껴진 탓이다.

심지어 그를 지키던 호위들도 어느새 자신을 둘러싸고 있었다. 심지어 몇은 위협적으로 칼집에 손을 올린 상태였다.

"이게 무슨 짓이죠?"

"하하, 오해하지 말게나. 그저 안전을 위한 것이니."

하지만 우리엘의 귀에는 그의 말이 제대로 들려오지 않았다. 무려 수백의 전투를 선봉으로 나서던 그녀. 천사들의 눈빛에 도는 미약한 살기를 눈치채지 못할 리 없었다.

'……어찌 천족이 악마들이나 하는 더러운 수를 쓴단 말인가?'

그녀는 충격이었다. 깔끔하고 깨끗한 모습만 보여줬던 데카마리안의 본모습.

원래 천족이 더러운 걸까? 아니면, 루시퍼 때문에 타락한 걸까?

문득, 그녀는 역겨움이 치밀어오르는 것을 느꼈다.

아직 완벽한 모션을 취한 것은 아니었지만 그 이후의 스토리는 뻔하디뻔했다.

"그래, 과일을 팔러 왔다 했지?"

"그래요."

우리엘은 굳은 표정으로 장단에 맞췄다. 마음 같아서는 당장 힘을 개방해 꾸중을 놓고 싶었지만.

지금은 자신을 드러내선 안 된다. 이곳에서의 자신은 타락한 대천사로 알려져 있으니까.

"좋아, 좋아. 얼마까지 알아보고 왔지?"

"총 20개의 과일이에요. 개당 4,000닢 해서 80,000닢만 주시면 돼요."

시중에 팔리는 가격에 비하면, 굉장히 저렴한 가격이었다.

"80,000닢이라……? 흠, 너무 비싼데."

"……?"

역시는 역시일까. 데카마리안은 금세 본 모습을 드러냈다.

"하하하, 그러고 보니. 자네 이곳 장터에서 내 허락은 맡고 장사하는 건가? 뒷 소속이 어디지? 내가 아는 거상 중에는 없던데."

"……."

우리엘은 뜨거운 눈초리로 데카마리안을 노려봤다. 데카마리안은 잠깐 당황했으나, 이내 부들부들 떨리는 날개 두 쌍을 확인하고는 피식 실소했다.

"천사도 아닌 중급 천족 나부랭이가 눈빛 하나는 대천사로구나."

그의 공격적인 어투에서 우리엘은 확신했다. 이 녀석들은 제값에 물건을 넘겨받을 생각이 없었다.

"더러운 자들이로구나……."

우리엘이 이를 바득 갈며 중얼거리자, 데카마리안이 박장대소했다.

"하하하, 너무 서운해하지 말라고. 원래 가치 있는 물품을 지키기 위해서는 힘이 필요한 게 기본 아닌가? 그래도 감히 내 앞에서 할 말은 하는 자네의 그 패기가 마음에 드니, 제안 하나 하도록 하지."

"제안?"

"딱 8,000닢."

"뭐라?"

우리엘은 두 귀를 의심했다. 80,000닢 부른 것을 90%나 후려친다고? 그것이 이들이 말하는 상도덕이란 말인가?

"8,000닢만 주면 내 그대의 뒤를 봐주도록 하지. 어떤가? 나쁜 제안은 아닌 것 같은데."

"거절하겠느니라."

우리엘은 단박에 거절했다. 그러고는 결심했다.

만약, 자신이 다시 대천사의 직위를 찾게 된다면 자신 앞에서 가식을 떨던 저런 자들의 뒷배경을 하나하나 다 조사하겠다고.

"거절?"

그러나 데카마리안은 어깨를 으쓱했다.

"눈빛에 비해 상황 판단 능력은 떨어지는 것 같군."

스르릉!

데카마리안이 눈짓하자 다섯의 천사가 동시에 검을 뽑아 들었다. 눈빛에는 기존보다 더욱 짙어진 살기를 담고서.

가드노스 중심부에 위치한 신전.

화려한 여섯 쌍의 날개를 뽐내는 장신의 천사, 루시퍼는 심기가 굉장히 불편했다.

'분명…… 그놈, 천족이 아니었단 말이야.'

얼마 전 자신을 보자마자 감쪽같이 사라진 그 존재, 진도윤을 떠올린 탓이다.

'다른 천사들은 속여도 날 속이기엔 이르지.'

본질을 왜곡하는 신비한 힘. 어찌 보면, 우리엘의 위장 능력과도 비슷했다.

'하긴, 말이 안 되지.'

처음 그 존재에 대한 소식을 들었을 땐, 소스라치게 놀랄 수밖에 없었다. 천사 시험 점수가 99,999점이라니.

그게 말이나 되는 소리던가? 자신이 온 힘을 다해 냈던 점수가 10,120점이었다. 그것도 아득한 점수였는데, 그 9배라니.

곧바로 면담을 신청했던 것도, 그 이유에서였다.

'내 자리를 위협할 싹은 밟아버려야 하니까.'

천사 시험은 잠재력의 지표다. 세계수가 99,999점이라 판정 내렸다는 것은 잠재력을 그 정도로 봤다는 의미. 더욱 커지기 전에 죽여 없애야 했다.

천계를 손에 넣기 위해, 천신을 배신하고 바알을 도운 자신이다. 자리를 지키기 위해서라면 그보다 더 치졸한 짓도 할 수 있었다.

'하지만 그 녀석은……'

마치 자신의 계획을 알고 있기라도 하듯, 도망쳐 버렸다. 그 신비한 힘을 이용해서 말이다.

"흐음……"

루시퍼의 입에서 고민의 신음이 흘러나왔다.

무언가 꺼림칙한 느낌. 바알에게 물어볼까도 생각해 봤지만 관뒀다.

그것은 그의 자존심에 기인한다. 판데모니엄의 대악마, 바알과는 그저 계약 관계였으니까. 서로의 목적을 위해 잠깐 힘을 합쳤을 뿐, 상하 관계가 아니란 뜻이다.

'게다가 그놈은 최근 대계니 뭐니 해서 무진장 바쁘다고.'

실상은 굽히고 들어가기 싫은 이유였지만 괜히 마음속으로 다른 이유를 찾는 루시퍼였다.

"어쨌든……"

그 꺼림칙한 녀석.

그 녀석은 분명 다시 천계로 올 것이다. 그렇지 않고서야, 굳이 남들을 속여가며 천사 타이틀을 얻을 리 없었으니까.

그리고 만약 다시 자신의 눈에 띈다면?

'……그때는 진짜 죽인다.'

그렇게 속으로 다짐을 할 찰나였다.

"루시퍼 님."

신전에 천사 하나가 다가와 고개를 숙였다.

"무슨 일이냐."

"가드사우스 장터에서 이상 흔적이 발견되었습니다."

"이상 흔적?"

"네, 일주일 전부터 인간계의 과일을 판매하고 있는 무리가 있다고 합니다."

"……흐음, 인간계의 과일이라."

확실히 수상한 흔적이긴 했다.

자신이 집권한 이후로는 천사들을 인간계로 보낸 적이 없었으니까.

'원래 보관하던 자들이 장터에 풀리는 없고.'

푼다 해도 상급 천족이나 고위 천사들끼리 경쟁을 붙이지, 아랫것들이 있는 장터에 내놓진 않는다.

"어떻게 합니까?"

"아직도 팔고 있다던가?"

"어제까지는 팔렸고, 오늘은 아직 등장하지 않았답니다."

"흐음."

루시퍼는 한 손으로 턱을 짚었다.

알 수 없는 본능이 꿈틀거렸다. 왠지 자신이 찾고 있는 그 존재일 것 같은 직감이 가슴을 지배했다.

"좋아, 바로 가보지."

결국, 루시퍼가 자리에 일어서면서 답했다.

"네? 직접 말씀이십니까?"

천사가 놀란 듯 물어왔다. 천계의 통치자가 직접 몸을 움직일 만한 소식은 아니었으니까.

"그래, 이번엔 직접 움직여야겠구나."

루시퍼의 입에서 흘러나온 음성이 유난히 서늘했다.

스룽! 스룽!

동시에 뽑히는 천사들의 칼에 우리엘은 눈살을 찌푸렸다.

"이게 뭐 하는 짓이더냐?"

"뭐 하긴, 거절은 거절한다는 의미지."

여유롭게 팔짱을 끼며 다가온 데카마리안이 보따리를 향해 턱짓했다.

과일을 내려놓으라는 제스처.

"……가격 후려치기를 하는 거로도 모자라, 이젠 강도짓까지 한단 말이냐?"

"강도짓이라니. 말을 참 서운하게 하는구먼. 내 눈에는 자릿세를 내지 않고 장사를 해먹은 자네가 더욱 강도처럼 보이네만?"

"그건 또 무슨 궤변이더냐."

우리엘은 속이 부글부글 끓는 것을 느꼈다.

자신의 본모습 앞에서는 손을 비비기에 바빴던 자가 여태껏 약자에게는 저렇게 행동하고 있었다니.

그동안 데카마리안을 좋게 봤던 자신의 눈을 파버리고 싶을 정도였다.

"……"

우리엘은 속으로 수백 수천을 갈등했다.

그러나.

투욱!

그녀는 결국, 보따리를 바닥에 내려놓았다.

마음속으로는 천 번을 찢었어야 할 상대를 극도의 인내심으로 참아냈다. 사고를 일으키면, 자신과 함께했던 인간들이 피해를 입을 테니까.

'어차피 인간계로 가면 널린 게 과일이야.'

과일이 아깝다는 생각은 들지 않았다.

그저 속이 들끓을 뿐.

"크하하하, 그래그래. 영리한 선택이구나. 아무리 상황 판단 능력이 떨어져도 힘 앞에는 어쩔 수 없는 거지. 그게 세상의 이치이니라."

"……."

우리엘은 굳이 대꾸하지 않았다. 말을 섞기에도 아까운 쓰레기라 생각했기에.

그런 그녀를 보던 데카마리안이 피식 웃으며 말했다.

"클클, 좋아. 거상의 약속은 천금과도 같은 법. 보내주거라."

스르릉! 철컥!

그의 말에 다섯의 천사가 다시 칼을 거둬들였다.

그렇게 쓰라린 마음을 안고 밖으로 나서려는 찰나.

"우리엘 님?"

계단 근처에서 한 아이 천족의 목소리가 들려왔다.

'음?'

고개를 돌려 지켜보자.

"우, 우리엘 님! 도, 도와주세요, 제발!"

그녀는 눈을 번뜩였다.

자신의 위장을 꿰뚫어 보는 천족이 있다? 대충 스캔해 보니, 잠재력이 어마어마한 천족이었다. 천사 시험을 봐도 꽤나 고득점을 받을 정도로.

'하지만……'

현재 자신은 정체를 밝혀서는 안 될 상태. 그런데 차마 발걸음이 떨어지지 않았다.

아이가 한 말 때문.

'도와달라니……?'

그게 무슨 소리일까?

설마 데카마리안이 강도짓도 모자라 저런 약한 아이까지 핍박하고 있다는 말인가?

"후우, 너희들, 뭐 하는 놈들이냐? 관리 똑바로 안 해? 쯧, 어찌 1층까지 내려오게 만드나? 그리고……"

호위 천사들에게 버럭 소리 지른 데카마리안이 우리엘을 쳐다봤다.

"우리엘이라니 그게 무슨 소리냐? 그 질 나쁜 타락 천사 이름이 왜 나와?"

빠직.

우리엘의 이마에 혈관이 튀어 올랐다.

"그러고 보니, 조금 닮은 것 같기도 하구만. 클클, 우리엘 그년이 생긴 건 참 고왔는데 말이지."

아드득.

데카마리안의 저속한 표현에 이가 갈렸다. 그녀가 노려보고 있자, 데카마리안이 문을 향해 손짓했다.

"내부 일이니, 신경 쓰지 말고 갈 길 가거라."

"아니."

그러나 우리엘은 갈 수 없었다. 자신을 바라보는 저 아이의 모습이 자꾸만 눈에 밟혔기 때문.

게다가 아이가 내려온 저 2층에서, 무언가 구린내가 폴폴 풍긴다.

"응?"

"거상의 약속은 천금 같은 법이랬지. 그대는 분명 8,000닢의 보상을 약속했었다."

"아, 8,000닢? 클클, 그래, 그 정도야 수고비로 줄 수 있겠지."

피식 웃은 데카마리안이 천사 한 명에게 눈짓했다.

세계수의 잎을 가져오란 소리.

그러나 우리엘은 고개를 저었다.

"8,000닢은 필요 없다. 또한 뒤를 봐주는 것도 필요 없다."

"호오, 그럼?"

데카마리안의 눈빛에 호기심이 서렸다.

"대신, 저 아이에게 무슨 짓을 하고 있는지 보여다오."

"크하하하하!"

우리엘의 말에 데카마리안이 홀이 떠나가라 웃었다. 중급 천족의 당돌한 말이 기가 차면서도 재미가 있는 탓이다.

"과한 호기심은 명을 재촉한다는 말이 있지."

"과일의 대가로는 싼 편 아니겠느냐?"

"더한 대가를 치를 수도 있는 일이지."

명백한 협박. 그러나 기죽을 우리엘이 아니었다.

아무리 뒤통수를 맞아 직위를 잃었어도 대천사의 긍지를 품고 있는 그녀이기에.

그런 그녀의 확고한 의지를 느꼈을까.

"좋다."

데카마리안은 음흉한 미소와 함께 손짓했다. 그러자 천사들이 다시금 우리엘을 둘러쌌다.

"따라 올라오너라."

우리엘은 그들과 함께 계단을 올랐다.

그녀는 오르면서 느꼈다. 본인의 호흡이 평소보다 거칠어져 있다는 것을.

심장 박동도 평소보다 빨랐다. 왠지 눈앞의 천족이 자신의 상상 이상으로 타락해 버렸을 것 같은 불안감이 깃든 탓이다.

그리고 2층에 오르자마자, 그 불안감은 현실이 됐다.

"크크, 보이는가? 이게 바로 자네가 궁금해하던 것들의 실체다."

옆에서 지껄이는 데카마리안의 목소리는 귀에 들리지도 않았다.

바닥에 덕지덕지 묻어 있는 피. 그리고 상처가 가득한 채, 족쇄로 채워진 수십 명의 아이 천족들.

몇몇은 옷이 찢겨 있는 걸로 보아, 어떤 수난을 당했을지.

천족들의 순수한 모습만 봐왔던 그녀로서는 가히 추측하기도 힘들었다.

"도대체…… 이게 무엇이더냐."

우리엘은 더 이상 들끓는 분노를 감출 수 없었다.

이들은 그녀가 알던 천족이 아니었다. 그저 천족의 탈을 쓴 악마들이었다.

"클클, 상계의 숨겨진 비밀을 아는 순간 다 저런 표정을 짓지. 우리가 땅 파서 장사하는 것도 아니고 빚 갚을 능력이 없는 천족들은 몸으로라도 때워야 하지 않겠는가?"

구역질이 올라왔다.

'어떻게 이럴 수 있지?'

자신이 목숨 걸고 지키려 했던 천족의 실체가 이런 모습이었던가? 아니면, 천신께서 봉인 당하신 이후 악마들에게 전부 세뇌당하기라도 했단 말인가?

그녀는 이해할 수 없었다.

"어쨌든, 이 모습을 본 이상…… 자네도 별수 없겠어. 대가는 치러야지."

"어찌 이런 악마들이나 하는 짓거리를……."

"크크, 아직 생각이 어리구나. 천족도 악마도 인간도……. 삼계(三界)의 모든 피조물은 결국 다 똑같은 욕망을 품고 있는 것을 아직도 몰랐더냐?"

"……."

원래는 무슨 일이 있어도 참으려 했다. 하지만, 데카마리안은 지켜야 할 선을 넘었다.

지금부터 상대하는 것은 천족이 아닌 악마였다. 그리고 악마를 보았을 때, 칼을 뽑지 않으면 천사가 아니다.

우리엘은 위장을 풀고 힘을 개방했다.

펄럭!

빛나는 여섯 쌍의 날개가 그녀의 등에서 솟구쳤다.

쿠구구구……

막대한 기파에 2층 홀이 떨리기 시작했다.

"……이, 이게 무슨?"

데카마리안의 커지는 눈이 우습기 그지없다. 당황하는 그의 호위 천사들도 마찬가지다.

"데카마리안!"

그녀는 목소리에 분노를 담아 일갈했다.

"우, 우리엘?"

"나 천신의 불꽃, 북의 우리엘은 도저히 이 끔찍한 죄악을 보고 넘길 수 없을 것 같구나!"

"뭐, 뭐야. 진짜 우리엘이었어?"

"타락한 건 내가 아니라 네놈들이었다. 이제부터 네놈들의 혼을 업화로 불태워 징벌하겠노니. 어디 막을 테면 막아보거라."

평소엔 따뜻하고 순수하지만 전투에서는 악마가 따로 없다던 이명, 파괴의 천사.

우리엘이 다시 천계에 등장하는 순간이었다.

"응?"

유리아가 눈을 찌푸렸다. 걱정되는 마음을 숨기지 못하고 거리로 나와 우리엘을 찾던 찰나 근처에서 엄청난 기운의 파동이 느껴진 탓이다.

"……이거 우리엘 힘 아니야?"

"제기랄, 그런 것 같군."

옆에 있던 제프리 역시 표정이 굳어 있었다.

"흐어어어, 제기랄. 나이를 먹긴 먹었나 보다. 어쩐지 계속 불안하더라니……. 예지 능력이라도 생긴 건가?"

"농담할 때가 아니다, 유리아."

"그치, 농담할 때가 아니긴 하지. 빨리 가봐야 하는 거 아냐?"

"기다려라, 정찰해 보겠다."

제프리가 급하게 박쥐를 날려 보냈다.

"아, 그리고 이거 마스터도 불러야 하는 거 아냐? 잘못하면 뭔 일 나겠는데……."

유리아의 입에서 옅은 한숨이 흘러나왔다.

우리엘을 내버려 둘 순 없다. 마계와 대척점에 서 있는 그들로서, 우리엘의 전력은 큰 도움이 되기에.

게다가 타르라크에서 힘들게 구해온 그녀를 잃을 순 없지 않겠는가?

"아씨, 아까 혼자 간다고 할 때 그냥 같이 갈걸."

그렇다고 우리엘을 질책하기에도 좀 그렇다.

그녀가 세계수의 잎을 구하러 다니는 것도 오로지 자신들을 위해서임을 알았기에.

아마, 피치 못할 사정이 있을 것이다. 그렇게 생각하기로 했다.

잠깐의 시간이 흘렀을까.

"마스터에겐 신호 보냈다. 박쥐가 사라진 거로 봐서 확인한 것 같군."

"정찰은?"

"우리엘과 그녀가 말했던 상단에서 시비가 붙은 모양이다. 걱정하는 루시퍼는 없어."

"후, 그나마 다행이네."

"시간 문제야. 우리엘이 나타났단 소식이 놈의 귀에 들어가지 않을 리 없지."

"일단, 우리 먼저 가보자."

"그러지."

제프리, 유리아, 그리고 유아린은 서둘러 걸음을 옮겼다.

우리엘의 기파를 향해서.

데카마리안이 멍한 표정을 지었다.

마치 엎어진 퍼즐처럼 머릿속이 뒤죽박죽이었다.

'우, 우리엘이 어떻게 여기 있는 거지?'

그녀는 항상 정의를 부르짖던 대천사였다. 모든 천족들의 워너비이자 순수의 대명사라 불리던 고결한 존재.

동시에 네 명의 대천사 중 화나면 가장 무섭다고 알려져 있기도 했다.

과거.

평소 뒤가 구리던 데카마리안이 그녀 앞에만 서면 순한 양이 되었던 이유도 그곳에서 기인한다.

"제기랄."

데카마리안이 미간을 찌푸렸다. 우리엘이 들고 있는 업화(業火)의 검이 너무도 뜨거웠기 때문이다.

"다들 뭐 해! 막아! 막으란 말이다!"

결정은 빨랐다.

어차피 다 들킨 상황이었다. 숨겨진 자신의 악취미를 들킨 순간부터 이미 돌이킬 수 없는 강을 건넜다.

'게다가 우리엘은 타락 천사잖아?'

솔직히 정의감에 불타는 저 모습을 타락 천사라 보기엔 어려웠지만 데카마리안이 중요한 건 그런 게 아니었다.

중요한 것은 자신이 옳다는 명분일 뿐.

"저년은 타락했다! 천사 직책을 가진 자들이여! 악마와 손을 잡은 우리엘을 처단하라!"

차앙!

그의 명령에 다섯의 천사가 칼을 뽑아 질주했다. 데카마리안 역시 2층에 놓아둔 대검을 들어 올렸다.

아무리 상계 출신이라지만, 자신 역시 다섯 쌍 날개의 전투 천사 여러 명이 함께 덤비면 그래도 비벼볼 만할 거란 생각도 들었다.

'어?'

그러나 그것은 착각이었다.

스걱! 투욱!

호위 천사들이 덤빈 지 몇 초나 흘렀을까. 다섯 명 전부가 힘을 잃은 채, 허물어지고 있었다.

누구는 목이 베이고, 누구는 심장이 뚫린 채로.

"이, 이게 무슨……?"

자신을 지키던 천사들은 절대 하수가 아니다.

막대한 재력을 통해 마음먹고 싸우면 자신마저 고전할 정도로 잔뼈가 굵은 천사들만 뽑아놨으니까.

그런 자들을 어떻게 순식간에 베어버릴 수 있는 거지?

심지어 우리엘은 차분하게 눈을 감고 있는 상태였다.

"미, 미친."

데카마리안은 온몸이 떨리는 것을 느꼈다. 현실적으로 다가온 죽음의 공포가 그의 온몸을 잠식했다.

"……"

슬며시 눈을 뜬 우리엘은 그런 데카마리안을 노려봤다. 끓어오르는 분노를 가라앉히기 위해 노력하면서.

"······천계가 썩고도 썩었구나. 세계수는 어찌 그대 같은 자들을 위해 날개를 달아줬을까."

"그, 그러는 당신은 악마와 손을 잡지 않았습니까!"

데카마리안은 발악했다. 어차피 수천 년의 역사 동안, 우리엘에게 자비와 용서란 없었다. 여기서 죄를 뉘우치는 척해봐야, 그녀의 화만 돋울 뿐이다.

"초점 흐리지 말고 객관적으로 네 모습을 돌아보거라. 지금 이 행동들이 진정 숭고한 천족의 전사가 할 짓이더냐?"

"······."

사실, 할 말은 없었다. 그도 자신이 한 행동이 잘못되었다는 것 정도는 안다.

하지만 어쩌겠는가? 그것이 자신이 가지고 있던 솔직한 욕망이거늘.

그는 세계수의 잎을 통해 부를 쌓는 희열을 즐겼다. 또한 누군가를 통제하는 데에서 오는 쾌감을 느꼈다.

'제기랄, 불과 몇 시간 전까지만 해도 그냥 예쁜 천족 하나 얻었다고 생각했는데.'

데카마리안은 눈동자를 굴렸다.

생명이 가지고 있는 자연스러운 생존 본능. 그는 어떻게든 이 상황을 모면하고 싶었다.

'아?'

그 순간, 그의 머릿속에 한 가지가 떠올랐다. 우리엘은 분명 모종의 이유로 위장한 채, 과일을 팔고 있었다. 세계수의 잎을 구하기 위해서.

그리고 자신은 이 구역에서 누구보다 많은 세계수의 잎을 소지하고 있다.

"말이 없는 것 보니, 네 죄를 인정하는 모양이구나."

우리엘이 다시 검을 들었다.

이제 약속한 징벌을 마쳐야 할 때.

그녀는 조용히 중얼거리며 검을 내질렀다.

"그대의 '악'(惡)에 희생된 가여운 자들이여, 부디 마음의 평화를 얻기를……."

화르륵!

검의 불꽃이 데카마리안의 목에 닿을 찰나.

"자, 잠깐! 세, 세계수의 잎을 드리겠습니다!"

멈칫!

그녀의 검이 멈췄다.

"……."

과거의 자신이었다면, 분명 듣지도 않고 내질렀을 거다. 하지만, 지금은 솔깃할 수밖에 없는 상황이었다.

이미 자신은 일을 저질러 버렸고 그 인간들은 분명 자신의 선택으로 피해를 볼 거다.

그러한 상황에서 그들에게 조금이나마 도움이 되는 방법은.

'아니.'

우리엘이 고개를 털었다. 어차피 자신은 데카마리안을 죽여야 한다.

세계수의 잎을 빼앗고 그를 죽인다? 그럼 자신 역시 그와 다를 바 없는 강도가 된다.

다시 마음을 다잡고 검을 움직이려는 순간.

"여, 여기. 금고가 있습니다!"

그녀의 갈등을 눈치챈 데카마리안의 움직임이 신속해졌다.

덜크렁!

대검을 던져놓고 내달린 그는 2층 구석에 위치한 커다란 그림을 치워 버렸다. 그러자 시커먼 금고가 등장했다.

드르륵, 철컥!

비밀번호를 돌려 맞추자, 금고의 문이 덜컹! 하고 열렸다. 동시에 보이는 세계수의 잎들은 공간을 가득 채울 정도로 많았다.

"이, 이걸 다 가져가도 좋으니, 제발 목숨만은!"

"……."

우리엘은 그런 그의 모습을 안타깝게 쳐다봤다. 저 많은 양의 세계수의 잎을 얻기 위해 그는 얼마나 많은 천족들을 등쳐먹었을까?

'게다가.'

돈이면 다 해결된다고 생각하는 저 마인드까지.

당연한 말이지만, 우리엘은 절대 그를 용서할 생각이 없었다.

"세계수의 잎은 필요 없느니라. 그대에게 남은 것은 오직 응징뿐."

우리엘은 무덤덤하게 검을 휘둘렀다.

"끄아아악!"

털썩!

데카마리안의 팔이 잘렸다. 기민한 몸놀림으로 피했지만, 그녀의 검을 완전히 피할 수 없었던 탓이다.

"끄, 끄아악! 아파! 살려줘!"

"본인의 아픔은 그토록 지독하게 느끼면서, 어찌 타인의 아픔은 생각하지 못한단 말이더냐?"

잘린 어깨를 부여잡고 기어가는 데카마리안을 보며 우리엘은 천천히 걸었다. 동시에 검을 그의 목덜미에 조준했다.

타오르는 불이 녀석에게 닿으려 할 찰나.

"거기까지."

싸늘한 음성이 2층 홀에 울려 퍼졌다.

방향은 올라오는 계단 입구. 동작을 멈춘 우리엘의 고개가 돌아갔다.

그리고 그곳에는.

"루시퍼……."

그녀가 끔찍하게도 증오하는 한 존재가 서 있었다. 천신을 배반하고 동족의 뒤통수를 때린 진짜 타락 천사.

으드득!

그녀의 이가 아득 갈렸다. 이제 자신의 아래 깔린 데카마리안 따위는 눈에 들어오지도 않았다.

"우리엘, 네년이 왜 여기 있는 거지? 봉인된 거 아니었나?"

"루시퍼!"

결국, 우리엘은 기꺼이 다스렸던 분노를 다시 터뜨릴 수밖에 없었다.

"제기랄, 이거 상황이 심각해졌는데?"

"……동감한다."

근처에서 은신한 채 상황을 지켜보던 유리아가 고개를 절레절레 흔들었다. 데카마리안이 응징당해도 싼 놈이라는 건, 정황상 알 수 있었지만 루시퍼가 이렇게 빨리 등장할지는 그녀도 예상치 못했다.

"마스터는?"

"아직. 무소식이다."

"에씨, 못 본 거 아냐?"

"아니다. 신호를 보내면 무조건 달려오기로 했어. 분명 신호는 확인했다. 기다리면 올 거야."

"그럼 이제 어쩌지?"

유리아는 갈등했다.

이미 루시퍼와 우리엘은 부딪힌 상태.

콰아앙! 콰아아앙!

둘의 부딪힘만으로 벽이 허물어지고 바닥이 갈라진다. 1층 구석에서 진조의 능력을 통해 보고 있었기에망정이지. 아마 2층에 있었다면, 내부가 다 진탕됐을 정도의 파괴력이었다.

실제로 그 공간에 있던 아이 천족들은 구석에 몸을 웅크린 채 벌벌 떨고 있었다.

"우리엘……. 순진하게 생겨 가지고 나름 대단한데?"

"그래도 천계의 한 구역을 다스렸던 통치자였을 테니까."

확실히 우리엘의 힘은 대단했다. 그 끔찍한 기운을 뿜어내는 루시퍼를 상대로 어찌어찌 버텨내고 있었으니까.

'하지만.'

유리아는 침을 꿀꺽 삼켰다.

그저 말 그대로 버틸 뿐. 막바지에 넷의 대천사를 상대했던 루시퍼를 상대로 그녀가 무언가 할 수 있을 리 없었다.

"올라가 봐야 하는 거 아냐?"

"마스터가 와야 해. 우리끼리 가봐야 도움 될 게 없어."

"하지만……."

유리아가 입술을 꾹 깨물었다. 시간이 흐를수록 우리엘의 힘이 빠져감을 느꼈기 때문이다.

진도윤을 기다리고만 있다가는 정말 우리엘이 소멸할 수도 있는 노릇.

톡톡, 그녀는 결국 제프리의 팔뚝을 건드렸다.

"응?"

"안 되겠어. 도움은 안 되더라도, 가서 치료라도 해줘야겠어."
"미쳤나?"
"응, 나 좀 미쳤나 봐."
"유리아!"
소환수들을 꺼낸 유리아가 2층 계단을 통해 달려가기 시작했다. 현실적으로도 전략적으로도 제프리의 판단이 옳은 걸 모르는 건 아니었지만.
'우리엘이 죽잖아.'
왠지 그 모습은 보기 싫은 유리아였다.
"후……."
달려가는 그녀의 뒷모습을 보며 제프리는 옅은 한숨을 쉬었다.
유리아는 예전부터 저런 성격이었다. 한 번 동료라고 인정하면, 목숨 걸고서라도 지키러 가는 성격.
'아주 마스터랑 똑같단 말이야.'
하긴, 그러니까 끼리끼리 뭉치는 것일 테지.
"어떡하죠?"
옆에서 유아린 역시 입이 마른 듯 입술을 축이며 물었다.
"어쩔 수 없지."
우리엘 혼자일 때와는 이제 상황이 완전히 달라졌다.
전장에 유리아가 참여한 이상 자신 역시 목숨 걸고 그녀를 도와야 했다. 그것이 바로 '동료'.
"간다. 플랜은 마스터가 올 때까지 어떻게든 버티는 것."

솔직히 진도윤이 온다 해도 이길 거란 보장은 없다. 하지만, 이제는 남은 수가 없지 않은가?

결정이 내려졌으면 빠르게 신중했던 제프리가 거침없이 걸음을 옮겼다.

콰아아앙!

루시퍼의 내부에서 터져 나온 어둠의 기운이 우리엘에게 폭사했다.

"크으윽."

어둠은 마치 채찍처럼 그녀를 후려쳤다.

다양한 각도로 후려치는 탓에 우리엘의 몸에는 점점 더 많은 상처가 생겼다.

"그러게 잠자코 봉인되어 있지, 이곳엔 왜 왔나? 아니, 그보다 어떻게 온 거야? 쯧, 역시 바알 그놈에게 맡기는 게 아니었나?"

루시퍼는 여유로웠다. 동시에 쾌감이 느껴졌다.

천신을 배반한 대가로 얻은 힘. 그 힘이 굉장히 달콤한 탓이다.

"크큭, 많이 약해졌구나, 우리엘. 과거에는 어떻게 해도 이기기 힘들 것 같았던 네가."

"천사로서…… 부끄럽지도 않으냐?"

"부끄러워? 내가? 부끄러운 건 약해 빠진 네 힘이 아니겠는 가. 크하하하!"

루시퍼가 광소했다.

막대한 힘을 얻어 천계를 먹은 이후 이렇다 할 상대가 없어 심심했는데 마침 자신의 흥미를 돋워줄 구(舊) 대천사가 나타난 것이다.

'특히 우리엘 년.'

항상 무뚝뚝한 표정으로 자신을 대하던 천사라 그 쾌감은 배가 됐다.

파바바박!

루시퍼의 손속이 더욱더 거칠어졌다. 소리보다 빠른 속도로 날아간 기파가 그녀의 몸 곳곳을 두들겼다.

퍼억, 퍼억!

박 터지는 소리와 함께 힘없이 뒤로 밀려나는 우리엘.

그녀의 입가에 선혈이 주르륵 흘러내렸다.

그런 그녀의 모습을 흥미롭게 관찰할 찰나.

"우리엘!"

계단에서 빠르게 달려온 누군가가 그녀에게 붙었다.

1층에서 뛰어온 유리아였다. 그녀는 아묘를 이용해 신속한 치료를 시작했다.

'음?'

루시퍼의 눈이 살짝 커졌다.

분명 어디선가 봤던 모습. 위장의 힘으로 숨기고 있지만, 저 존재의 본질은…….

'인간?'

그 순간 뇌리가 번뜩였다.

"그때 그놈들?"

화아앗!

루시퍼의 기파가 사방으로 퍼졌다. 뱀처럼 얽힌 기파들이 주변 곳곳에 뻗어 나가 훑었다. 이윽고 세 명의 인간을 찾아낸 루시퍼의 입꼬리가 올라갔다.

'그 99,999점의 주인공은 없는 것 같지만.'

그래도 그게 어디던가. 그동안 불편했던 속을 마침내 해결할 수 있을 거란 생각에 기분이 좋아진 루시퍼였다.

유리아가 신속하게 다가가 우리엘을 부축했다. 바로 눈앞에 루시퍼가 있는 위험천만한 순간이었지만, 그녀의 행동은 거침없었다.

"괜찮아, 우리엘?"

"쿨럭!"

한차례 피를 토해낸 우리엘의 눈동자가 놀란 듯 커졌다.

"……어떻게 여길……! 어, 어서 피하거라."

"피하긴 뭘 피해, 치료나 받아. 내가 도와줄 테니까. 알지? 서포트는 내가 인간 최강인 거."

유리아가 씩 웃으며 자신의 소환수를 꺼내 배치했다.

그 모습을 본 우리엘은 할 말을 잃었다. 입맛이 쓴 탓이다.

'결국은…….'

자신이 상상하던 최악의 상황이 눈앞에 펼쳐져 있었다.

사고를 치는 바람에 루시퍼가 등장했고 그들이 위험에 빠져 버렸다. 현실적으로 판단해 보건대, 전부가 힘을 합쳐도 눈앞의 루시퍼를 당해낼 수 없을 거다.

안타깝지만, 악(惡)의 힘을 받아들인 루시퍼는 정말로 강력했으니까. 하아, 체념 섞인 한숨을 내쉰 우리엘이 고개를 숙였다.

"……미안하게 됐구나."

"미안하긴, 어차피 우리 집단의 다음 목표는 저놈이었어. 신경 쓰지 말고 전투 준비나 해."

우리엘은 자신감 있게 말하는 유리아의 모습을 물끄러미 쳐다봤다. 쿨하게 말하는 듯하면서도 떨리는 손끝과 긴장한 자세는 그녀가 얼마나 큰 다짐을 했는지 알 수 있었다.

'그러고 보니…….'

우리엘이 고개를 틀어 그녀가 소환한 몬스터들을 바라봤다. 제대로 보는 것은 처음인 유리아의 소환수들을 확인하기 위함이었다.

귀엽게 생긴 고양이 한 마리와 요정 하나, 그리고…….

"저건?"

우리엘의 눈이 가늘어졌다.

눈앞에서 자신을 가로막고 있는 장신의 남성형 천사. 오른손에는 검을, 왼손에는 저울을 들고 있는 금발 천사의 모습이 분명 익숙한 모습이었기 때문이다.

"……미카엘의 모습."

천사는 생명체의 본질을 본다. 그렇기에 그녀는 저 소환수가 실제 미카엘이 아님을 알았다. 하지만, 너무도 똑같은 모습을 가지고 있었기에 묘한 기시감이 들었다.

"호오?"

눈앞에서 상황을 주시하던 루시퍼의 얼굴에도 호기심이 돌아 있었다.

"미카엘을 닮은 몬스터로군?"

그가 말했다.

"신기한 능력을 갖춘 인간이로구나. 몬스터를 길들인 것도 모자라, 저런 이상한 괴생물체까지 데리고 다니다니."

루시퍼는 신기했다. 그러면서도 여유로웠다. 눈앞의 저것이 정말로 미카엘이였다면 긴장은 좀 했을 터였다. 왜냐하면 미카엘은 상대하기 정말로 까다로운 완성형 천사였으니까.

대천사 중 대천사. 천사 중 가장 강력하고 위대한 천사. 인정하긴 싫지만, 그게 놈을 수식하는 대명사였다.

'하지만, 저것은……'

그냥 빈 껍데기일 뿐이다. 진짜 미카엘의 힘의 발 끝자락도 미치지 못하는.

루시퍼의 입가에 비웃음이 걸리자, 흥! 코웃음을 친 유리아의 한쪽 눈썹이 꿈틀거렸다.

"하, 애 봐라? 야, 천사인 척하는 악마 새끼."

"……뭐라?"

"너 지금 우리 미카엘을 괴생물체라 표현한 거냐?"

유리아의 당돌한 물음에 루시퍼는 피식 웃음이 새어 나왔다.

"저런 껍데기에 정까지 느끼고 있다는 건가? 참, 불쌍하군. 인간이란 존재는."

"글쎄, 그게 꼭 인간이어서 그런 건 아닌 거 같은데. 그나저나 들어보니 너도 좀 불쌍하던데?"

"내가 불쌍하다?"

"너 미카엘한테 열등감 느껴서 이런 짓을 벌인 거라며? 쯧, 얼마나 못났으면 힘없다고 동족까지 배신할까."

유리아가 혀를 차며 말하자, 올라가 있던 그의 입꼬리가 슬며시 내려갔다. 그의 역린을 제대로 건든 탓이다.

"……우리엘이 쓸데없는 소리를 지껄였나 보군."

대화는 이쯤이면 되었다. 루시퍼는 일단 대상을 제압하기 위해 손을 가볍게 떨쳤다.

파바바밧!

허공에 생겨난 수십 개의 검은 기운이 곧이어 유리아를 향해 쇄도했다.

'원래는 좀 가지고 놀 생각이었는데.'

루시퍼는 그 마음을 접어두었다. 감히 자신을 두고 뒷이야기 한 저들을 봐주고 싶은 마음이 사라졌기 때문.

'갑작스러운 공격이라 미처 대응할 시간도 없을 테지.'

그는 상대가 자신의 공격을 피하거나 막을 거라고는 조금도 생각지 않았다.

콰가가강!

하지만, 쏘아낸 기운은 유리아에게 다가가지 못했다. 갑자기 튀어나온 무언가에 막힌 탓이다.

"크르르르⋯⋯. 크륵, 크르륵."

"오, 늑대?"

그 존재는 유아린의 소환수, 펜리르였다. 비록 루시퍼의 공격이 부담스러운 듯, 비틀거리고 있었지만 분명 잠재력이 보이는 몬스터였다.

"그래, 같이하면 이길 수 있을 것 같더냐?"

루시퍼가 다시 손을 휘둘렀다. 사방으로 뻗어 나간 기운들이 전방에 존재하는 모든 생명체에게 사정없이 달려들었다.

"막아! 진형을 유지해!"

어느새 붙은 제프리가 외쳤다. 유리아 역시 재빨리 정신 차린 후, 본인의 소환수들을 컨트롤했다.

"미카엘, 성스러운 방패를! 페어리킹은 계속 버프 걸어! 그리고, 우리엘!"

"부, 불렀는가?"

"뭐 해? 지원해 줄 테니까 빨리 전면에 서야지!"

"⋯⋯알겠느니라."

평생 누군가로부터 명령받아 본 적 없던 우리엘은 망설임 없이 검을 들었다.

힘을 합쳐 저 빌어먹을 루시퍼를 상대할 수만 있다면 그런 것쯤이야 아무렴 좋았다.

펄럭!

날개를 활짝 편 우리엘이 화려한 검술로 기운들을 걷어냈다.

아묘에 의해 어느 정도 치료는 완료된 상태. 페어리킹의 버프까지 더해지자, 혼자 상대할 때보다는 훨씬 편했다.

"큭, 쇼를 하는군……."

루시퍼는 그 모습을 가소롭게 바라봤다.

그에게 저들이란 그저 장난감일 뿐이었다. 그것도 매우 약한.

"그럼 슬슬 페이스를 올려볼까?"

화르륵!

그 순간, 루시퍼의 기세가 일변했다. 마치 신체 강화라도 하듯, 그의 몸 주변으로 검은 기운이 구체화됐다.

막강해진 자신의 힘을 뽐내기라도 하듯 공간을 장악하는 루시퍼의 힘.

"그 쓸데없는 희망을 곧 절망으로 만들어주지."

루시퍼가 정신을 집중했다.

쿠구구구…….

흔들리는 건물과 함께 그는 직접 전방으로 내달렸다.

"크윽! 미친, 뭐 저리 센 거야?"

온몸을 찍어 누르는 압박감에 유리아가 얼굴을 일그러뜨렸다. 아까 상대할 때와는 전혀 다른 힘이었다.

'무섭긴 하네.'

솔직한 그녀의 심정이었다. 대치하고 있는 것 자체만으로 공포감이 숨이 턱 막힐 정도로 밀려왔다.

하지만, 이미 우리엘을 구하러 나설 때부터 각오한 일. 그녀에게 도주란 없었다.

콰아앙!

전방에는 굉음이 지속적으로 귓가를 가득 울렸다. 우리엘과 루시퍼가 육탄전을 벌이는 소리였다.

파파팟!

눈 깜짝할 사이에 수십 번의 공방이 오가고 있었다.

우리엘은 유려하면서도 날카롭게 검을 휘둘렀고- 루시퍼는 그것을 기운이 담긴 주먹으로 여유롭게 받아치며 응수했다.

소환수들이 도우려 해봤지만.

'저 여파에 견디는 것만으로도 벅차.'

유리아는 입술을 잘근 씹었다. 이게 마스터와 자신들의 차이였다. 감응력 200을 올려 소환수들의 진화를 끌어냈다면, 이 정도까지 밀리진 않았겠지.

'이게 대천사들의 싸움이구나……'

꿀꺽.

침을 삼킨 유리아는 계속해서 참전을 시도했다. 우리엘이 충격을 입을 때마다 지속적으로 힐링을 지원했고 미카엘을 통해 계속해서 루시퍼의 흐름을 끊으려 했다.

"미카엘, 이놈의 상판대기는 언제봐도 마음에 안 든단 말이지."

 하지만, 루시퍼의 움직임은 대단했다. 우리엘의 공격을 다 받아쳐 내면서도 미카엘에게 가볍게 주먹을 던졌다.

 스윽!
 복잡하게 얽히지도, 난폭하지도 않은 간결한 움직임.
 그저 평범한 내지르기처럼 보였다.
 그러나.
 콰아아앙!
 결과는 전혀 그렇지 않았다.
 "미카엘!"
 볼품없이 튕겨 나가는 미카엘을 보며 유리아가 소리를 질렀다. 재빨리 일으켜 세우려 해봐도 제대로 통제할 수조차 없었다.
 어떻게 컨트롤해 보려고 중심을 잡아봐도.
 쾅! 쾅! 콰앙!
 또다시 루시퍼의 주먹이 날아와 틀어박혔으니까.
 그렇게 당한 소환수는 미카엘뿐만이 아니었다.
 "펜-리르! 이프리트! 자락서스!"
 유아린 역시 나가떨어진 소환수들을 부여잡고 있었다.
 제프리의 소환수 또한 무사하지 못했다.
 그야말로 초토화. 우리엘을 상대하면서 다른 소환수들까지 무참히 공격하는 루시퍼의 힘은 지금까지 만났던 그 어떤 적보다 강력했다.

'제기랄.'

유리아의 머리가 뜨거워졌다. 지키는 소환수들이 없으면 서 머니가 위험해지는 것은 당연지사.

루시퍼는 히죽 웃으며 유리아에게 다가갔다. 마치 아까 했던 말을 다시 들으려는 듯.

"어딜 가느냐!"

그 모습에 우리엘이 황급히 달려들었지만

콰아앙!

루시퍼는 그녀를 쳐다보지도 않은 채, 주먹을 휘둘렀다.

단순하지만 벼락같은 움직임이었다.

"끄윽!"

빗장뼈를 얻어맞은 우리엘이 허공을 훨훨 날았다.

이윽고 벽에 내동댕이쳐지듯 틀어박혔다.

"쯧, 말 상대 좀 해줬다고 너희들이 정말 내 상대가 될 거라 생각했나?"

루시퍼가 귀찮은 듯 손을 털며 중얼거렸다. 그러고는 다시 비릿한 웃음을 지으며 유리아를 내려다봤다.

"인간."

"하."

유리아는 헛웃음을 내뱉었다. 그래도 우리엘이 있으면 조금은 버틸 수 있겠다 싶었는데 결국은 이런 꼬락서니라니.

상황은 미궁 끝자락에서보다 더 최악이었다.

"걱정하지 마라, 바로 죽이진 않을 테니. 큭큭."

루시퍼는 절망하는 저들의 표정을 느긋하게 즐기며 말을 이었다.

"그놈이 올 때까지 기다려야 하거든."

천사 시험 테스트 99,999점의 주인공. 어차피 루시퍼가 이곳까지 몸소 행차한 이유는 그자에게 있었다. 그자가 잠재력을 펼치기 전에 짓밟아놓지 않으면 잠을 편하게 잘 수 없을 것 같기 때문.

"……그놈?"

"그래, 저번에 너희들과 함께 있었던 그놈은 어디 있는가? 큭큭, 설마 무서워서 꽁무니를 뺀 건가?"

"지랄."

"음?"

유리아의 답에 루시퍼의 미간에 골이 파였다. 자신이 기대했던 대답이 아니었기 때문이다. 보통의 존재라면 이런 상황에서 눈물 콧물을 쏙 빼게 마련인데 어찌 저 인간은 아직도 눈을 표독하게 뜬 채 자신을 노려보는 걸까.

"마스터가 너처럼 동족이나 배반하는 비겁한 새끼인 줄 알아?"

심지어 아까부터 자신의 심기를 콕콕 건드리기까지 한다. 마치 빨리 죽여달라는 것처럼.

"아무래도 넌…… 좀 맞아야겠구나."

루시퍼가 유리아의 멱살을 끌어 잡아 올렸다.

"말해, 그놈이 어디 있는지."

"퉤!"

돌아오는 것은 걸쭉한 가래침뿐. 너무 가까이 붙어 있던 탓에, 그 빠른 능력으로도 피할 수 없었다.

"……이 썅년이!"

퍼어억!

열받은 루시퍼가 유리아의 배를 강하게 후려쳤다.

"꺄윽!"

튕겨 나가 벽에 부딪힌 유리아는 엄청난 통증에 비명을 터뜨렸다.

몸에 있는 뼈가 다 아작나는 고통. 역한 비린내가 코에 물씬 풍겼다.

'더 이상은 무리야, 마스터.'

유리아가 입에서 피를 주륵 흘리며 쓴웃음을 지을 때였다.

쐐애애액!

어디선가 날아온 기운이 루시퍼가 있던 자리를 강하게 가격했다.

콰아아앙!

바닥이 뚫리고 공간이 흔들릴 정도로 강력한 일격. 몽글몽글 피어오른 먼지가 걷히자 한쪽 팔로 공격을 막아낸 루시퍼의 모습이 드러났다.

"……너는."

눈살을 찌푸린 루시퍼가 새로 등장한 존재를 바라봤다.

차가운 표정으로 천천히 다가오고 있는 인간.

자신이 줄곧 찾던 그놈이 분명했다.

"드디어 나타났구나! 99,999점의 사기꾼!"

루시퍼가 반갑다는 듯 외쳤으나.

"루시퍼."

진도윤의 반응은 싸늘할 뿐이었다. 피를 흘리고 있는 유리아를 본 진도윤은 천천히 그를 향해 걸어 나갔다.

분노로 뿜어져 나오는 감응력을 일렁이면서.

"넌 기필코 오늘, 네 생에 가장 끔찍한 고통을 맛보게 해주마."

나지막한 진도윤의 선포였다.

30분 전.

박쥐의 신호를 확인한 진도윤은 그 즉시 도시를 향해 내달렸다.

천계에 도착해 흩어지되, 신호를 주면 달려가겠다. 그것이 일행들과 한 약속이었으니까.

'무슨 일이지?'

진도윤은 달리는 내내 불안했다. 천계에서 제프리가 급히 신호를 보낼 일이라고는…….

'루시퍼.'

아무리 생각해 봐도 그놈밖에 떠오르지 않았다. 우리엘이 있는 이상, 웬만한 사건은 그들도 해결할 수 있을 테니까.

'어떡하지……?'

진도윤이 눈살을 찌푸렸다. 얼마 전 루시퍼의 힘을 온몸으로 느낀 탓이다.

직접 부딪친 적은 없지만, 몸을 오싹하게 만드는 그 기운은 산전수전 다 겪은 그마저도 공포감을 느끼게 했다.

감히 헤아릴 수조차 없는 막대한 힘.

'지금 붙으면 무조건 질 텐데.'

현실적으로 그랬다. 소환수들이 5성으로 진화하긴 했다지만, 아직 저렙일뿐더러. 녀석은 무려 한 세계의 최강자다. 고작 10%의 힘을 내던 마르바스도 겨우 처리한 자신이 100% 루시퍼의 힘을 감당할 수 있을 리 없었다.

지금 그가 할 수 있는 방법은 루시퍼가 아니길 기도하는 것뿐.

'그래, 아닐 거야. 실수거나 아니면 내가 고르는 다른 일이 있겠지.'

라며 애써 부정할 찰나 그의 불안감은 곧 현실이 되었다.

[띠링!]

[가이아의 특별 임무가 도착합니다.]

[임무 - 동료 구출.]

[당신의 동료들이 루시퍼와 대치 중입니다. 신속히 이동하여 구출해 주세요.]

[''데몰리션'(★★★★★)에게 에레보스의 인장이 부여됩니다.]

[Tip / 루시퍼는 본디 오만방자한 성격입니다. 힘에 취한 그의 빈틈을 잘 찾아보세요.]

[Tip / 절대 루시퍼와 상대해서는 안 됩니다.]

눈앞에 새로운 특별 임무가 도착했으니까.

"이런. 씨……."

입 밖으로 육두문자가 튀어나올 뻔했다.

동시에 마음도 급해졌다. 정말 루시퍼와 대치 중이라면, 정말 동료들의 목숨이 위험할 수도 있기 때문.

'그나저나 에레보스의 인장?'

발놀림이 급해진 진도윤이 눈짓하자, 정보창이 나타났다.

[징표:에레보스의 인장]

[등급:無]

[어둠의 신이 사용하던 인장, 부착된 대상의 힘을 왜곡하여 숨겨줍니다.]

'힘을 숨긴다라…….'

왜 굳이 데몰리션에게만 저런 인장을 부여했을까? 녀석이 가진 파괴의 힘 때문일까?

'아마 그렇겠지.'

삼계(三界)의 초월자들이 이 힘에 얼마나 큰 경각심을 가졌는지는 우리엘에게 들어 잘 알고 있다.

'최대한 힘을 숨긴 채, 방심을 유도하라는 거구나.'

아무리 루시퍼가 오만방자하더라도 파괴의 힘을 본다면 처음부터 전력으로 상대해 올 게 뻔하다.

절대 루시퍼와 상대하지 말라는 문구만 봐도, 대충 빈틈을 보일 때 도주하라는 말일 터.

"쩝."

그 가이아마저 대놓고 루시퍼와 상대가 안 된다고 말하니, 더욱 긴장되는 진도윤이였다.

인간계에서는 적수가 없던 자신이 어쩌다 이런 괴물들과 상대하게 됐을까?

"후우."

그러나 이내 진도윤은 고개를 털었다.

어차피 바뀌는 건 없었다. 프리덤을 상대하겠다는 목표가 생긴 이상, 그 앞에 무엇이 있던 달릴 생각이었으니까.

그가 도시에 도착하는 데는 얼마 시간이 걸리지 않았다. 또한 루시퍼가 위치한 곳도 쉽게 파악할 수 있었다.

한 건물에서 누가 봐도 나 루시퍼요! 라고 알리듯 강대한 기운이 뿜어져 나오고 있었으니까.

"뀨우웅!"

데몰리션 역시 그 기운을 느꼈는지, 눈을 부릅떴다. 당장에라도 달려가 싸워보고 싶다는 의지.

"안 돼, 인마."

4장 263

진도윤 역시 그러고 싶은 마음이 아예 없는 건 아니다. 싸워보지도 않고 피한다는 게 그의 성격과 잘 부합되지 않기 때문.

하지만, 용기와 오만은 구분할 줄 알아야 한다. 지금 녀석과 싸우는 것은 달걀로 바위를 치는 꼴이다.

"일단, 들어가 보자."

들어가서 상황이 어떻든, 동료들만 데리고 튀어야 한다.

그리고 나중에 준비가 다 되었을 때, 지금보다 월등히 강해졌을 때. 그때 제대로 상대하면 되는 거다.

라는 결심은……

퍼어억!

배를 걷어차여 날아가 부딪친 유리아를 보는 순간, 단숨에 사라져 버렸다.

'저 새끼가?'

진도윤의 몸에서 감응력이 폭발하듯 터져 나왔다. 피를 흘린 채 고통스러워하는 유리아를 보자, 본인도 모르게 화가 난 탓이다.

'내가 어떻게 구했는데.'

231의 감응력에 분노의 감정이 섞이자 엄청난 힘이 휘몰아쳤다.

'이건 또 얘기가 다르지.'

진도윤은 간만에 피가 머리끝까지 솟구쳐 들끓는 것을 느꼈다.

용기와 오만? 아무렴 어떨까. 도망을 치든 말든. 한 대 맞았는데 그걸 돌려주지 못하고 튄다면, 어차피 자신의 성격상 화병으로 죽을 터.

[주의! 주의! 주의!]
[절대 루시퍼와 상대해서는 안 됩니다.]

가이아의 경고 메시지가 시야를 가득 채웠지만, 진도윤은 깡그리 무시했다.
'걱정하지 마라, 가이아.'
튀긴 튈 거니까. 다만, 맞은 만큼은 돌려줄 생각이었다.
눈빛이 차갑게 가라앉은 진도윤은 온 힘을 다해 준비했다.
자신이 돌려줄 수 있는 가장 강력한 한 수. 뉴클리어 브레스를.
"뀨웅!"
그래, 역시 그래야 내 주인답지!
데몰리션이 그제야 만족스러운 듯 웃으며 입을 쩍 벌렸다.
"크하하하하!"
루시퍼의 웃음소리가 2층 홀을 가득 울렸다.
"그래, 내 생에 가장 끔찍한 고통을 느끼게 해주겠다고? 크크큭."
그는 어처구니없다는 표정을 지었다. 그러고는 귀엽다는 듯 쳐다봤다.

눈앞에 나타난 새로운 인간 그 역시 몬스터를 부릴 수 있는 것 같은데. 앞선 녀석들과 같이 별다를 게 없는 수준이었다.

아, 조금 더 강한 것 같긴 하다만 어차피 개미가 조금 더 강해봐야, 왕개미 아니겠는가?

"으하하, 고작 저 정도 기운밖에 품지 못한 자를 세계수는 99,999점이라고 판단했단 말이지? 역시 그냥 사기였군."

루시퍼가 입술을 씰룩였다.

솔직히 실망이었다. 여태까지 불안에 떨었던 게 허무할 정도.

"좋다."

그 순간, 장난기가 생겼다.

"어디 한번 공격해 보거라. 정말 그깟 힘으로 내게 생채기라도 낼 수 있을지 말이다."

루시퍼는 현 상황을 그저 유희 거리로 느꼈다. 어차피 살짝만 쳐도 박살 날 것 같은 자들이었으니까. 어찌 보면 본신의 힘에 대한 믿음에서 발로한 호기일 수도 있었다.

더 이상 천계에 적수가 없는 자로서의 호의.

"쯧."

진도윤은 혀를 찼다.

호랑이도 토끼 잡을 때 최선을 다한다는데 한 대 쳐보라고?

왜 가이아가 오만방자한 성격이라 했는지 알 것만 같았기 때문이었다.

'뭐, 어쨌든 나야 고맙지.'

선빵을 날릴 기회를 준다는데, 마다할 진도윤이 아니었다. 비록 마음은 분노로 가득하다지만, 그의 머릿속은 그 어느 때보다도 차가웠다.

"호오, 저건 또 무슨 괴생물체지? 용족인가? 처음 보는 종류인데."

루시퍼는 검은 용의 입에서 요동치는 힘을 흥미롭다는 듯 쳐다봤다.

천계의 용들은 수천 년 전에 멸종했다.

'아마 크림슨 드래곤이 최후의 용이었지?'

데몰리션을 훑어보던 루시퍼가 피식 웃음을 흘렸다. 별다른 게 없었기 때문이다. 저 정도 기운이면 자신의 '마력 방패'로 충분히 막아낼 수 있는 수준.

"크하하하, 어디 와보거라. 혹시 아는가? 마음에 들면 살려보내줄지도."

위잉!

마음에도 없는 소릴 한 루시퍼가 자신의 몸 주변에 보호막을 형성했다. 이윽고 데몰리션의 입이 벌어질 찰나.

'응?'

루시퍼는 갑자기 자신의 보호막이 스르륵! 사라지는 걸 느꼈다. 기술을 무력화시키는 능력이라면, 답은 하나.

'우리엘……. 저년이 또 귀찮게 하는군.'

인상을 찌푸린 루시퍼가 힐끔 뒤를 돌아보자, 우리엘이 간신히 검을 내지른 상태로 숨을 몰아쉬고 있었다.

"클클, 헛수고다. 보호막이야 뭐, 다시 만들면 되는 거니까."

어깨를 으쓱인 루시퍼가 다시 보호막을 펼치려 했다. 하지만 그럴 때마다 족족 우리엘이 검을 휘둘렀다.

집요하게 방해하는 것이다.

"저 잡년이?"

짜증이 치솟은 루시퍼는 결심했다. 인간들과 본격적으로 놀기 전, 우리엘부터 처리해야겠다고.

그렇게 몸을 움직이려 할 때였다.

쿠구구구……

등 뒤의 기운이 아까의 두 배로 치솟기 시작했다.

"또 뭐야?"

멈칫하며 뒤를 다시 보자, 어느새 인간들이 서로 모여 있었다.

"유아린, 뛰어가서 우리엘을 부축해!"

"그리고 유리아! 괜찮나? 버틸 만해? 힘들겠지만 버프라도 좀 넣어줘라!"

유리아를 부축한 채 이것저것 명령하는 제프리의 모습.

"참, 발악들 하는구나."

루시퍼는 실소를 머금었다. 어차피 보호막 없이도 저 정도 힘은 손쉽게 막아낼 수 있다.

맞아봐야 조금 따가울 정도? 그런 것도 모르고 저렇게 열심인 벌레들을 보니, 가소로울 뿐이었다.

슈아아앙!

이윽고 새하얀 기운이 루시퍼를 향해 폭사했다.

강대한 힘을 담은 검은 용의 브레스. 그 순간, 루시퍼는 무언가 묘한 기시감을 느꼈다.

'어?'

다가오는 브레스가 알 수 없는 힘에 의해 살짝 왜곡된 느낌. 분명히 쏟아지는 기운의 실체와 자신이 느끼고 있는 기운의 척도가 묘하게 비틀려 있었다.

'이건?'

루시퍼의 낯에 놀라움이 물들었다.

그 찰나의 순간 녀석이 쏜 힘에 깃든 파괴의 힘을 느낀 탓이다.

"파괴의 힘?"

루시퍼는 살짝 당황했다.

이건 반칙이었다. 아무리 미약하다 할지라도 파괴의 힘은 그 결을 달리한다. 방심하고 맞았다가는 정말 크게 다칠 수도 있다는 뜻.

'어떻게 저놈이 파괴의 힘을 다룰 수 있는 거지?'

'게다가 그걸 왜곡했던 기이한 힘은 또 어떻게 된 거지?'

라는 생각을 할 수 있는 시간조차 없었다. 이미 쏟아진 기운이 자신의 눈앞에 와 있었기 때문.

"이 간악한……!"

뜻밖의 상황에 몰린 루시퍼는 결국 그 기운을 맨몸으로 받아낼 수밖에 없었다. 온 힘을 다한 진도윤의 뉴클리어 브레스가 루시퍼의 몸에 닿는 그 찰나의 순간.

콰아아앙!

시야가 멀 정도로 강력한 빛이 퍼졌다.

"크아아아악!"

루시퍼의 입이 찢어져라 벌어졌다. 수천 년의 삶 동안 손에 꼽을 정도의 강렬한 고통이 온몸에 느껴진 탓이다.

그는 발악하듯 벗어나려 했다. 하지만 폭풍처럼 몰아치는 기운에 몸이 통제가 안 된다.

이리 치고 저리 치고, 정신없이 몰아치는 파괴의 힘.

"크으으, 이것들이."

루시퍼는 분노했다. 고작 벌레보다 못한 존재로 취급하던 존재에게, 이런 수모를 겪다니.

"다 죽여 버리겠다!"

결국, 눈이 돌아버린 루시퍼는 전력을 다해 자신의 모든 기운을 사방으로 방출했다.

아무리 파괴의 힘이라 해도, 아직 완전한 성장은 못 했는지 자신이 충분히 걷어낼 만한 수준. 루시퍼가 온 힘을 다하자, 끈질기게 달라붙던 파괴의 기운도 어쩔 수 없이 떨어져 나갔다.

"크르르륵."

루시퍼는 자신의 몸을 다스리며 중심을 잡았다.

그는 이제야 깨달았다. 왜 세계수가 저 인간에게 잠재력 99,999점을 주었는지.

확실히 파괴의 힘이라면 그럴 만도 했다. 자신 역시 경시할 수 없는 힘.

'바로 죽여야겠군.'

루시퍼는 결심했다. 이제 장난질은 그만하고, 곧바로 녀석들의 멱을 따버리겠다고.

여기서 녀석들을 놓치면 그때는 예전보다 더 속이 불편할 것 같았다. 그렇게 루시퍼가 희번덕거리는 눈빛으로 전방을 바라볼 때.

동료들과 손을 맞잡은 진도윤이 눈앞에서 씩 웃고 있는 광경이 보였다.

"잘 있어라, 멍청한 새끼."

가운뎃손가락을 올림과 동시에.

스스슷!

흔적조차 없이 사라지는 그와 그의 동료들. 저번에 사라졌던 것과 비슷한 방식이었다.

"……"

이걸 이렇게 도망친다고?

루시퍼가 온몸을 부들부들 떨었다. 화가 머리끝까지 솟구친 탓이다. 싸늘한 표정으로 다가오길래 죽기 살기로 싸울 줄 알았지, 이렇게 쉽게 도망갈 줄은 꿈에도 몰랐다.

'이 머저리 같은!'

루시퍼는 자책했다. 결국, 자신의 방심으로 후환이 될 법한 자를 놓아준 꼴이니까.

"으으으……."
분노를 풀 대상이 사라져 열 받은 탓이다.
그가 할 수 있는 거라고는.
"으아아아아!"
텅 비어버린 홀에 소리치는 것뿐이었다.

5장

 인간계의 다양한 신들이 은거하는 구역, 타르타로스. 타르타로스는 비록 다른 신들처럼 인간의 모습을 하고 있진 않으나, 그 자체로도 하나의 신격을 가지고 있는 공간이다.
 인간들에게는 지옥 또는 나락이라고도 불리는 곳. 모종의 사건으로 힘을 거의 잃다시피 한 신들은 타르타로스의 힘을 빌려 간신히 신격을 유지하고 있는 상태였다.
 그리고 그가 제공하는 새하얀 홀에는 가이아, 에레보스, 닉스 이렇게 세 존재가 커다랗게 띄워진 홀로그램을 보며 침묵에 잠겨 있었다.
 여느 때와 달리 굉장히 무거운 분위기.
 "휴우, 간담이 서늘했네."
 먼저 밤의 여신, 닉스가 안도의 한숨을 내쉬었다. 조금 전, 진도윤 일행이 루시퍼로부터 무사히 벗어난 걸 확인한 탓이다.

"다행이야, 잘못했으면 우리 히든카드가 사라질 뻔했잖아?"
"흠, 이제는 히든카드라 부르기엔 애매한 상황이지."
에레보스가 고개를 절레절레 흔들며 말을 이었다.
"이미 상대도 다 알게 된 패를 히든이라 부르진 않으니까."
그러고는 굳은 표정으로 가이아를 쳐다봤다.
"가이아."
"네."
가이아가 부드럽게 고개를 끄덕였다.
"나는 솔직히 잘 모르겠다. 고작 이런 일에 감응력을 쏟아붓는 게 맞는 건지."

이번 사건에 에레보스는 자신의 인장을 걸었다. 파괴의 힘을 숨기기 위해서는 많은 간섭이 필요하고, 그에 상응하는 대가를 지불해야 한다.

그 대가는 존재의 상실. 그렇기에 에레보스는 불만이 가득한 상태였다.

"심지어 그 아이는 통제에 따르지 않았어. 그동안 투자했던 게 다 날아갈 뻔했다고."

특별 임무를 내어주면서 분명 루시퍼와 상대하지 말라 했었다. 하지만, 진도윤은 그 메시지를 무시하고 루시퍼를 공격했다.

루시퍼가 새대가리였기에망정이지. 조금만 차분하고 철저한 자였다면, 분명 진도윤은 그 자리에서 죽었을 거다.

"아뇨."

하지만, 가이아의 관점은 달랐다.

"오히려 저는 그 아이의 도전적인 정신이 마음에 쏙 드는걸요?"

"……또 팔불출인가?"

"팔불출이 아니에요. 에레보스도 알다시피 판데모니엄의 악마들은 강해요. 강한 자들과 싸우기 위해서는 어느 정도의 무모한 도전도 할 줄 알아야 하죠. 영웅은 그냥 만들어지는 게 아니니까요."

"흥, 코에 붙이면 코걸이고 귀에 붙이면 귀걸이로군."

에레보스가 마음에 들지 않는다는 듯 코웃음 쳤다.

"그래서 고작 그의 동료들을 구하는 것에 보상까지 건 거냐? 네 존재까지 희생시켜 가면서?"

"고작이 아녜요."

가이아가 고개를 저었다.

"현재 그에게는 동료들이 전부거든요. 만약, 이번에 동료들을 잃었다면 필시 무너졌을 거예요."

"그럴 놈 같진 않은데. 오히려 복수 심리를 이용한 자극제로 활용하면……."

"에레보스."

가이아의 표정이 급속도로 싸늘해졌다. 목소리에서도 냉기가 폴폴 흘러나왔다.

"으음."

그 모습에 움찔한 에레보스가 입을 꾹 닫았다. 아무리 질책

하고 있다 하더라도 가이아는 한때 신들의 리더 격이었던 존재. 그 카리스마는 어둠의 신도 한발 물러서게끔 했다.

"에이, 이번엔 에레보스 오빠 말이 심하긴 했다. 방금 발언은 판데모니엄의 악마들도 울고 가겠는데?"

옆에 있던 닉스도 분위기를 풀기 위해 노력했다.

"그리고 언니도 너무 그러지 마. 다 언니 걱정해서 하는 말들이니까."

가이아가 진도윤에게 주는 보상들. 그 보상들 하나하나가 가이아에겐 치명적인 결과로 돌아온다.

과거의 영광에 비해 티끌밖에 남지 않은 그 힘을 쪼개서 건네는 셈이니까.

"나 역시 걱정되는데, 오빠라고 안 그러겠어?"

"……."

잠깐, 욱했던 가이아는 금세 마음을 가다듬었다.

그러고는 다시금 에레보스를 쳐다봤다.

"마인드를 고쳐주세요, 에레보스."

"마인드…… 말인가?"

"그 아이는 우리의 꼭두각시가 아니에요. 오히려 힘을 잃은 우리를 대신해 싸워주고 있는 용사에 가깝죠."

"감사한 마음을 가지라는 뜻이군."

"맞아요, 게다가 그들의 동료들……."

눈을 감은 가이아는 진도윤과 함께하는 동료들을 떠올렸다. 각자의 분야에서 옳은 방향으로 가게끔 도움을 주는 자들. 그들이 없었다면 진도윤이 지금처럼 성장할 수 있었을까?

"그들 역시 강한 자들이에요. 자신의 목숨을 버리면서까지 동료를 지키려 하는 자들. 그 아이에게 없어선 안 될 존재들이죠."

"……인류를 위해 자신을 포기한 너처럼 말이군."

"그래서 이번에 준비한 건, 그 아이를 위한 선물이 아니에요."

"그럼?"

"그의 곁에 있어주는 자들을 위한 선물이죠."

"후우, 하아."

계곡물이 졸졸 흐르는 동굴, 차원의 틈. 그곳에 도착한 일행들은 잠시 동안 아무 말 없이 서로를 쳐다봤다.

"푸흡."

그리고 이내, 유리아가 웃음을 터뜨렸다.

"푸하하하, 결국 그놈한테 한 방 먹인거네에으으윽. 아씨, 웃으니까 아프잖아."

갈비뼈를 움켜쥐며 인상을 찌푸리는 그녀였지만, 그 표정만큼은 후련해 보였다. 마지막 고통에 울부짖는 루시퍼의 모습을 본 것만으로도 그녀는 충분히 만족했다.

제프리도 유아린도 입가에 은근한 미소를 띠고 있었다.

하지만, 여기서 웃지 못할 하나. 우리엘은 풀이 죽은 채 날개를 말아 접었다.

그러고는 미안한 표정으로 진도윤을 바라봤다.

"저기……. 괜히 나 때문에, 미안하구나."

그녀의 사과에 유리아가 고개를 흔들었다.

"아냐, 나라도 그렇게 했을 거야. 그놈 아주 못돼먹은 놈이더만? 당연히 징벌해야지."

"……흠, 일단 어떻게 된 건지 묻기 전에."

자리에서 일어선 진도윤이 주변을 둘러봤다. 온몸에 피를 덕지덕지 칠한 게, 다들 아주 상태가 가관이다.

"다들 치료부터 하자."

"오케이, 아묘야!"

유리아가 당차게 외쳤다.

"냥?"

"부탁 좀 할게."

"냥!"

숲의 고양이, 아묘가 옮겨 다니면서 힐링을 시작했다.

스킬명 하여 '꾹꾹이'(A급). 단일 치료로는 엘라임도 쉽게 따라갈 수 없는 정통 힐링 스킬이었다.

천천히 회복하는 일행들을 잠깐 지켜보던 진도윤은 근처 구석으로 이동했다. 방금 전 떠오른 메시지를 확인하기 위해서였다.

가이아의 특별 임무를 클리어합니다.]

[사악한 자로부터 소중한 동료를 구출해 냈습니다. 자연의 기운이 그대에게 축복을 내립니다.]

[보상을 획득합니다.]

[보상 - 가이아의 특제 영약(S급), 가이아의 특제 영약(A급) ×2]

특별 임무에는 항상 특별한 보상이 따라 나온다.

'특제 영약……?'

진도윤은 자신의 손에 들려 있는 3개의 구슬을 바라봤다.

'이건…….'

우황청심원처럼 생긴 그것에는 꽤 많은 양의 감응력이 응집해 있었다.

[아이템:가이아의 특제 영약]

[등급:S]

[대지의 신, 가이아가 자신의 힘을 담은 환단.]

[옵션:2/2]

- 추가:복용 시, 20의 감응력을 추가한다.
- 제한:감응력 200 이상은 사용할 수 없다.

이게 S급 영약이었고.

[아이템:가이아의 특제 영약]

[등급:A]

[대지의 신, 가이아가 자신의 힘을 담은 환단.]

[옵션:2/2]

- 추가:복용 시, 5의 감응력을 추가한다.
- 제한:감응력 200 이상은 사용할 수 없다.

이게 A급 영약.

"와, 미쳤네?"

지금껏 수많은 아이템을 본지라 이제 어떤 보상에도 감흥이 잘 일지 않던 그마저도 입을 떡 벌릴 정도의 성능이었다.

말이 되는가? 무조건 감응력을 20, 5씩 늘려주는 영약이라니.

무협지에서 영약에 목숨 거는 무림인들처럼 이게 알려지면 대다수 서머너들의 눈이 돌아갈 게 뻔했다.

'근데 뭐, 어디다 팔라고 준 건 아닐 테니까.'

사실, 진도윤은 가이아의 의도를 이미 파악한 상태였다.

감응력 200 이상은 사용할 수 없다는 제한. 거기에 전투에 참여하는 동료들의 수와 맞는 딱 3개의 영약까지.

누가 봐도 동료들의 수준을 빨리 끌어올리라는 의미.

진도윤은 빙그레 미소 지었다. 가이아의 마음이 느껴진 탓이다.

'이번에도 큰 빚을 졌어.'

동료들이 위기일 때 미리 경고해 준 것도 그렇고 파괴의 힘을 숨겨서 루시퍼의 방심을 불러일으킨 것도 그렇고. 딱 봐도 자신을 위하는 게 느껴지기에 진도윤은 고마웠다.

"와, 이런 아이템을 받았어?"

"……미친 성능이군."

모여 있던 일행들이 깜짝 놀란 표정을 지었다. 진도윤이 공개한 영약을 확인한 탓이다.

"다들 감응력이 어떻게 되지?"

"……이걸 우리 주려고?"

꿀꺽.

침을 삼킨 유리아가 되물었다. 말은 그렇게 해도 입맛을 다시는 게, 굉장히 먹고 싶은 듯했다. 저것만 있으면 그동안 막혀 있던 벽이 시원하게 허물어져 내릴 테니까.

"어차피, 난 사용 못 해. 너희가 빨리 200 채우고 같이 사냥하는 게 나한테도 이득이야."

"으음, 난 193! 예전이랑 똑같네."

"난 191이다. 이번 훈련 기간 동안 1 늘었지."

유리아는 193.

제프리는 191.

"유아린, 넌?"

진도윤이 묻자, 그녀가 답했다.

"저는 이제 156이에요."

"오, 많이 늘었네?"

유리아나 제프리보다, 진도윤은 유아린의 성장 속도에 깜짝 놀랐다. 저번에 확인했던 감응력이 153이었으니까, 그 짧은 시간 안에 3을 또 올린 셈이다.

그러기 위해서 얼마나 많은 노력이 필요했을까?

"다 선배들 덕분이죠. 그냥 체력단련이랑 감응력 훈련만 꾸준히 했을 뿐인걸요."

"좋아, 일단 영약은 지금 섭취하면 안 돼."

"그치, 200 전까진 최대한 땅긴 다음에 먹는 게 최고 효율일 테니까."

유리아가 미소 지으며 답했다.

자신과 제프리는 195까지. 유아린은 180까지 달성한 후에 먹어야, 그 효과를 극대화할 수 있다.

"뭔가 가이아가 개입한 이후로부터 쭉쭉 잘 풀리는 느낌인데?"

유리아는 기분 좋은 듯 기지개를 켰다.

이미 다친 곳 대부분은 회복이 된 상태. 서머너의 육체가 이래서 좋다. 보통 사람이었으면 전치 8주는 나왔을 부상이었으니까.

'아니, 그전에 죽었으려나? 어쨌든 이번 천계행은 나름 성공……'

상념 하던 그녀의 얼굴이 와락 일그러졌다.

무언가 찝찝했기 때문이었다. 목표를 세웠던 걸 달성하지 못하고 온 느낌.

뭐지? 뭐 때문이지?

"갑자기 왜 그러나?"

제프리가 묻자, 유리아는 그제야 생각났다는 듯 손뼉을 쳤다.

"아! 맞다! 세계수의 잎! 그 금고에 세계수의 잎 엄청 많았는데 세상에 그걸 까먹었어! 으아악!"

얼마나 아쉬웠는지 괴성까지 지르는 유리아였다. 우리엘은 가져가지 않겠다 선언했지만, 그건 우리엘 사정이고.

자신이 가져왔으면, 문제없이 잘 쓸 수 있었을 텐데.

"……그런 게 있었어?"

물론, 진도윤은 금고를 볼 여력이 안 됐기에 유리아가 무슨 말을 하는지 몰랐다.

"응, 진짜 엄청 많았었거든. 다시 가서 가져오면 안 되려나? 위험하겠지?"

"음?"

그때, 어떠한 기척을 느낀 진도윤이 고개를 갸웃했다.

"키이이이!"

근처에 풀어두었던 소환수 중, '소울 콜렉터'가 단어에 반응하듯 걸어온 탓이다. 아이템 수거를 담당한 녀석은 등 뒤에 인피니티 백팩을 멘 상태.

"뭐야, 갑자기 왜 왔어? 원래 이런 애가 아닌데."

"키이이!"

당당하게 어깨를 편 녀석은 가방의 문을 연 채, 그대로 바닥에 들이부었다.

콸콸콸!

쏟아져 나오는 녹색의 아이템. 그것은 너무 많아 셀 수도 없는 양의 세계수의 잎이었다.

"뭐, 뭐야! 너?"

"……놀랍군. 그 짧은 순간에 저걸 다 담아냈다는 건가?"

"허……."

진도윤도 입을 벌렸다.

뽈뽈거리며 '이게 나야!'를 외치듯 고개를 위로 들치는 녀석. 그는 처음으로 소울 콜렉터가 예뻐 보였다.

"아무래도……."

진도윤은 그날 결심했다. 저 녀석도 한번 애정을 가지고 키워보겠다고.

닉스의 은신처 내부.

주택 앞 공터로 나온 진도윤이 가볍게 인피니티 백 팩을 털어냈다.

촤르륵!

그러자 끝없이 쏟아지는 세계수의 잎들. 얼마나 많은지, 점점 쌓인 그것들은 곧 하나의 언덕을 이뤄냈다.

"와아……."

"으음, 봐도 봐도 놀랍군."

진도윤을 따라나선 일행들의 표정에 놀라움이 깃들었다.

천계에서 남부러울 것 없던 우리엘마저 입을 벌릴 정도니 데카마리안이 얼마나 많은 부를 축적해왔던 건지 새삼 실감이 됐다.

'좋네.'

진도윤은 만족스러운 듯 미소를 지었다.

"일단, 업그레이드하는 만큼 다 써보고. 남는 건 천계 광물들 좀 사든가 해야지."

언제나 그렇듯 부가 쌓인다는 게 썩 나쁜 기분은 아니다. 저번 쇼핑 때도 느꼈듯 돈이 있으면 어디엔가 쓸데가 생기는 법이니까.

'과연.'

모든 업그레이드를 마친 닉스의 은신처는 어떤 모습일지 굉장히 기대되는 그였다.

"진도유운! 진도유운! 우리 이제 집 만드는 거야?"

옆에 둥둥 떠 있던 엘라임이 한껏 들뜬 표정으로 물어왔다.

"집은 저기 이미 있잖아. 만드는 건 아니고 업그레이드하는 거지."

"뭐가 어쨌든! 빨리해 보자! 빨리!"

"보채지 말고, 기다려 봐."

피식 웃은 진도윤이 설정을 외쳤다. 그러자 시야에 수많은 탭이 떠올랐다.

[전원주택(Lv.1):업그레이드 - 1,000닢.]
[창고(Lv.0):개설 - 100닢.]
[목욕탕(Lv.0):개설 - 100닢.]
…….

끝도 없이 펼쳐지는 수천 개의 구축물. 다른 것을 전부 무시한 그는 먼저 전원주택 칸을 손가락으로 클릭했다.
평소 인테리어에 관심이 없었을뿐더러 어차피 이곳의 중심은 바로 저 전원주택이다.

[전원주택(Lv.1)을 업그레이드하시겠습니까?]

"예스."
홀로그램 입구에 세계수의 잎 1,000장을 넣은 후 말하자 변화가 시작됐다.
콰르르릉!
먼저, 땅이 뒤흔들렸고 물렁물렁해진 지형 밑으로 기존의 건축물이 무너져 내렸다.
"……!"
진도윤과 일행들은 눈을 동그랗게 뜬 채, 그 모습을 지켜봤다.

후-우-웅!

그리고 얼마 지나지 않아, 신묘한 소용돌이가 일었다.

무너진 각종 재료와 어디선가 생성된 추가된 재료들이 이리저리 뒤섞이는 과정. 마치 어디 마법사류 영화에나 나올 법한 비현실적인 광경이었다.

"……장관이군."

"미친……! 이게 말이 돼요?"

"와, 세상 건축가들이 이 모습을 보면 얼마나 황당할까?"

마치 동심의 세계에 빠진 느낌에 진도윤은 간만에 신선한 재미를 느꼈다.

'이렇게 무식하고 신기한 방식일 줄은 전혀 몰랐네.'

다시 만들어지는 속도 또한 굉장히 빨랐다. 마치 설계된 틀에 자동으로 조립되기라도 하듯, 각종 재료들이 제 자리로 찾아가 박혔으니까.

무너진 집이 더 깔끔하고 세련된 집으로 바뀌는 데는 불과 3분 정도로 끝.

[전원주택(Lv.2)이 완성되었습니다.]

"……이, 이게 레벨 2 주택이야?"

엘라임의 흔들리는 시선이 주택을 빠르게 훑었다. 기존보다 두 배로 커진 크기에 굉장히 설레하는 느낌이었다.

"그렇겠지? 기다려 봐. 아직 멀었으니까."

[전원주택(Lv.2)을 업그레이드하시겠습니까?]
[필요 세계수의 잎 - 10,000잎.]

다시 탭을 클릭하자, 새로운 메시지가 떴다.
다음 레벨의 요구 조건은 기존의 10배. 하지만, 망설임은 없었다.
'어차피 남는 게 세계수의 잎이야.'
진도윤은 오늘, 주택의 끝을 보기로 했다.

콰르릉! 콰르르릉!
집은 계속 변화에 나갔다.

[전원주택(Lv.6)이 완성되었습니다.]
…….

자그마한 주택이었던 게 대형 주택, 소형 빌라, 대형 빌라 크기로 진화하더니. 이제는 거의 소형 빌딩 수준까지 올라섰다.
원래 서 있었던 공터에서 점점 뒤로 밀려날 정도.
"……도대체 끝이 어디야?"

"나중엔 무슨 성 하나라도 생기는 거 아닌가?"

집이 변해가는 과정이 신비하고 빨라서 일행들은 한시도 눈을 떼지 않고 그 과정을 지켜보는 중이었다.

"몰라. 될 때까지 해보는 거지, 뭐."

진도윤이 어깨를 으쓱였다.

집이 너무 크면 불편한 점도 있겠지만, 어차피 혼자 사는 것도 아니다. 리스트릭트 집단의 아지트로 쓸 생각이니, 추후 어디엔가 쓸모가 있을 수도 있겠지.

콰르릉!

업그레이드는 계속됐다. 덩치가 커지는 만큼 시간도 점점 늘어갔지만, 자신의 집이 될 공간이니만큼 지루하진 않았다.

그렇게 뒷짐을 진 채 건축 장면을 하염없이 바라보던 찰나.

"대단하구만."

뒤에서 익숙한 목소리가 들렸다.

"오, 영감. 왔어?"

포탈을 통해 들어온 협회장, 유준태였다.

"이제 본격적으로 짓는 거냐?"

"응, 그래야지. 주택 말고 다른 건 답도 없지만."

'설정' 탭에는 전원주택 말고도 다양한 건축물들이 있다.

요컨대 창고, 목욕탕, 정원, 수영장 등등의 조연들. 이 넓은 공간을 관리자가 직접 위치 조정하면서 꾸며야 하는데 아무럼 인테리어나 조경엔 자신 없는 진도윤이였다.

해본 적도 없었고.

"끌끌, 네 녀석이 못 하는 것도 있나?"
"내가 뭐 서머너 마스터지 집짓기 마스터는 아니잖아?"
"그건 그렇지."
"근데 뭐, 상관없어."
진도윤이 대수롭지 않다는 듯 웃자, 유준태의 얼굴에 궁금증이 일었다.
"왜?"
"나한텐 이런 걸 전문적으로 해주는 아주 능력이 뛰어난 친구가 있거든."
"캬!"
유준태가 감탄했다.
"네 녀석도 참, 알게 모르게 인맥이 참 많단 말이야?"
"암, 많지."
"난 네 녀석이 이 세상에 리스트릭트 멤버랑 나밖에 모르는 줄 알았거든."
"응, 그것도 맞지."
진도윤이 당연하다는 듯 고개를 끄덕이자, 유준태가 고개를 갸웃했다. 리스트릭트 멤버 중에 인테리어에 일가견이 있는 사람이 있었나?

누가?
"……."
문득, 유준태는 자신을 빤히 바라보는 진도윤의 시선을 느꼈다. 동시에 밀려오는 불안감.

"……설마 그 친구가 나는 아니지?"

당황하며 묻는 말에 진도윤은 그저 빙그레 웃을 뿐이었다.

"쯧, 네놈이 그럼 그렇지."

유준태는 고개를 절레절레 흔들며 탄식했다.

"영감은 내가 아는 최고의 전문가거든. 혼자의 힘으로 무려 현재의 협회를 일궈낸 남자!"

"뭐, 좋다 이거야."

유준태는 쿨하게 고개를 끄덕였다. 어차피 옛날부터 이런 잡일들은 자신이 알아서 처리해 주곤 했으니까.

어차피 인테리어야 따로 전문가를 알아보면 금방이다.

"근데 맨입으로 해줄 순 없지."

"음?"

유준태의 말에 진도윤이 고개를 꺾었다. 그가 이곳에 방문한 이유가 따로 있음을 본능적으로 알아챈 탓이다.

"사실, 방금까지 세계 협회에 다녀오는 길이다. 협회도 본격적으로 프리덤의 공격에 대비하기 시작했어. 다행히 다들 사태의 심각성을 인지한 거 같아."

"그렇겠지, 세상 어느 국가가 대한민국 협회장의 말을 무시할까?"

서머너 관련해서 세계 최강이라 불리는 국가가 바로 대한민국이다. 자신은 편하게 대하고 있다지만, 움직이기만 해도 각국 VIP 취급을 받는 게 유준태니까.

"나 때문은 아니고 다 네 녀석 덕이지. 저번에 본격적으로 선전 포고한 게 큰 힘이 됐다. 세계 서머너들이 싸우기 위해 응집 중이야."

"그건 다행이네."

현재는 리스트릭트에서 프리덤과 맞서고 있지만 결국은 모두가 모여야 한다. 세계는 넓고, 적은 인원으로는 분명한 한계가 있으니까.

"후, 문제는 그것 때문에 모든 협회들이 다 바쁘다는 거지. 사실 멕시코 협회 쪽에서 지원 요청이 왔는데, 지원자도 나오지 않을뿐더러 딱히 보낼 서머너가 없어."

"지원 요청?"

"악랄한 테러 집단에게 공격받고 있나 봐."

"……프리덤이냐?"

진도윤의 눈빛이 차가워졌다.

"아니, 프리덤은 아닌 것 같은데. 그냥 그 비스름한 집단들. 프리덤이 워낙 인상을 크게 남겨놔서 그런 집단들이 요새 더 많아지는 추세야."

"그래서, 나보고 거길 다녀오란 말이지?"

"네 녀석이 가주면 나도 어깨 좀 펴고 다닐 수 있을 것 같은데?"

"……흠, 어깨는 지금도 잘 펴고 다니는 것 같지만……."

눈을 감은 진도윤이 잠깐 고민했다. 물론, 고민은 길지 않았다.

'시간이 붕 뜨긴 해.'

일행들은 감응력 수련하기 바쁠 테고 어차피 자신은 소울 콜렉터의 성능을 확인해 보려 했었다.

집 꾸미고 있을 시간에, 잠깐 마실 다녀오는 정도면 충분한 느낌. 어차피 판데모니엄의 악마들이 오지 않는 이상, 전 세계에 자신을 위협할 서머너는 없다.

"오케이, 콜."

진도윤이 시원하게 엄지와 검지를 짚었다.

"대신 관리자 넘겨줄 테니까, 여기 예쁘게 꾸며놓는 거다?"

"물론, 그건 걱정하지 마라."

깔끔한 거래가 성사됐다.

파키스탄 동부 지역.

어둠이 드리운 골목에 두건을 쓴 남자가 나타났다.

"서동희 님."

"왔냐?"

주머니에 손을 넣은 채, 벽에 기대있던 서동희가 짧게 물었다.

"그렇습니다. 그 꼬마, 조사 완료했습니다."

"어떤데."

"범상치 않은 구석이 있습니다."

"호오?"

서동희의 눈빛이 호기심으로 물들었다.

"설명해 봐."

"분명 가정환경은 볼품없는데 일부 행적들이나 입국 기록에 수정 흔적이 있었습니다."

"흐음, 어디 집단 소속이려나?"

그토록 어린 자가 정보를 건드린다? 100% 타 집단의 잠입일 확률이 높았다.

"그런 것 같은데 어딘지는 확인 못 했습니다. 꽤 전문적인 솜씨라. 대신 특이 사항을 알아냈습니다."

"특이 사항?"

서동희의 물음에 수하가 긴장한 목소리로 답했다.

"간신히 알아냈는데, 과거 서머너 선발 페스티벌에 참여한 이력이 있었습니다. 나름 좋은 성적으로 기대주였던 것 같은데, 아쉽게도 그때 장난식으로 참여한 서머너 마스터에게 패해 떨어졌습니다."

"오, 그래?"

간만에 듣는 형의 소식에 서동희의 눈이 빛났다.

"그렇습니다."

"마스터한테 악감정이 있겠네?"

"그런 것 같습니다. 사실, 여기 마을에서도 은근히 서머너 마스터에 대한 불만을 설파하고 다닌답니다."

"호오, 그건 나랑 좀 닮은 구석이 있는 놈이로군."

서동희가 흥미로운 듯 미소 짓자 수하가 걱정스러운 듯 말했다.

"그래도 타 집단의 잠입 가능성도 염두에 두셔야……."

"괜찮아."

그러나 서동희는 고개를 저으며 수하의 말을 끊었다.

"프리덤이 장난인 줄 알아? 어떤 목적으로 들어온 놈이든 노야 앞에 서면 관점이 달라지게 되어 있어."

간부가 된다는 것은 판데모니엄의 악마와 하나의 공동체가 되는 것. 아무리 잠입하더라도 의미가 없다. 악마를 길들이는 순간, 자연스럽게 악마와 정신이 동화되니까.

'나쁜 기분은 아니지.'

자아를 먹히는 게 아니다. 서로 상생하는 공동체가 되는 느낌이기에, 오히려 축복이다. 평범한 인간에서 벗어나 초월하는, 정말 선택받은 기분이 드니까.

심지어 별다른 부작용도 없다.

'인간이 지닌 욕망이나 악마가 가진 욕망이나 별다를 게 없거든.'

하여튼, 서동희는 그때 봤던 꼬마가 자꾸 눈에 밟혔다. 왠지 어렸을 적 자신을 보는 느낌이었기 때문.

"좋아, 그놈 불러라."

"저, 정말 그자를 간부로 맞이하실 생각이십니까?"

수하가 놀란 듯 외쳤다.

무려 프리덤의 간부다. 집단에서 최고 실력으로 인정받고 모든 단원들의 존경을 받는 절대자의 위치. 그는 그런 위치를 고작 입단한 지 얼마 안 된 꼬마에게 주겠다는 게 이해가 되지 않았다.

"응, 두 명 뽑아야 하는데 한 명은 채웠네, 흠, 한 명은 또 누구로 해야 하나. 귀찮은데."

중얼거린 서동희가 힐끔 부하를 쳐다봤다. 그 시선에 사내는 침을 꿀꺽 삼켰다.

"너 할래?"

"아, 아닙니다!"

수하가 당황하며 손사래 쳤다. 너무 놀라 반사적으로 이루어진 행동이었다.

"아니긴, 너 해라. 그동안 나 따라다니면서 고생했는데. 저런 어중이떠중이들 시키느니 네가 낫겠다."

"저, 정말이십니까?"

수하는 믿을 수 없었다.

꼬마도 그런데, 자신까지 간부를 이렇게 번갯불에 콩 구워 먹듯 뽑아도 된단 말인가?

괜스레 온몸에 소름이 돋는 수하였다.

"응, 그냥 너 해. 귀찮으니까."

수하는 입을 떡 벌린 채, 쿨하다 못해 추운 자신의 상관을 넋 놓고 바라봤다.

세상에 쓸모없는 소환수는 없다.

그 소환수의 가치를 찾지 못하는 서머너가 있을 뿐.

[제프리의 '서머너학 개론'에서 발췌.]

국내 서열 1위의 인테리어 기업, 한섭 디자인. 그곳의 사장 구한섭은 세계적인 실력의 디자이너다.

원래도 감각적인 디자인으로 유명한 그였지만 국내 협회 건물의 시공을 성공적으로 달성한 이후 몸값이 현저히 불은 상태.

"그래, 협회장님께서 미팅을 잡길 원하신다고?"

"네, 그렇습니다."

여직원의 보고에 구한섭은 고개를 끄덕였다. 아무리 계약이 밀려 있는 상태여도, 협회장의 부탁을 거절할 순 없었다. 그가 영향력 있는 인물임을 떠나서 자신이 현재의 위치까지 올라오게끔 해준 감사한 분이니까.

"그럼 간만에 인사도 드릴 겸 찾아뵈어야겠군. 혹시 원하시는 날짜는 있으셨나?"

"으음, 그게……. 저도 짧게 전화했는데, 직접 찾아오실 것 같은 뉘앙스였습니다. 급하게 부탁할 게 있으시다고."

"뭐……?"

구한섭은 순간 당황한 표정을 지었다. 그동안 협회장님이 직접 회사에 방문하신 적이 있던가?

'공사가 다망하신 분이라, 얼굴 뵙기도 힘든 분이셨는

데······.'

 심지어 '부탁'이라 했다. 그동안의 협회장과의 관계에서 처음 들어보는 표현.

 '대체 얼마나 중요한 일이길래?'

 대수롭지 않게 생각하던 구한섭의 몸이 경직됐다. 업계 최고인 그도 긴장할 수밖에 없는 위치에 있는 자가 바로 유준태였으니까.

 약 5분 정도 지났을까? 바깥에서 웅성거리는 소리에 구한섭이 벌떡 일어났다.

 '벌써?'

 그의 시야에 멀리서 다가오는 한 노인의 형체가 잡혔다. 정말로 직접 사장실까지 걸어오실 줄은 몰랐기에, 구한섭은 자동반사적으로 튀어 나갔다.

 "혀, 협회장님! 여기까지 어쩐 일로!"

 "하하, 자네 얼굴 보는 건 3년 만인가?"

 여유로운 미소를 지으며 손을 내미는 노인은 대통령도 한 수 접어준다는 그 유준태. 구한섭은 손에 땀이 차는 것을 느끼며, 공손히 그의 손을 마주 잡았다.

 "네, 그렇습니다. 제가 따로 인사드렸어야 하는데."

 "내 긴히 부탁할 게 있으니, 들어가서 이야기하지."

 사장실의 문이 닫혔고, 여직원이 최고급 커피를 내왔다. 유준태는 그 향을 음미하더니, 천천히 입을 열었다.

 "혹시 자네 시간 좀 되나?"

"물론입니다. 협회장님의 부탁이라면 없는 시간도 만들어내야죠!"

구한섭의 즉각적인 답에 유준태는 만족스럽다는 듯 커피를 홀짝였다.

"약 75,000평 부지의 구축물을 디자인하는 일일세. 내 아무리 생각해도 자네만큼 실력 있는 자가 떠오르지 않아서 말이야."

"헙, 75,000평…… 말입니까? 무슨 협회 단지라도 세우시는 겁니까?"

생각보다 큰 프로젝트에 구한섭은 당황했다. 저 정도 규모의 프로젝트는 보통 대기업에서 수주하곤 하니까.

그와 동시에 주먹을 불끈 쥐었다.

이것은 기회였다. 저번 협회 건물 건처럼 자신의 가치를 한 번 더 띄울 수 있는 그런 기회.

"아니, 그냥 길드 건물을 짓는 일이야."

"길드 건물을…… 그렇게 넓게 짓습니까?"

"좀 특수한 길드에 특수한 공간이라서 말일세. 근데 이게 좀 급해서……. 음, 일주일 만에 가능하겠나?"

"네?"

구한섭의 눈이 휘둥그레졌다. 잘못 들었다는 듯 당황하는 그를 보며 유준태가 털털히 웃었다.

"하하, 걱정하지 말게나. 의뢰비는 두둑이 챙겨줄 테니."

"아니, 아니……. 의뢰비가 문제가 아니라, 그 커다란 부지를 어찌 일주일 만에······."

그건 인테리어의 신이 와도 불가능한 경지. 혼란이 가중된 구한섭은 이내 무언가 좀 이상함을 느꼈다.

'생각해 보니, 유준태쯤 되시는 인물이 그 사실을 모를 리 없잖아?'

그리고 다시 앞을 보자. 장난스러운 표정으로 빙그레 웃고 있는 유준태의 모습을 볼 수 있었다.

"서, 설마. 놀리신 겁니까?"

"하하, 놀리긴. 아까도 말했잖나. 좀 특수한 공간이라고."

"그럼······."

"어차피 여기서 말해봐야 못 알아들을걸세. 시간 되면 한번 가보겠나?"

유준태의 말에 구한섭은 궁금증이 일었다.

그와 동시에 설렘도 생겼다. 대중들에게 잘 공개되지 않는 협회의 비밀을 하나 엿볼 수 있을 것 같은 그런 느낌.

"좋습니다."

구한섭이 힘차게 고개를 끄덕였다.

멕시코의 수도 멕시코시티.

높은 고원에 자리 잡고 있음에도 불구하고 촘촘히 잘 정비된 유럽풍의 건물들이 특징인데 유난히 한 건물만이 굉장히 허물어진 상태였다.

그곳은 바로 최근 테러 집단의 게릴라 공격을 받고 있는 멕시코 협회 건물. 때문에, 소환수로 무장한 직원들이 입구를 철통같이 지키는 중이었다.

잠시 후, 협회 건물에 어떠한 존재가 걸어왔다.

"누구냐!"

직원이 경계하며 외쳤다. 상대의 모습이 굉장히 기괴했기 때문. 웬 이상한 가면을 쓰고 있었고, 어깨 위에는 낫과 랜턴을 든 악령이 보였다.

"키이이!"

직원과 눈이 마주친 악령은 굉장히 스산하면서도 오싹한 울음을 내뱉었다.

꿀꺽.

침을 삼킨 직원이 살짝 뒤로 물러섰다.

그러고는 생각했다.

'테러범이 이렇게 혼자 대놓고 올 리는 없는데, 누구지……?'

동시에 직원은 간절히 기도했다. 제발 저 서머너가 극악무도한 테러범이 아니길!

"대한민국의 지원이다."

곧 사내, 진도윤이 멕시코 협회에서 보낸 지원 요청 문서를 들이밀었다.

"헙?"

직원은 즉각 반응했다. 경계를 풀고 공손히 고개를 숙이며 외쳤다.

"기, 기다리고 있었습니다!"

서머너 세계 최강국인 대한민국. 최근 그곳에서 지원을 받아주겠다 했을 때, 전 직원이 환호를 내질렀었다. 그만큼 상황이 좋지 않기 때문.

'왜 가면을 쓰고 계신지는 모르겠지만······.'

원래 대한민국만의 특징이거니 했다. 왜, 그 유명한 서머너 마스터도 옛날엔 가면을 쓰고 다니지 않았던가.

"잠시만 기다려 주십시오! 협회장님께 연락 넣겠습니다!"

희망이 차오른 직원은 극진하게 사내를 모셨다.

"후우."

유준태의 부탁으로 멕시코에 도착한 진도윤이 옅은 한숨을 내쉬었다.

현재 그는 몇 가지 이유로 신분을 숨기고 있는 상태.

첫째는 범죄 집단을 끌어내기 위함이요, 둘째는 귀찮은 게 싫어서였다. 마지막은 지금 어깨 위의 존재, 소울 콜렉터만으로도 상대할 수 있을 것 같아서.

'암, 잡놈들을 상대하는 데 소 잡는 칼을 쓸 순 없지.'

저번 세계수의 잎 사건 이후 진도윤은 소울 콜렉터를 키워보기로 마음먹었다. 때문에 이곳에 기거하는 동안, 진도윤은 녀석에 대해 자세히 알아볼 생각이었다.

그래도 나름 공략 불가 판정 던전의 보스였던 놈인데, 기본은 하지 않겠는가?

잠깐을 기다리자. 멕시코 협회장, 페레스가 헐레벌떡 달려왔다.

"먼 길 오느라 수고 많으셨습니다, 서머너님!"

"아냐, 수고는 무슨."

진도윤이 어깨를 으쓱였다. 차원의 틈을 이용해서 왔기에, 정말로 고생한 게 없었기 때문이다. 그는 단도직입적으로 물었다.

"범죄 집단은? 바로 처리하면 돼?"

"아."

진도윤의 패기에 잠깐 넋을 놓은 페레스는 이내 상황을 브리핑했다.

"녀석들이 주기적으로 협회를 괴롭히고 있습니다. 싸우다가 조금 밀린다 싶으면 도주하는데, 그 속도가 너무 빨라 잡지를 못 해요. 이곳에 거주하시다가 상황이 발생하면 그때 도와주시면 될 것 같습니다."

"그냥 쉬다가 놈들이 오면 싸워주면 된다는 거지?"

"그렇습니다……. 부디 도와주십시오."

자신을 낮추는 페레스의 목소리에 간절함이 느껴졌다.

"오케이, 노 프라블럼. 걱정하지 말라고."

진도윤이 문제없다는 듯 고개를 끄덕이자, 페레스의 입가에 미소가 지어졌다.

범죄 집단 정도야 혼자서 가볍다는 느낌의 제스처를 보내는 사내.

'믿음직스럽잖아?'

사내가 누군지는 모르겠지만 정말로 대한민국에서 강한 서머너를 보내왔단 느낌이 들었다.

하긴, 협회장 유준태가 걱정하지 말라며 보내준 인물인데 평범한 사내는 아닐 터.

페레스는 기꺼운 마음으로 물었다.

"식사는 하셨습니까? 혹시 함께하시겠습니까?"

"아니, 괜찮으니까. 방부터 좀 내줘. 할 게 있거든."

그러나 온 정신이 소울 콜렉터에게 향해 있는 진도윤이었다.

"키이이, 그으윽."

악령, 소울 콜렉터는 요즘 들어 굉장히 만족스러운 삶을 보내고 있었다.

본래는 영혼을 모으는 게 취미인데 요새는 딱히 그러한 욕망이 일지 않았다. 주인이라는 작자가 워낙 많은 영혼의 힘을 가지고 있었으니까.

'대신.'

새로운 취미가 생겼다. 바로 아이템을 모으는 것.

"키이이!"

악령은 자신의 새로운 랜턴, 인피니티 백 팩을 소중하다는 듯 고쳐 맸다.

그는 본능적으로 알았다. 자신에게 관심 없는 주인의 마음을 얻기 위해서는 이곳에 더 많은 아이템을 담아내야 한다.

"야, 콜렉터."

"키이!"

숙소에 도착하자마자 부르는 진도윤에 악령은 곧바로 답했다.

"낫으로 이거 한번 잘라봐."

"키이?"

소울 콜렉터는 주인이 내미는 쇠 파이프를 바라봤다. 본래의 힘을 가지고 있었다면 두부처럼 잘라낼 수 있을 정도의 강도였지만.

절레, 절레.

악령은 고개를 저었다. 약해진 자신의 힘으로 저걸 잘라내는 건 무리였다.

"아니, 실험해 볼 게 있어서 그래. 한번 잘라봐."

"키이!"

소환수로서, 서머너의 명령은 거역할 수 없다. 그렇기에 악령은 어쩔 수 없이 낫을 잡았다.

후웅!

그러고는 목표를 향해 성의 없이 휘둘렀다. 어차피 안 될 걸 알았기에, 기대감조차 없었다.

까앙!

'역시.'

악령은 손아귀에 느껴지는 통증을 느끼며 고개를 흔들었다. 그러고는 자신의 주인을 빤히 바라봤다.

'이거 안 되잖아!'

라는 눈빛이었다.

"흐음, 분명히 이 정도 힘이었지? 자, 한 번 더 해볼래?"

"키이……."

이, 주인이 지금 누구 약해졌다고 놀리나.

반항심이 일었지만, 어쩌겠는가. 본능적으로 따를 수밖에 없는 운명인 것을.

후웅!

그렇게 다시 한번 휘두를 찰나였다.

"키이?"

악령의 눈빛이 빛났다.

그 찰나의 순간 분명, 자신의 낫에 과거의 힘이 담겼기 때문이다. 아니, 과거의 힘보다 더 많은 영혼의 힘이.

스걱!

홈집조차 낼 수 없었던 쇠 파이프가 단박에 잘려 나갔다.

"키이이이!"

악령은 흥분한 듯 포효했다.

과거 자신이 영혼을 미친 듯이 모았던 것도 결국은 강한 힘을 얻기 위해서였다.

그러나 주인은 자신이 과거에 모아왔던 것보다 훨씬 많은 힘을 주입할 수 있는 능력이 있었다.

"키이!"

절로 충성심이 생기는 소울 콜렉터였다.

"역시, 되는구나?"

진도윤이 만족스럽다는 듯 고개를 끄덕였다.

혹시나 했던 발상이었다.

녀석은 랜턴에 감응력을 모으고, 그 감응력을 이용해 힘을 내는 방식.

'그때 잡았던 그 소울 리퍼 쓰는 범죄자 놈도 그런 식이었지.'

이탈리아에서 만났던, 그 이름도 기억나지 않는 그 범죄자는 분명 서머너들을 죽일수록 강해졌었다.

"나름 쓸모 있겠는데?"

진도윤이 고개를 끄덕였다. 원래 소울 콜렉터는 프리덤을 처리하고 여분 감응력을 담기 위해 테이밍했던 녀석이었다.

'비록, 악령인 시절 많은 서머너들을 죽인 녀석이지만.'

어차피 녀석에게는 그저 인류가 적이었을 뿐.

진도윤은 더 이상 깊은 생각을 하지 않기로 했다.

"그럼 어디 다른 것도 더 훈련해 볼까?"

"키이이!"

한층 적극적으로 변한 소울 콜렉터의 대답이었다.

멕시코 협회, 협회장실.

자리에 앉아 있는 협회장 페레스는 퀭하게 내려앉은 두 눈을 비볐다.

"후우, 요근래 한 10년은 늙은 것 같구먼."

"협회장님……."

그런 협회장의 모습을 맞은편의 여비서가 안쓰럽게 쳐다봤다. 자신이 모시는 상관의 답답한 속마음이 느껴진 탓이다.

협회를 해체하자니, 범죄 집단에 굴복해 버린 꼴이고 그렇다고 계속 싸우자니, 애꿎은 서머너들만 죽어 나간다.

'얼마나 답답하실까.'

그녀의 상관은 굉장히 열정적인 사람이었다.

부정부패나 비리도 없었으며 오직 서머너들의 권익을 위해 힘써오신 분이었다. 그렇기에 자신뿐만 아니라 많은 멕시코 시민들이 존경하고 따랐다.

'이 나쁜 놈들!'

여비서는 주먹을 불끈 말아 쥐었다.

그런 이유로 더 열 받았다. 세상에 몇 없는 청렴한 공직자를 아무런 이유도 없이 공격하는 놈들이었으니까.

그런 그녀의 모습을 지켜보던 페레스가 빙긋 웃었다.

"그래도 너무 걱정하지 말게나. 이번 사태만 해결되면 자네도 나도 두 발 뻗고 편히 잘 수 있을 테니."

"그렇겠죠? 근데 걱정이긴 해요."

"뭐가 말인가?"

"지원 온 분이 고작 한 명이라는 게요."

각국에 지원 요청을 보낸 지 벌써 일주일이 흘렀다.

그러나 돕겠다고 응한 국가는 오직 대한민국뿐. 그것도 정체를 알 수 없는 괴상한 서머너 한 명뿐이다.

"……큼, 그분은 아직도 방에 들어가셔서 안 나오시는가?"

"네, 간혹가다 안에서 뭐 부수는 소리가 들리긴 하는데, 그렇다고 막 문 따고 들어갈 수는 없는 노릇이잖아요."

"확실히 남들과는 좀 다른 부분이 있으시구만."

페레스가 혀를 찼다.

확실히 이번에 지원 온 서머너의 행동은 평범과 거리가 멀었다.

'보통은 대접받기를 원한다거나, 상대에 대해 이것저것 캐묻게 마련인데.'

그는 숙소에 틀어박혀 한 발자국도 나오지 않았다. 보냈던 식사 요청이나 안부 인사도 거절했으며, 작전 브리핑에 참여하지도 않았다.

단지, 적이 오면 부르라 말할 뿐.

"……그분을 믿어도 될까요?"

"일단, 한 명이라도 있으면 전력이 되니까. 대한민국 협회장이 자신의 지원만으로도 충분하다 했으니 기다려 봐야지."

유준태는 세계 협회에서도 입지 있는 인물. 그런 자가 당당하게 말할 정도니, 걱정은 없었다.

"게다가 우리도 나름 약하지 않아."

"약하지는 않죠. 상대도 약하지 않을 뿐."

멕시코 협회와 범죄 집단과의 전력 차는 나름 비슷했다. 그러니까 한 달이 지날 정도로 전쟁이 지속되었던 거지.

만약 한쪽이 더 강했다면, 진즉에 끝났을 터였다.

"크흠, 어쨌든, 특이사항은 없단 거지?"

"네, 그거 말고는 없어요."

"좋아, 그분은 자네가 계속 주시해 줘. 무언가 원하는 게 있으면 해줄 수 있는 한 다 들어주고."

"알겠습니다, 협회장님."

그렇게 여비서가 일일 보고를 끝마치고 나가려 할 찰나였다.

덜컹!

"혀, 협회장님!"

직원 하나가 다급하게 들어왔다.

"노, 놈들이! 놈들이 오고 있습니다!"

직원의 외침에 페레스의 미간이 찌푸려졌다. 한동안 움직임이 없던 녀석들이 마침내 쳐들어온 것이다.

"놈들이 드디어……!"

입술을 꽉 깨문 페레스가 벌떡 일어났다.

'약 2주 만인가?'

2주 전, 전쟁에서도 녀석들은 불리해지자 발 빠르게 빠졌다.

그리고 또다시 들어왔다는 것은.

'어느 정도 대비가 섰다는 말이겠지?'

우우웅!

페레스가 감응력을 끌어올렸다.

그 역시 나름 실력 있는 A급 서머너. 전투에 빠질 수는 없었다.

"자네는……."

그가 굳어 있는 여비서를 쳐다보자, 그녀가 화들짝 정신을 차렸다.

"그, 그 지원 오신 서머너께 알리면 되는 거죠?"

"난 먼저 나가 있어야 하니, 부탁 좀 하겠네."

페레스는 직원과 함께 급하게 발걸음을 옮겼다.

페레스는 서둘러 바깥으로 나섰다. 눈앞에는 약 50명의 범죄 집단과 그놈들을 막아서고 있는 협회 서머너들이 보였다.

"으음?"

그러나 곧 페레스는 무언가 이상함을 느꼈다. 한창 진행 중이어야 할 전투가 벌어지지 않고 있었기 때문.

'그럴 리가 없는데?'

놈들의 잔인한 성정은 둘째 치고 여태껏 동료를 잃은 협회 서머너들 또한 저들에 대한 증오가 깊었기에 대치 상황이 길어질 리 없었다.

페레스가 재빨리 대열에 합류하자, 돌격대장을 맡은 루이스가 외쳤다.

"협회장님!"

"뭣들 하고 있는 겐가?"

"저들이…… 비겁하게 인질극을 펼치고 있습니다."

"인질극?"

눈살을 찌푸린 페레스가 전방을 바라봤다.

'미친……!'

그러고는 크게 기함할 수밖에 없었다. 소환수를 사방으로 펼친 저들의 중앙에 멕시코 시민으로 보이는 이들이 수십 명 있었으니까. 그중에는 아이도 있었고 여인도 있었다.

"흐하하, 오랜만이야, 페레스."

저들 중 리더로 보이는 남성이 앞으로 나선 것은 그때였다.

"마르틴……"

페레스가 이를 꽉 물었다.

그러고는 자신의 무능함을 자책했다. 저번까지만 해도 정당하게 전투를 벌였기에, 이런 비겁한 수를 꺼내 들 거라고는 생각지도 못했기 때문.

"뭐 하는 짓들이냐! 어찌 힘을 가진 이로서 약자들을……!"

"으하하하하."

리더, 마르틴이 무슨 헛소리를 하냐는 듯 힘차게 웃어 재꼈다.

"이봐, 이봐. 전쟁에 수단과 방법을 가리는 게 병신 아닌가? 크크, 협회가 얼마나 무능하면 도시 치안이 이렇게 엉망일까."

"끄응······."

"저게······!"

마르틴의 말에 협회 서머너들이 발끈했다. 범죄 집단이 마음먹고 테러를 벌이면, 저걸 무슨 수로 막는단 말인가?

마음 같아서는 그냥 무시하고 공격하고 싶었다. 하지만, 이들은 그럴 수 없는 위치다. 인질을 무시하고 공격을 감행하는 순간, 시민을 위해 존재한다는 멕시코 협회의 정당성이 무너지는 거니까.

"크흐흐, 진즉 이렇게 할 걸 그랬군."

쭈뼛거리는 협회 서머너들을 재밌다는 듯 바라본 마르틴이 인질들을 향해 걸어갔다. 그러고는 그들 중 한 여성의 머리카락을 움켜쥐었다.

"꺄악. 이, 이거 놔요."

"조용히 해, 더 고통스럽게 돼지기 싫으면."

여성을 들쳐 올린 마르틴은 주머니에서 단검 하나를 꺼내 들어 여성의 목에 겨눴다. 살짝 찔렸는지, 주르르 흘러내리는 붉은 핏방울.

인질은 눈물을 흘리며 덜덜 떠는 것밖에 할 수 없었다.

"······원하는 게 뭐냐?"

그 모습을 본 페레스가 울분을 삼키며 물었다. 얼마나 분노했는지, 눈은 이미 시뻘겋게 핏발이 선 상태였다.

"크하하하, 그래 이제야 대화가 좀 통하겠구나. 뭐, 내가 원하는 건 단순해. 협회의 영원한 해체. 물론, 너희의 소환수들은 전부 방생시켜야겠지. 그렇지 않으면 저 죄 없는 자들은 모두 죽는다."

"……!"

페레스는 마르틴의 주장을 이해할 수 없었다. 보통의 범죄 집단은 부귀영화를 누릴 수 있는 돈을 원한다. 그게 아니라면, 적어도 무언가 이득을 취하려 한다.

'하지만…….'

저들은 달랐다. 이전부터 계속 협회의 해체만을 외쳤다.

그게 저들에게 어떤 이득이 있단 말인가?

"아아아, 내가 왜 이러는지 궁금하단 표정이로군?"

"그렇다."

페레스는 진심으로 궁금했다. 저들이 왜 목숨까지 걸어가며 저렇게 하는지, 이유라도 알고 싶었다.

"그건 바로 세상이 바뀌고 있기 때문이야."

"……그게 무슨 소리냐?"

"항상 세상은 빠르게 변해왔어. 그리고 그 흐름에 빠르게 변화하는 사람만이 살아남았지. 난 알고 있거든. 조만간 이 세상이 전부 프리덤에게 먹힐 거라는 것을."

"……프리덤?"

페레스가 경악했다. 그냥 잡 범죄 집단인 줄 알았던 저들이 프리덤 소속이었단 말인가? 그러면 '협회의 해체'를 부르짖는 이유를 납득할 수 있다. 그건 꽤 오래전부터 알려져 있던 프리덤의 목적이었으니.

"크크, 뭐 우리가 아직 프리덤인 건 아니지만, 이런 쇼를 보여줘야 그쪽에서도 스카웃 제안이 오지 않겠어?"

그렇다. 마르틴의 집단은 프리덤이 아닌, 프리덤 지망 집단이었다. 나중에 세워질 프리덤의 세계에 먼저 발을 들이밀기 위한 행동이었던 것이다.

"미친놈들."

페레스는 혀를 내둘렀다.

여태껏 협회를 공격한 이유가 고작 저런 이유였다니.

돈이라면 어떻게든 인질 협상이라도 할 수 있을 텐데, 저런 이유라면 협상 방법은 하나다.

'정말 해체해야 한단 말인가.'

페레스는 저 죄 없는 인질들을 못 본 체할 수 없었다.

"자, 어떻게 할 테냐. 해체하고 소환수를 방생할 테냐? 아니면 못 본 체하고 싸워볼 테냐."

마르틴이 혀로 칼을 닦으며 비릿하게 웃었다.

"해체 의사가 있다면 무릎을 꿇어라, 페레스. 그럼 네가 그렇게 아끼는 이 시민들을 구할 수 있어."

으득.

분했지만 어떻게 할 수 있는 방법이 없었다.

"협회장님!"

"포기하면 안 됩니다! 저놈들도 사람인데 쉽게 못 죽일 거예요!"

직원들이 외쳤으나, 그들도 알았다.

이미 저들은 수많은 서머너를 죽인 악당들 목적을 이루기 위해 저 정도 인질을 죽이는 것쯤은 저들에게 아무것도 아니다.

그저 직원들은 싸워보지도 않고 항복할 수 없는 이 상황이 싫었다.

'하지만, 어쩔 수 없어.'

페레스는 허탈했다.

결국, 구조적으로 이길 수가 없는 싸움이었다.

시민들 하나하나가 자신에게는 약점이었는데 저들에겐 딱히 약점이 없었으니까.

"후우."

결국, 그는 빌어먹을 현실에 한숨을 내쉬었다.

그러고는 무릎을 꿇으려 할 찰나 그는 무릎에 닿는 무언가를 느꼈다.

"쯧, 협회가 범죄 집단에 무릎을 꿇게 돼 있냐? 그리고 지금 무릎 꿇는다고 쟤네들이 너희를 가만 놔둘 거 같아?"

굉장히 이국적인 발음의 영어. 무릎에 닿아 있던 것은 그 사내의 발이었다.

가면을 쓴 채, 괴상한 악령을 길들이고 다니는 그 괴상한 서머너.

"이제 오셨습니까……? 하지만 상황은 이미……."

"어쨌든, 쟤들 질 많이 나빠 보이는데, 죽여도 문제없는 거지?"

"네?"

페레스가 황당한 표정으로 사내를 올려다봤다.

가면을 쓰고 있기에 볼 수 없는 그의 표정. 무언가 동떨어진 세계에 존재하는 자 같았다.

상황이 이 모양 이 꼴인데 무슨 죽이고 자시고란 말인가.

아무리 사내 말이 맞다 해도 시민의 안전이 걸려 있는 이상, 자신이 할 수 있는 건 없었다.

페레스는 고개를 저었다. 그러고는 지원은 이제 필요 없다고 말하려던 순간 이미 저 앞으로 천천히 걸어가고 있는 사내를 발견했다.

"뭐야, 저 새끼는 또?"

그 광경을 지켜보던 마르틴 역시 눈살을 찌푸렸다.

무언가 기이하게 생긴 소환수를 가지고 있었는데, 분위기가 굉장히 오싹했기 때문이다.

'하지만.'

걱정할 필요는 없었다. 자신이 아는 유명한 서머너들 중 저런 괴이한 소환수를 가진 자는 없었으니까.

마르틴은 단검을 다시 고쳐잡고, 여성의 목에 겨눴다.

"너도 협회 놈이면, 저거 방생하고 무릎 꿇어라. 안 그러면 이것들 다 죽인다."

"그전에 뭐 하나만 묻자."

하지만 사내, 진도윤은 별 신경 쓰지 않는다는 듯 말을 걸었다.

"뭐?"

"여태 그런 식으로 몇 명이나 죽였냐?"

"……."

왜 그런 걸 묻는 거지?

살짝 당황한 마르틴이었지만, 이내 자랑스럽게 답했다.

"몰라, 넌 밥 먹는 것도 세냐?"

대충 셀 수 없이 많이 죽였다는 말.

진도윤은 다행이라는 제스처로 고개를 끄덕였다.

"뭐, 그러면 여기서 내가 널 죽인다 해도 덜 억울하겠네?"

"응?"

마르틴은 눈살을 찌푸렸다. 도대체 어떤 자신감이 있길래, 저렇게 당당하게 나온단 말인가.

"어쩔 수 없군. 네 그 병신같은 행동을 탓해라."

결국, 마르틴은 결심했다. 인질들을 싹 다 죽이고 제대로 싸우기로.

저 정체불명의 사내는 자신들이 힘이 없어 인질극을 펼치는 거로 생각하는 것 같은데 인질극은 그저 편하게 목적을 이루기 위한 수단이었다.

'잔인한 수를 써야 프리덤 쪽에서도 더 주목할 테니까.'

음흉한 미소를 지은 마르틴이 죄 없는 여성의 목에 칼을 찔러넣었다. 아니, 찔러 넣으려 했다.

'응?'

분명 감각 신호가 전달됐는데, 팔이 움직이지 않는다.

아니, 팔이 움직이지 않는다기보단…….

'어?'

그는 자신에게 일어난 상황을 믿을 수 없었다. 바로 눈앞 바닥에 생동감 있게 펄떡이는 자신의 팔이 보였기 때문.

'어, 어떻게?'

동시에 어깨 부위에서 엄청난 절단 통증이 밀려왔다.

"끄아아아아악!"

마르틴의 비명이 허공을 무겁게 물들이는 순간이었다.

"끄아아악, 내, 내 팔이?!"

마르틴이 어깨의 절단면을 부여잡으며 외쳤다. 부하 중 한 명이 급히 다가와 힐링을 하고 있었지만, 그는 정신이 하나도 없었다.

'도대체 어떻게 한 거지?'

자신이 인질의 목숨을 가차 없이 해하려 할 때, 분명 저 사내와의 거리가 꽤 됐었다.

그리고 지금도 사내는 일정 거리 밖에서 자신을 바라보고 있었다.

일반적인 서머너라면 절대 공격이 닿을 수 없는 거리.

'무슨 수를 썼는지는 모르겠지만…….'

상대는 상당한 실력을 갖춘 서머너였다. 그리고 그 실력에 꽤나 자신감이 넘치는 것도 분명했다. 인질극을 펼침에도 과감하게 공격할 수 있는 것만 봐도 그렇다.

'원래라면 신중하게 발을 빼는 게 맞는데⋯⋯.'

마르틴은 굉장히 신중하고 치밀한 성격이다. 압도적인 전력 없이 한 국가의 협회와 전쟁을 치를 수 있었던 것도 그의 그런 성격에 기인한다. 하지만 지금의 그는 치밀어 오르는 분노를 참을 수 없었다.

으득!

마르틴은 이를 갈며 떨어져 있는 자신의 팔을 바라봤다.

놈의 한 수. 그것으로 인해 자신은 이제부터 평생 외팔이로 살아야 한다.

프리덤이 세상을 지배하고 자신이 그 한 축이 되면 뭐 하나? 평생 불편하게 살아야 할 텐데.

'절대 용서 못 하지.'

부하의 힐링에 어느 정도 고통이 가신 마르틴은 현실을 냉정하게 판단했다.

싸움을 지속한다면 전쟁에서 질 수는 있겠지만서도.

'저놈 하나쯤은 보낼 수 있을 거야.'

이 세상에 50명의 서머너를 혼자 상대하는 괴물이 존재하지는 않을 테니까. 빠르게 결정을 내린 마르틴은 멀뚱멀뚱 서 있는 부하들에게 윽박질렀다.

"뭣들 하는 거야? 가서 당장 저놈 쳐 죽여!"

"이, 인질들은 어떡합니까?"

부하 하나가 묻자, 마르틴이 눈살을 찌푸렸다.

"인질이든 뭐든! 그냥 싹 다 죽여 버리라고!"

"네, 네! 알겠습니다!"

마르틴의 명령에 범죄 집단 멤버들이 일제히 공격을 개시했다. 누구는 인질을 공격했고, 또 누구는 진도윤을 향해 달려갔다.

"……."

진도윤은 그 광경을 감흥 없이 쳐다봤다.

"역시, 쓰레기들이었네."

인질을 죽이려 하길래, 팔을 잘랐다. 그 이후, 상황을 지켜봤다.

그 결과 역시, 놈들은 사람 목숨 따위 안중에도 없는 폭력적인 자들이었다. 일반적인 인간으로 보면 안 될 자들.

'애초에 프리덤 지망이라는 것부터 말 다 했지.'

진도윤은 차라리 다행이라 생각했다.

그도 사람이기에 같은 종족을 죽일 때마다 입맛이 쓰다. 하지만, 저들을 같은 인간으로 보지 않는다면?

그때부터는 상대하기 굉장히 편해진다.

"콜렉터."

"키이이이!"

스킬, '기습 베기'(A급)를 통해 마르틴의 팔을 잘라내고 온 소울 콜렉터가 신나게 응답했다.

"우리 간만에 포식 좀 해볼까?"

"키이! 키이이이!"

녀석은 마침내 인간의 영혼을 수확할 수 있게 된 것이 기쁜 듯 힘차게 포효했다.

['소울 콜렉터'(★)가 행복해합니다!]
[친밀도가 1 상승합니다.]

"좋아."
파앗!
진도윤은 먼저 인질들이 모여 있는 방향으로 내달렸다.
동시에 볼드윈이 만들어준 신발의 능력을 가동했다.

[스킬, '질주'(S급)를 사용합니다.]

쑤아아아!
본래의 속도와 스킬이 융합하니, 엄청난 가속이 붙었다.
마치 영혼이 육체를 따라가지 못하는 느낌을 받으며 진도윤은 땅을 박찼다.
탓! 탓! 탓!
그럼에도 익숙하게 잡히는 중심. 빠르게 접근한 그는 인질들을 공격하는 소환수들을 싸늘하게 바라봤다.
동시에.
서거거걱!
감응력이 듬뿍 담긴 소울 콜렉터의 낫이 폭풍처럼 움직였다. 마치 인질들에게 벽이라도 쳐둔 것처럼.

인질들을 노리던 소환수들이 갈라진 종잇장처럼 분리됐다.

"……?"

공격하던 범죄자들은 멈칫한 채로 경악했다.

'무, 무슨 속도가?'

'여기까지 와서 저 많은 소환수들을 베어버렸는데, 난 보지도 못했어.'

'저게 뭐야, 우리랑 같은 서머너 맞아?'

너무도 압도적인 격차에 그들은 사기가 한풀 꺾였다.

뭔가 보여야 싸워보기라도 하지. 도저히 의욕이 생기지 않는 실력이었다.

"이 멍청한 놈들! 원래 저런 기술엔 쿨타임이란 게 있는 법이다! 다시 정비하기 전에 몰아붙여!"

마르틴은 부하들의 멍청한 움직임에 답답한 듯 역정 냈다.

이제 그에겐 승패가 문제가 아니었다. 프리덤이든 협회든 자신의 팔을 잘라간 저 원수의 목을 따내야만 속이 풀릴 것 같았다.

"쯧, 맨날 똑같은 레퍼토리."

진도윤은 그런 마르틴을 한심하게 바라봤다.

꼬우면 자신이 덤비면 될 것을 왜 애꿎은 부하들을 갈군단 말인가?

뭐, 상관없긴 했다. 어차피 마르틴이든 부하들이든 자신을 공격한 순간부터 죽음은 예정되어 있다. 그것이 뒤바뀐 세상에서 세운 서머너 마스터만의 법칙.

후우웅!

인질들을 등진 진도윤은 본격적으로 소울 콜렉터를 컨트롤하기 시작했다. 희미하게 변한 악령의 몸이 폭풍적인 기세로 돌격했다.

"다, 다들 맞서 싸워!"

"던전에 들어왔다고 생각해! 탱커로 막고 원거리 공격으로 견제하면 될 거야!"

"맞아, 쟤도 결국은 인간이거든! 언젠가는 번아웃 온다고!"

다들 계획은 청산유수다.

하지만, 누군가가 말했지. 처맞기 전까지는 누구나 그럴싸한 계획을 가지고 있다고.

비록 1성(★)짜리 소환수였지만 진도윤은 너무도 편하게 저들을 맞이했다. 사실 현재 그의 감응력과 컨트롤은 이미 일반적인 서머너들에게 있어 신의 경지와 다름없는 수준. 장난감 칼을 쥔 세계 최고의 검사가 갓난아이들에게 질 수 없는 것과 같은 이치였다.

서걱! 서걱!

소울 콜렉터의 낫이 근처에 있는 소환수들부터 하나하나 썰어나가기 시작했다. 거기에는 그 어떤 탱커도 힐러도 무의미했다. 그저 감응력의 낫 앞에 두부처럼 썰릴 뿐.

"으아아아! 안 돼! 내, 내 소환수가!"

"막아! 막으라고!"

진도윤은 저들의 비명을 무시하며 '사냥'을 시작했다.

"허어……."

페레스는 입을 떡 벌린 채 그 모습을 지켜봤다. 깔끔하게 적을 베어내는 과감함과 그 와중에도 인질들이 다치지 않도록 신경 쓰는 세심한 컨트롤까지. 전신(戰神)이 있다면 저러한 모습일까?

압도적. 페레스는 사내를 그 한 단어로 정리했다. 도저히 그 단어 말고는 표현할 방법이 없었다.

"혀, 협회장님?"

옆에서 함께 지켜보던 여비서가 떨리는 목소리로 페레스를 불렀다. 그녀 역시 눈동자가 화등잔만 해진 상태.

"어, 응?"

"우, 우리도 참여해야 하는 거 아닙니까?"

"……참여할 필요가 있을까?"

"그렇긴 하겠네요……."

비서가 고개를 끄덕이며 인정했다. 사자가 공포에 질린 토끼를 사냥하겠다는데 어떠한 도움이 필요할까. 솔직히 끼어든다 해도, 도와줄 건덕지가 보이질 않았다. 오히려 도와주는 게 방해될 정도의 위력.

"무슨…… 일개 서머너가 저런 실력을 갖추고 있는 거죠?"

"나도 놀라워. 서머너들 중에 저런 자가 있었다니."

"혹시, 그 유명한 서머너 마스터 아닐까요? 대한민국 출신이잖아요."

"아니, 서머너 마스터는 아냐."

페레스가 단호하게 고개를 저었다.

그가 다룬다고 알려진 소환수는 총 넷. 최근에는 대놓고 꺼낸 채 다니기에, 전 세계인이 그의 소환수를 안다.

하지만, 그중에 저런 악령은 없었다.

'만약 서머너 마스터의 소환수가 다섯이라면?'

잠깐 의문이 들었던 페레스였지만, 이내 고개를 절레절레 흔들었다.

알려진 네 소환수만 해도 하나같이 엄청난 소환수들인데 다섯 마리까지 저런 소환수라면? 그건 세상이 너무 불공평하지 않은가.

'아니, 애초에 서머너가 다섯 마리를 소환할 수 있다는 게 말이 안 되지.'

서머너 마스터가 넷을 끌고 다닌다고 하는 것도 선을 많이 넘은 상태다.

"그럼 저 사람이 누군데요?"

"난들 알겠냐? 세상에 은거한 기인들이 많다고 하더니, 그런 자들 중 하나겠지."

"근데…… 그게 하필 또 대한민국 출신인 거구요? 정말, 엄청난 나라네요."

"괜히 서머너 강국이라 부르는 게 아니지."

페레스는 왜 유준태가 그렇게 자신만만했는지 이제야 깨달았다. 또 왜 한 명만 보내놓고 신경을 꺼버렸는지도 이해했다. 오히려 저런 실력을 가진 서머너를 서슴없이 지원했다는 게 고마웠다.

"협회장님……."

다른 직원이 상념에 빠진 페레스를 부른 것은 그때였다.

"뭔가."

"그게……. 벌써 상황이 종료된 것 같습니다."

"뭐?"

놀란 페레스가 다시 전방을 바라봤다.

어느새 초토화되어 있는 범죄 집단과 울며 감사를 표하고 있는 인질들. 그리고 랜턴으로 무언가를 빨아들이는 악령까지.

"허……."

절로 감탄이 나오는 장면이었다.

대한민국에서 온 괴상한 서머너는 자신들의 한 달이라는 기간 동안 고생했던 상황을, 고작 10분 만에 종결시켜 버렸다.

"키이이이!"

세상 모든 소울 리퍼들 위에 군림하는 존재, 소울 콜렉터의 입이 기괴하게 뒤틀렸다.

나름 오랜 기간 살아온 자신의 삶 속에서 이처럼 즐거운 전투가 있었던가? 분명 자신이 상대하고 있는 자들은 하나하나 강해 보이는 자들이었다. 과거의 자신이었다면, 교활하게 힘을 뺀 채 천천히 공략했을 법한 자들.

"키아, 키이이!"

하지만, 역시나 자신의 주인은 대단했다.

보아라! 그런 이들이 수십이 모여 있어도 상대조차 안 되지 않은가?

자신이 휘두르는 낫에는 과거 정원에 있을 때보다 훨씬 압도적인 힘이 담겨 있었다.

스윽! 스으윽!

소울 콜렉터는 쓰러진 인간들의 영혼을 하나하나 거두었다.

그래, 이 맛이야!

악령은 전신에 이는 흥분에 몸을 부르르 떨었다. 아이템 따위와는 비교할 수도 없는 그 맛. 영혼에 깃든 인간의 공포와 절망은 그에게 엄청난 쾌감을 가져다줬다.

'물론.'

가방에 아이템을 챙기는 것도 잊지 않았다.

이 기분에 너무 취하면 안 된다. 그러다간 또 주인이 자신에게 관심을 주지 않을 수도 있으니.

"키이!"

정리하는 도중 소울 콜렉터는 자신이 베어낸 한 인간의 시체를 이해할 수 없다는 듯 쳐다봤다.

솔직히 가소로웠다. 도대체 이들은 어떤 생각으로 주인에게 덤빈 걸까?

주인도 무섭지만 그가 가지고 있는 숨겨진 소환수들은 더 무섭다. 둠 나이트도 자신보다 훨씬 짙은 마(魔)의 힘을 가지고 있었고 피닉스와 엘라임은 그보다 더욱더 강하다. 게다가 그 시커먼 용은 또 어떠한가.

"……."

끔찍한 파괴의 힘을 떠올린 소울 콜렉터가 고개를 저었다. 감히 떠올리기도 싫을 만큼 오싹한 힘이었으니까.

"키이이!"

시간이 얼마나 흘렀을까. 모든 영혼과 아이템을 다 회수한 소울 콜렉터는 당당하게 주인에게 돌아갔다.

주인이 만족스러운 표정으로 고개를 끄덕이는 걸 보니 나름 잘한 듯싶었다.

"키이이, 키이!"

괜히 우쭐해진 소울 콜렉터가 포효하자, 주인이 다가와 손을 내밀었다.

음, 뭐 하라는 거지? 그 순간, 소울 콜렉터의 머릿속에 한 장면이 스쳐 갔다.

그 시커먼 용이나, 피닉스나. 무언갈 해내고 오면 항상 주인이 머리를 쓰다듬어 주곤 했었지.

"키이!"

소울 콜렉터는 주인을 향해 슬쩍 자신의 머리를 내밀었다. 이렇게 하면 되는 건가?

"……너 뭐 하냐?"

"키이?"

이게 아닌가? 소울 콜렉터는 다시 주인의 표정을 살폈다.

그리고 이내 주인의 시선이 자신의 랜턴에 향해 있음을 깨달았다.

헐, 설마 이걸 또 뺏어간다고? 간만에 얻은 힘인데!

스으윽!

소울 콜렉터는 본능적으로 랜턴을 등 뒤로 숨겼다. 이건 종족으로서의 본능이라 어쩔 수 없다고 생각하면서.

아무리 주인이 힘쓸 때 영혼의 힘을 내어준다지만, 왠지 뺏기기는 싫은 그런 기분이었다.

"으음."

그 순간, 주인이 인상을 찌푸렸다. 그러고는 고민하는 어투로 말했다.

"그냥…… 키우지 말아야 하나?"

"키이이?"

소울 콜렉터는 화들짝 놀랐다. 키우지 않겠다는 것은 이제 다시는 자신을 소환하지 않겠다는 말.

그 말인즉슨, 앞으로 있을 이런 전투의 맛을 다시는 못 볼 수도 있다는 뜻이기도 했다.

"키이! 키이!"

고작 오늘 얻은 영혼에 욕심낼 일이 아니었다.

소탐대실(小貪大失). 작은 것을 탐하다 큰 것을 잃을 수도 있는 법.

철컥!

결국, 소울 콜렉터는 자신의 소중한 랜턴을 주인에게 내밀 수밖에 없었다.

깔끔하게 정리된 현장에서 진도윤은 소울 콜렉터가 건넨 랜턴을 살폈다.

"후우, 어디 얼마나 수확했나 볼까?"

우-우-웅!

감응력을 활성화하자, 랜턴 안에 가득 차 뭉쳐 있는 기운들이 느껴졌다.

B급 또는 A급 서머너 50명분의 감응력. 현재의 진도윤에게는 티끌만큼 느껴질 정도의 양이었다.

[주인 없는 감응력을 발견합니다. 흡수를 시작합니다.]

'역시.'

예상대로였다.

소울 콜렉터가 모으는 것들은 결국, 영혼의 개념이 아닌 감응력이었고 서머너 스킬, '연공법'을 통해 흡수할 수 있었다.

"차암, 이거…… 누가 천하의 대악당이라 해도 할 말 없겠구만?"

진도윤은 천천히 녹아 들어오는 감응력을 느끼며 혀를 찼다. 사람을 죽여 그 힘을 흡수하는 방식이라니. 감응력이 올라가는 것은 좋다만, 썩 기쁜 방식은 아니었다.

하지만 후회는 없었다. 프리덤이 말하는 게, 힘 있는 자가 모든 것을 취하는 논리라면 자신들이 당해도 억울할 거 없지 않겠는가?

저들이 프리덤 지망임을 선언한 순간부터, 똑같은 논리를 따르는 놈들일 뿐이다.

"암, 지들도 똑같이 당해봐야지."

진도윤이 턱을 어루만지며 고개를 끄덕였다.

이미 세상은 바뀌었다.

힘 있는 자들이 던전에서 어떤 범죄를 저질러도 알지 못하는 세상. 법보단 주먹이 앞서 있는 세상.

어찌 보면 이미 세상은 프리덤이 원하는 대로 바뀌어가고 있는지도 모르겠다.

'아무리 경찰이나 협회가 서머너를 고용해 치안 활동을 한다 해도 분명한 한계가 있을 테니까.'

그런 세상에서 자기 목숨을 노리는 놈들을 법대로 처리하는 게 맞을까?

'절대 그렇게 못 하지.'

진도윤이 고개를 젓는 순간.

[흡수되는 감응력이 미미합니다.]
[일정 기준 도달 시 감응력이 상승합니다.]

푸쉬이!

김빠지는 소리와 함께 연공법이 종료됐다. 벌써 랜턴 내부에 존재하는 모든 감응력을 흡수해 버린 탓이다.

'역시, 이 정도로 올리는 건 무린가?'

진도윤이 아쉽다는 듯 입맛을 다셨다. 감응력 230을 넘은 이후, 속도가 확실히 더뎌진 게 느껴졌기 때문이다.

'뭐, 그래도.'

좋게 생각하면, 그동안 엄청난 양의 감응력을 모았단 말도 된다. 50명이 일생을 다해 모은 감응력이 자신에게 아무런 영향을 미치지 않을 정도라는 말이니까.

'이런 방법이 가능하다는 것에 의의를 둬야지.'

소울 콜렉터를 본격적으로 사용한 것은 이번이 처음이었다.

전투 능력은 나름 중상(中上). 당연한 말이지만, 다른 S급 소환수들에 비하면 확실히 성능이 달린다.

'대신.'

활용성은 절대 비교 불가다. 자신의 그 어떤 소환수도 타인의 감응력을 빼앗아 오진 못할 테니까.

"키이이……."

진도윤은 텅 빈 랜턴을 들고 시무룩하게 서 있는 소울 콜렉터를 바라봤다.

"후우, 나도 서머너긴 서머너인가 보네."

저 잔인하고 교활했던 악령이 이제는 조금씩 귀여워 보이는 걸 보면.

"잘했다, 잘했어."

그렇게 진도윤이 소울 콜렉터의 머리를 쓰다듬어 줄 찰나. 어느새 등 뒤에는 정신을 차린 멕시코 시민들이 다가와 있었다.

"……."

쉽사리 말을 건네지 못하고 쭈뼛쭈뼛하는 이들. 감사를 표현하고 싶은 마음은 굴뚝같았지만, 악령을 쓰다듬고 있는 그의 모습이 굉장히 기괴해 보이는 탓이다. 조금 전의 전투 장면을 본지라 더 조심스러운 것도 있었고.

"저, 저기."

그러나 그들 중 하나가 용기를 냈다. 불과 몇 분 전, 목에 찔려 죽을 뻔했던 그 여성이었다.

"덕분에 목숨을 구할 수 있었습니다. 정말 감사해요."

"아."

괜히 머쓱해진 진도윤이 머리를 긁적였다. 자신에겐 식은 죽 먹기보다 간단한 일이었기에 그래도 나쁜 기분은 아닌 진도윤의 입가에 미소가 짙어졌다.

물론, 가면을 쓰고 있어서 그들이 볼 수는 없었지만.

'좋아, 기분이다.'

스윽!

 진도윤이 멀리서 여성을 향해 손을 뻗었다. 정확히는 목에 남아 있는 붉은 상처를 향해서.

 "……?"

 갑작스러운 행동에 여성이 움찔했지만.

 뽀글뽀글-

 뭉치는 수(水) 속성 기운과 사라지는 통증에 이내 행동을 멈췄다. 기괴한 사내가 자신에게 호의를 베푸는 것임을 직감적으로 알아챈 탓이다.

 [물의 정령왕 '엘라임'(★★★★★)이 퍼펙트 리커버리를 사용합니다.]

 진도윤은 엘라임을 소환함과 동시에 물로 변하게 해서 시민들이 알아채지 못하게 했다. 엘라임 역시 진도윤의 의도를 알아채고 그대로 따라줬다. 자신의 주인이 귀찮은 걸 싫어한다는 사실을 그 누구보다 잘 알았으니까.

 '대신 휴식 시간 꽉꽉 보장해 줘야 한다구.'

 엘라임의 기운이 여성의 목에 닿자, 평생 남을 것만 같았던 상처가 눈 녹듯 사라졌다.

 "어어!?"

 시민들의 얼굴에 놀라움이 스쳤다.

 "세상에, 손을 한 번 떨치는 거로 사람을 치료한다고?"

"전투 능력도 대단한데, 힐링 능력까지 있었다는 거야?"

수군대는 시민들의 목소리를 들으며, 여성은 자신의 목을 쓰다듬었다.

"아아아……."

얼마나 놀랐는지, 손이 떨리는 것도 인지하지 못하면서.

"휴, 흉터가 사라졌어. 어떻게……?"

사내의 초월적인 능력에 놀란 것은 그녀뿐만이 아니었다.

"미친."

멀리서 그 모습을 지켜보던 협회장, 페레스도 몸이 굳어버렸다. 현직 A급 서머너인 그는 저 광경이 얼마나 말이 안 되는 상황인지 시민들보다 더 크게 와닿았으니까.

이내 정신을 차린 페레스는 신속히 사내 앞으로 다가갔다. 그리고는 90도로 정중하게 고개를 숙였다.

"덕분에 멕시코시티에 평화가 찾아왔습니다. 어떻게 사례라도……."

"사례?"

진도윤의 눈이 번쩍 떠졌다. 항상 그래왔지만 그는 무언가 준다는데 마다할 성격은 아니다.

"그, 그게. 이번 사건으로 인해 재정적 여력은 안 되지만, 그래도 원하시는 게 있다면 최대한 준비해 보겠습니다."

"아……."

원하는 대로 주겠다는 말.

'님, 선제요'를 그렇게 좋아하는 진도윤은 아니었지만, 사정을 이해는 했다. 게다가 저들의 마음은 눈빛만 보면 안다. 구해진 인질들을 곧바로 보살피는 모습만 봐도 선량해 보이기도 했고.

"사례는 됐고."

괜히 마음이 따듯해진 진도윤은 사례보단 선물을 주고 싶었다. 저들에게도, 자신에게도 윈윈이 되는 그런 선물.

"혹시, 내가 이곳에서 사업 하나 내고 싶은데 도와줄 수 있어?"

"사업…… 말입니까?"

페레스가 고개를 갸웃했다.

"응, 천계 상점이라는 건데 여기에 입점하는 것 좀 도와줘."

원래 어떤 상점이건, 다른 국가에 입점하는 게 굉장히 까다롭다 알고 있었다.

하지만, 국가 협회의 입김이라면? 생각보다 간단하게 해결될 수 있다는 게 진도윤의 생각이었다.

"천계 상점…… 말입니까?"

당연한 말이지만, 페레스는 그게 뭔지 잘 몰랐다. 아직 시작한 지 얼마 안 되기도 했고 원래 타국까지 입소문을 타려면 시간이 꽤 걸리는 법이니까.

그래서 그는 자신의 국가에 얼마나 큰 행운이 다가오는지 전혀 몰랐다.

'뭐, 그 정도야 받은 거에 비하면 소소한 부탁이긴 하지.'

페레스는 고개를 끄덕였다.

"무리 없습니다. 한번 진행해 보겠습니다."

"그럼, 여기 연락처 받아."

진도윤은 소울 콜렉터의 가방에서 털보의 명함을 하나 꺼내 건넸다.

"얘랑 연락해서 협상하면 될 거야."

페레스는 진도윤이 건네는 종이 쪼가리를 공손하게 받았다. 그러고는 물었다.

"아, 그럼 혹시 식사는……?"

일주일 전부터 식사에 대한 집착을 버리지 못하는 페레스였다.

'어쩔 수 없잖아.'

그는 저 가면 속 사내의 얼굴이 정말로 궁금했다.

여태 보인 능력으로만 봤을 땐, 전 세계가 알 만한 거물이 분명한데 함께 식사하면 가면을 벗을 수밖에 없을 테니까.

"아, 내가 지금 곧 떠나야 해서."

하지만, 진도윤은 단호하게 거절했다.

정체를 밝혀봐야 항상 비슷하게 흘러갈 게 분명하다. 처음엔 서머너 마스터라는 자신의 이명에 놀랄 테고 그다음은 어떻게든 잘 보이려 하거나 띄워주려 하겠지.

그런 과정이 진도윤에게는 전부 피로로 다가왔다.

"……그럼 최고급 비행편이라도 제공할 수 있게 해주십시오."

"아냐, 마음만 받을게. 천계 상점 건이나 제대로 해줘."

"그럼 성함이라도!"

페레스가 성급한 마음에 외쳤으나.

스르륵!

사내는 그 자리 그 위치에서 그대로 귀신처럼 사라져 버렸다.

"……엥?"

페레스의 눈이 휘둥그레졌다.

"어, 어디 가셨지?"

눈을 비벼봐도, 주변을 둘러봐도 분명히 사내는 흔적도 남기지 않고 사라졌다. 마치 순간 이동이라도 한 것처럼 말이다.

'순간 이동?'

페레스는 어이가 없었다.

무슨 신이라도 된다는 말인가? 말도 안 되는 전투 능력에 손을 뻗어 치료하고 순간 이동까지 하면……!

"너무 성급하셨어요, 협회장님."

그 광경을 지켜보던 여비서가 다가온 것은 그때였다.

"……내가 그랬나?"

"네, 일주일 내내 가면 쓰고 있는 것만 봐도 답 나오잖아요."

"가면?"

"보통 저 정도 실력을 가진 서머너면 대우받으려 하거나 남들의 시선을 즐기게 마련인데, 딱 봐도 그것과 거리가 멀어 보이는 사람이었어요. 당연히 협회장님의 제안이 부담스러웠겠죠."

"아, 그럴 수도 있겠군……."

그제야 페레스는 자신의 실책을 깨달았다.

이미 자신의 마음속 한편에 영웅으로 자리 잡은 사내. 그의 정체를 너무도 알고 싶은 마음에 실례를 저질러 버린 것이다.

"아이고 어쩌나……. 나 때문에 실망하셨으려나?"

"하하, 너무 걱정하지 마세요. 협회장님."

그러나 여비서는 걱정 없다는 듯 싱긋 웃었다.

"받으신 명함 있잖아요. 그것만 잘 해결해 주면 충분히 이해하실 거예요."

"그래, 그래야겠구나."

본인보다 한참이나 어린 자신의 말을 이해해 주는 페레스를 바라보며, 여비서는 진하게 웃었다.

# 6장

그 시각.
파키스탄의 어느 숙소에서 한만식은 침을 꼴깍 삼키고 있었다.

[22:00까지, 마을 석상 앞으로.]
[간부 후보로 선정되었으니, 마음 단단히 하고 올 것.]
[3간부, 서동희.]

서동희의 필체로 적혀진 쪽지를 받은 탓이다.
"정말로…… 내가."
꼬마, 한만식은 믿을 수 없었다.
정말 그때 말 한마디 나눴다는 이유로 자신이 간부가 될 자격이 있는 걸까? 아무리 생각해 봐도 프리덤의 시스템이 이해가 가질 않았다.

집단 이름이 '자유'라 해도 이건 너무 자유로운 선정 방식 아닌가?

'설마……'

문득, 그의 마음에 불안함이 깃들었다.

'내가 잠입한 게 들키기라도 한 거라면?'

프리덤은 세계 협회와 맞서 싸우는 범죄 조직이다. 그 정보력 역시 엄청날 수밖에 없었다.

"아냐, 아냐."

하지만 한만식은 이내 마음을 고쳐잡았다. 고작 이런 것에 두려워할 거였다면, 맨몸으로 이곳에 들어오지도 않았을 거다.

그는 단장, 김제하가 그의 부하를 통해 보내줬던 장신구를 다시 한번 꺼내 들었다.

'천계 상점'에서 보냈다 했던 그 아이템.

[아이템:촉 목걸이]
[등급:A]
[천신의 가호가 깃든 화살촉 목걸이. 항마(抗魔)의 기운이 담겨있다.]
[옵션:1/1]
- 정신력 강화:악마의 기운이 침범하는 것을 어느 정도 막아준다.

한만식은 단장이 왜 이런 아이템을 보냈는지 잘 알았다. 단장은 프리덤이 악마와 깊은 연관이 있음을 잘 알고 있었으니까.

'괜히 걱정하는 마음이었겠지.'

한만식은 목걸이를 소중하게 부여잡았다.

'걱정 마요, 단장님. 난 절대 프리덤과 한패 먹을 생각 없으니까.'

그러고는 혼자서 계속 되뇌었다.

난 프리덤의 적이야. 난 프리덤의 적이야.

마치 세뇌라도 하듯이.

솔직히 다 때려치우고 프리덤의 간부로 사는 것? 아마 평범한 사람이었으면 그 유혹을 견디기 힘들 거다.

이곳에 몇 주 지내며 조사해 본 바로는 분명, 세상 모든 부귀영화를 누리며 살 수 있는 직책이었으니까.

'하지만.'

한만식은 단호하게 고개를 저었다.

그때 자신의 아빠를 키메라로 만들려 한 녀석들 꼬마는 이 집단을 절대 용서할 수 없었다.

'누나랑도 약속했었지.'

아빠의 복수에 성공했던 날 유아린은 분명 말했다. 지금 심정을 잊지 말고 살아가라고. 힘을 길러, 자신이 가진 아픔과 분노를 저들에게 다 표출하라고.

꼬마의 분노는 아직 희석되지 않았다.

차원의 틈을 이용한 진도윤은 설렁설렁 털보네 매장으로 이동했다. 유준태와 약속했던 은신처의 디자인이 얼마나 진행됐나 확인하기 위해서.

[밤 까마귀님, 환영합니다.]

그래도 예의상 홍채 인식 절차를 밟고 들어선 진도윤은 이내 눈을 빛냈다. 닉스의 은신처 입구에서 기다리는 유준태를 확인한 탓이다.
"오, 어떻게 알고 기다리고 있었네?"
"헹, 이 녀석아. 협회 네트워크를 뭐로 보고. 이미 해결됐다는 보고는 받았지."
유준태는 든든하다는 표정을 지었다.
멕시코 협회장, 페레스가 무선으로 얼마나 굽신거리던지.
진도윤이 복귀하기 전이었다면, 절대 누리지 못했을 호사였다.
'확실히 녀석 덕에 굵직한 사건들이 간단해 보인단 말이야.'
빙그레 웃음을 지은 유준태가 그의 앞으로 붙었다.
"뭐, 불편한 건 없었어?"

"딱히, 예상대로 엄청 쉽던데?"

"그러시겠지. 하여튼 이거 받아라."

유준태는 자신이 차고 있던 목걸이를 벗어 그에게 건넸다.

화려하게 빛나는 '닉스의 은신처'(S급). 잠깐 넘겨받았던 던전 관리자의 권한을 다시 넘기는 것이기도 했다.

"뭐야, 이걸 다시 나한테 건넨다는 건?"

"그래, 이미 싹 다 끝내놓았다는 말이지."

"헐, 벌써?"

진도윤은 솔직히 놀랐다.

은신처의 내부 크기는 500m × 500m. 대략 75,625평이나 되는 광활한 넓이였다. 아무리 구축물들을 초월적인 힘으로 뚝딱뚝딱 만든다 해도 고작 일주일 만에 끝낼 수 있을 만한 크기는 아니었을 텐데.

"흐음······."

진도윤이 미심쩍다는 눈빛으로 유준태를 쳐다봤다.

이거, 대충해 놓은 거 아냐?

"이 녀석아, 의심하지 마라. 국내 최고 인테리어 회사에서 모든 계약을 미루고 진행한 프로젝트야. 아마 수백이 달라붙었을걸?"

"오, 인원 제한 때문에 힘들었을 텐데?"

[아이템:닉스의 은닉처]
[등급:S]

[옛 드워프들은 천적을 피해 자신들이 만든 물품 속에 숨어 살곤 했는데……]

[옵션:5/5]

- 던전:아이템 활성화 시, 허공에 특수 던전이 생성된다.
- 넓은 공간:넓이 500m × 높이 500m × 길이 500m의 공간을 제공한다.
- DIY:업그레이드 가능한 하우징 시스템을 제공한다. (필요 재화:세계수의 잎)
- 제한:최대 입장 가능 인원을 10명으로 제한한다. (소환수 제외)
- 잠금:던전 관리자는 출입 권한을 부여할 수 있다.

설명을 보다시피, 던전의 최대 입장 제한은 10명이다.

"설계야 바깥에서도 할 수 있는 거잖냐. 게다가 이미 건물들이 다 꾸며진 채로 나와서 그냥 구조 위치만 조정하면 되더라고."

"그래? 뭐, 나야 결과물만 보면 될 일이지."

진도윤이 어깨를 으쓱이자, 유준태가 자신만만하게 웃었다.

"아마 들어가면 깜짝 놀랄 거다."

"그 정도야?"

진도윤은 내심 기대했다.

원래 영감의 성격이 살짝 완벽주의기도 했고 저렇게까지 자신하는데, 어찌 설레지 않을 수 있겠는가.

"응, 모든 세계수의 잎을 다 털어 넣었거든."

"그 많은 양을?"

"원래 그 널따란 공터에 주택 하나였잖아? 지금은 무슨 소도시다 소도시."

"이거, 빨리 들어가 봐야겠구만."

진도윤이 입맛을 다시며 말했다.

스윽, 영감이 준 목걸이를 목에 건 그는 이내 가볍게 걸음을 옮겼다. 매장 구석에 설치해 둔 포탈 속으로.

"헐……."

내부에 들어선 진도윤은 벌린 입을 다물지 못했다. 원래는 입장하자마자 텅 비어 있던 공간이 이제는 수많은 구축물로 꽉꽉 들어찬 상태.

소환수들이 쉴 수 있는 호수와 정원도 보였고 훈련장으로 보이는 터와 목욕탕, 회의실 등등 각종 편의를 제공하는 시설들도 보였다.

그리고 중앙에는.

"저게 내 집이라고?"

무슨 중세 판타지 영화에서나 볼 법한 거대한 궁이 보였다. 그 양옆을 두르는 가지 각종의 수풀들과 입구로부터 이어지는 넓은 들판까지.

"햐, 이건 너무 과한 거 아니냐?"

"뭐, 입장 제한 10명인 것치고는 과한 감이 없잖아 있긴 한데……. 세계수의 잎 다 때려 박으니까 저렇게 되더라고."

"무슨 왕이라도 된 기분이잖아."

"큭큭, 내부는 더 놀랄걸?"

진도윤의 반응에 만족스럽다는 듯 웃은 유준태가 앞장서 걸어갔다.

"따라와, 네가 지낼 곳도 한번 봐야지."

"내가 지낼 곳?"

궁금증이 서린 진도윤이 냉큼 따라갔다.

주택의 문을 열자 끝없이 펼쳐진 복도가 보였다. 심플한 문양이 새겨진 기둥들과 벽, 그리고 가지 각종의 그림들로 디자인된 천장까지.

'은신처라더니 무슨…….'

진도윤은 문득 아이템의 이름을 떠올렸다.

닉스의 은신처. 아마 이곳은 닉스라는 자가 살았던 곳일 텐데 굉장히 화려한 걸 좋아하는 자인 게 분명했다.

"1층은 휴게실 용도로 사용되나 봐. 방 같은 건 따로 없고, 더 놀라운 건, 짜잔."

유준태가 손바닥을 내밀며 전방을 가리켰다.

"무려, 엘리베이터가 존재한다고."

무슨 최고급 호텔이라도 온 것마냥.

눈앞에는 삐까번쩍한 엘리베이터가 놓여 있었다. 고대 왕궁

스타일과 현대 건축 스타일을 절묘하게 융합해 놓은 느낌.

띵동-

그때, 엘리베이터의 문이 드르륵 하며 열렸다. 안쪽에는 제프리, 유리아, 그리고 유아린이 있었다.

"여, 마스터. 이제 왔어? 흐아암."

유리아의 자연스러운 인사에 진도윤은 황당하다는 듯 바라봤다.

분명, 이 공간의 소유권은 자신에게 있는데 누가 보면 이곳에서 몇 년은 굴러먹은 주민처럼 행동하고 있지 않은가.

"아 참, 2층은 내가 쓰기로 했고, 3층은 제프리, 4층은 아린이가 쓰기로 했어. 상상 이상으로 엄청나게 잘 돼 있더라고."

"야야, 잠깐만. 나는?"

진도윤이 뚱한 표정으로 묻자, 유리아가 싱긋 웃었다.

"당연, 마스터는 이곳 주인이니까 꼭대기 층이지. 가장 고급스럽게 디자인되어 있고 옥상까지도 연결되어 있어. 보면 만족할걸?"

"그러냐? 그건 다행이네."

펜트하우스면 나쁘지 않다.

하긴, 집주인보다 좋은 곳에 살면 그건 양심이 없는 거지.

"응, 사실 훈련하러 가던 참이었는데. 같이 구경할래?"

"아니다, 타지에서 일주일간 지냈더니 좀 피로하네. 여긴 엘이랑 둘러볼 테니까. 훈련하려던 거 하러 가라."

"그려그려, TV도 초대형이라 아마 엘이 좋아하긴 할 거야."

"훈련은 잘돼?"

괜히 거절한 게 미안해진 진도윤이 인사차 물었다.

"응, 기대해도 좋다고."

주먹을 꽉 쥔 유리아가 자신감 넘치는 목소리로 말했다.

"보름, 딱 보름 안에 감응력 200을 만들어낼 테니까."

그렇게 시간이 흘렀다.

훈련장은 주택과 가까운 거리에 위치해 있었다.

심플한 공터 같으면서도 있을 건 다 있는 공간. 제프리, 유리아, 유아린은 집보다 이곳에 머무는 시간이 더 많았다.

"나이스으으으!"

그리고 그 순간.

유리아의 기쁜 목소리가 공간을 시원하게 울렸다. 명상에 잠겨, 감응력을 어루만지던 제프리가 눈살을 찌푸렸다.

"……훈련 중에 웬 소란이냐?"

제프리의 불만에도 그녀는 아랑곳하지 않았다. 오히려 낄낄거리며 그의 어깨를 툭툭 쳤다.

"너, 설마."

유리아의 반응에 제프리는 문득 불안해졌다. 자신보다 먼저 마스터의 곁으로 갈 그녀의 모습이 떠오른 탓이다.

"벌써 감응력을 다 올린 거냐?"

"빙고! 무려 195를 달성했다구, 호호."

제프리의 안색이 굳었다. 유아린 역시 눈이 휘둥그레졌다.

말만 그랬지. 설마 정말로 보름 만에 목표치를 달성할 줄은 몰랐기 때문이었다.

"자, 이제 여기서 마스터가 준 영약만 먹는다면?"

그녀는 품속에서 자그마하고 둥근 영약을 소중히 꺼내 들었다.

[아이템:가이아의 특제 영약]
[등급:A]
[대지의 신, 가이아가 자신의 힘을 담은 환단.]
[옵션:2/2]
- 추가:복용 시, 5의 감응력을 추가한다.
- 제한:감응력 200 이상은 사용할 수 없다.

진도윤이 루시퍼를 상대한 이후, 가이아에게 받은 영약. 그는 일행들에게 쓰라고 미리 배분해 둔 상태였다.

"바로 감응력 200을 달성하는 거지."

"젠장."

제프리가 목을 부르르 떨었다.

그동안 은근한 경쟁 심리를 가지고 있었는데 결국은 자신이 졌다는 사실에 분한 탓이다.

"후후, 훈련하고 있어보렴. 누나는 한 꺼풀 각성하고 올 테니까."

 유리아는 설레는 마음으로 성큼성큼 이동했다. 훈련장 구석에 있는 공간으로.

 달성한 김에 곧바로 영약을 섭취할 생각이었다.

 "과연……."

 바닥에 주저앉은 그녀는 침을 꿀꺽 삼켰다.

 분명 마스터와 한 가지 가설을 세워뒀었다. 감응력 200이 되면, 그동안 A급이었던 일부 소환수들이 각성을 이뤄낼 수도 있을 거라고.

 그녀는 먼저 자신의 상태창을 살폈다.

 [서머너:유리아]
 [나이:134]
 [감응력:195]
 [보유 소환수:3/3]
 - A급, 대천사 '미카엘'(★★★★★★)
 - A급, 요정왕 '페어리킹'(★★★★★★)
 - A급, 숲의 고양이 '아묘'(★★★★★★)

 과연, 이 중에 어떤 것이 S급으로 오를 것인가?

 마스터의 소울 콜렉터가 아직 A급인 걸 봐서는 감응력 200이 됐다고 전부 각성하는 건 아닐 게 분명하다.

 "뭐, 먹어보면 알겠지?"

대수롭지 않다는 듯 어깨를 으쓱인 유리아는 영약을 입으로 꼴딱 넘겼다.

흡수력이 굉장한 듯, 간단하게 식도로 넘어갔고 그렇게 잠깐 기다리자 동시에 심장 속으로 엄청난 감응력의 폭풍이 휘몰아쳤다.

"끄윽!"

갑작스러운 고통에 유리아가 심장을 부여잡았다. 얼굴이 절로 일그러지는 통증이었지만, 입가에 미소는 사라지지 않았다. 분명히 힘이 증가하는 게 느껴졌기 때문.

그녀는 눈을 감은 채, 폭주하는 기운을 천천히 다스렸다.

마치 갓난아이를 다루듯 조심스럽게 어루만지면서 점점 증가하는 감응력을 온몸으로 느꼈다.

시간은 계속 흘렀다. 고통이 점점 사라져 가고 한결 편안해졌다는 느낌이 들 즈음.

[빠밤!]
[감응력이 200이 되었습니다.]
[특수 조건을 달성합니다.]
[능력을 개화합니다.]
[이제부터 S급 몬스터를 길들일 수 있습니다.]

"……드, 드디어?"

유리아의 동공이 살짝 커졌다.

동시에.

[띠링!]
[특수 조건 달성!]
[100년 이상 키워온 A급 소환수, '미카엘'(★★★★★)이 본연의 힘을 되찾고 있습니다!]

"와, 진짜로?"
꺼내둔 셋의 소환수 중 미카엘이 반응하기 시작했다. 본래는 말없이 자신의 의지를 따르기만 하던 인형 같았던 미카엘이 마침내 껍데기를 벗어 던지고 자신의 본 모습을 드러내는 건가?
유리아가 두근거리는 자신의 심장을 주체하지 못할 찰나였다.

[삐빅!]
[오류 발생! 오류 발생!]
[대천사 '미카엘'(★★★★★)이 알 수 없는 힘에 기능을 잃습니다.]

파즈즉!
정체 모를 전류가 튀김과 동시에.
풀썩!

그 자리에 쓰러지는 미카엘이었다.

"미, 미카엘?"

훈련장 구석 당황한 유리아의 목소리가 울려 퍼졌다.

"……그러니까."

동료들의 부름에 달려온 진도윤이 상황을 간결하게 정리했다.

"영약을 먹고 200을 달성했어. 그러자마자 미카엘이 쓰러져서 안 움직인다는 거야?"

"으응."

쓰러진 미카엘 옆에 주저앉은 유리아가 힘없이 고개를 끄덕였다.

"분명 본연의 힘을 되찾고 있다는 메시지가 떴단 말야……. 그래서 S급으로 각성하는 줄 알았거든……?"

멘탈이 나간 채로 중얼거리는 그녀의 목소리에는 수분기가 가득했다. 항상 활발했던 그녀가 울먹거리는 것이다.

"근데 오류 발생 메시지가 뜨더라고……. 그다음은 지금 보이는 그대로."

헝클어진 앞머리 사이로 보이는 사시나무처럼 흔들리는 그녀의 눈빛.

"후."

진도윤은 한숨을 푹 내쉬었다.

'그럴 수밖에.'

서머니와 소환수의 관계는 가족 그 이상의 끈끈한 무언가가 있다. 하물며 그녀와 미카엘은 100년 이상을 함께한 사이. 갑자기 움직이지조차 않는데 겁이 나고 슬플 수밖에 없는 건 당연하다.

'나 역시 그랬을 테니까.'

만약 엘라임이나 피닉스 또는 둠이 쓰러진다? 그 누구보다 슬퍼할 자신이 있었다.

"흐음."

옆에서 두 손가락으로 턱을 짚은 채 고민하는 제프리가 보였다.

"아무래도 봉인되어 있는 것과 관련이 있는 것 같단 말이지……."

"그렇겠지."

진도윤이 동감한다는 듯 고개를 끄덕였다.

"그것 말고는 딱히 연관 지을 게 없으니까."

"그럼 어째야 할까. 지금 당장 미카엘의 봉인이라도 풀러 가야 하나?"

"사실, 그게 정답일 거란 보장도 없어."

"으음……. 그것도 그렇지. 하아, 명확한 해결 방안을 모르겠다는 게 문제로군."

제프리의 미간에 골이 점점 더 파였다. 맨날 투닥거려도, 막상 힘 빠진 유리아를 보니 도와주고 싶은 것이다. 그 생각은 진도윤 또한 같았다.

진도윤은 다시 제프리를 직시하며 입을 열었다.

"이거, 어차피 우리끼리 의논해 봐야 답 안 나와."

"그럼?"

"슬슬 만나보는 건 어때?"

진도윤의 말에 제프리가 고개를 갸웃했다.

"누굴 말인가? 설마."

"응, 마침 감응 쿨이 돈 상태거든."

모든 상황을 어디선가 관조하고 해결책을 주는 자. 진도윤의 머릿속에는 가이아, 그녀밖에 떠오르지 않았다.

게다가 이 모든 사태가 시스템의 오류로 벌어진 일이라면 시스템을 만든 그녀가 가장 잘 알고 있지 않겠는가?

"어차피 곧 만나보려 했었어. 최근 프리덤의 활동도 뜨뜻미지근하고 우리도 새로운 방향성을 찾아야지."

"확실히 그게 최선의 선택인 것 같군."

제프리가 군말 없이 고개를 끄덕였고 유리아의 눈에도 생기가 살짝이나마 돌아왔다.

"가이아, 맞아! 가이아님께 물어보면 되잖아!"

"그래그래, 바로 준비하자."

감응을 펼칠 땐, 아묘의 골골송이 필수다. 감응력 회복 속도가 두 배로 늘어서, 조금이나마 그녀와 만날 수 있는 시간을 지속할 수 있으니.

"아, 알겠어. 준비할게! 아묘야!"

"냥!"

그녀의 소환수 아묘도 주인의 마음을 느꼈는지, 곧바로 응답했다.

전원주택, 꼭대기 층.

진도윤이 침대에 편안하게 누웠다. 좌측에는 엘라임이 걱정스러운 표정으로 그를 바라보고 있었고 우측에는 아묘를 대동한 유리아가 발을 동동 구르고 있었다.

"너무 걱정하지 마, 유리아."

진도윤은 일단 그녀를 안심시켰다.

"어떻게 된 건지, 다 알아보고 올 테니까."

"별일 아니겠지?"

"응, 거의 99% 확률로 봉인과 관련된 일일 거야."

"그러면······."

"만약, 그런 거라면 무조건 봉인 풀러 가야지. 어차피 언젠간 해야 할 일이잖아?"

적의 적은 아군. 프리덤을 주적으로 삼은 이상, 대천사들을 구하는 건 필수로 해야 할 일이다.

"오케이······. 고마워, 마스터."

유리아가 주먹을 꽉 쥐며 감사함을 표했다. 그녀는 침착한 진도윤의 반응이 너무도 고마웠다.

혹시나 자신의 소환수가 잘못되기라도 할까 봐 불안한 심정이었는데 대수롭지 않은 그의 반응 덕에, 정말 별일 아닌 것처럼 느껴졌으니까.

그런 그녀의 모습에 진도윤이 픽 웃었다.

"고맙긴, 다녀온다."

그러고는 눈을 감고 천천히 감응력을 끌어올렸다.

[감응을 사용합니다.]
[대자연, 가이아와 감응을 시작합니다.]

이제는 쑤욱- 빠지는 감응력이 익숙하기만 한 그는 천천히 멍해지는 의식을 받아들였다.

잠깐의 시간이 흘렀을까.

세상이 바뀌었고 시야에는 새하얀 홀과 후드의 여인, 가이아가 보였다.

[감응 레벨이 낮아 머무를 수 있는 시간이 제한됩니다.]
[제한 시간 - 00:04:00]

"4분이면 뭐, 나쁘지 않네."

두 번째 만남이 3분이었으니 무려 한 달 만에 1분이나 더 증가한 셈이다.

저벅저벅.

진도윤이 당당하게 걸어 나가자, 등을 보이고 있던 가이아가 몸을 돌렸다.

"오셨군요. 용사여."

그녀는 반갑게 진도윤을 맞이했다.

"가이아……."

"아무래도 급한 건…… 미카엘 건이시겠죠?"

"역시, 다 알고 있었네."

자신도, 가이아도 대화할 수 있는 시간이 한정적인 것을 안다. 짧은 시간에 많은 정보를 얻을 수 있는 법은 바로 대화의 주제를 정하는 것.

이번 대화의 주제는 미카엘이었다.

"아무렴 사실 저도 그것 때문에 할 말이 있었답니다."

"할 말?"

"그대는…… 분명 미카엘의 봉인을 풀려 하시겠지요?"

"아마도? 물론 그전에, 미카엘 관련 오류가 봉인 때문인지부터 알아야겠지."

"맞아요, 봉인 때문."

가이아가 간결하게 고개를 끄덕였다. 대충 예상은 했지만, 깔끔한 답변이었다.

"그럼 아무래도 봉인 풀어야 하지 않을까? 어차피 너희도 그걸 원하는 거 아냐?"

"……."

진도윤이 답하자, 가이아의 눈빛이 살짝 흔들렸다. 언뜻 보면, 걱정스러워하는 눈빛처럼 보이기도 했다.

'왜, 저런 표정이지?'

궁금한 진도윤이 고개를 까딱했지만, 가이아는 무언가 말하기를 꺼리는 듯 머뭇거렸다.

"왜?"

진도윤이 재촉했다.

"말해봐. 시간 없으니까."

[제한 시간 - 00:03:30]

벌써 들어온 지 30초가 흘렀다.

"사실, 우리는 그대가 대천사를 구하지 않았으면 좋겠어요."

"뭐?"

그의 눈이 휘둥그레졌다. 전혀 예상치 못했던 답변이었기 때문.

"갑자기?"

"네."

"그럼…… 유리아는?"

"그대의 동료 말씀이시죠?"

가이아의 물음에 진도윤이 고개를 끄덕였다.

"응, 걔 소환수였던 미카엘은 어떻게 되는 건데?"

"영원히…… 그 상태에 머무르겠죠. 아무런 기능을 할 수 없는 상태. 자아는 시간이 지날수록 점점 더 희석될 테구요."

즉, 지금처럼 식물인간, 아니, 식물천사가 된 채로 있어야 한다는 말이었다. 유리아 입장에선 마른하늘에 날벼락 같은 소리.

입술을 꽉 깨문 진도윤이 다시 물었다.

"대천사를 구하지 말아야 할 다른 이유라도 있어?"

그가 생각하기에 미카엘은 구하는 게 맞았다. 백 번 천 번 생각해도 그게 옳았다. 자신을 위해 목숨을 건 동료, 유리아가 슬퍼하는 건 보기 싫었으니까. 그건 미카엘이 악마거나 타락천사였어도 변함없었을 거다.

하지만, 가이아가 부정한다는 것은 그 이유가 있을 터.

"……."

진도윤의 직접적인 물음에 잠깐 고민하던 가이아가 이내 한숨을 푹- 쉬었다.

"후, 위험한 일이니까요."

"뭐야, 단지 그 이유?"

진도윤이 미간을 찌푸렸다. 그럼 여태는 뭐, 위험한 일이 없었나.

"단지가 아니에요. 그대가 우리엘을 구하고 난 이후로 판데모니엄에 큰 비상이 떨어졌거든요."

"뭐, 그건 그럴 수 있겠지."

우리엘은 넷뿐인 천계의 대천사 중 하나. 꽤 거물이기에, 당연히 악마 쪽에서는 신경이 쓰일 수밖에 없다.

"그래서?"

진도윤이 물러날 기색이 없자 이내 가이아는 포기한 듯 고개를 끄덕였다.

"여길 보세요, 대충이라도 설명은 드려야겠네요."

그녀가 손을 펼치자.

우우웅!

눈앞에 홀로그램으로 이루어진 커다란 지형이 펼쳐졌다.

북쪽의 설산과 남쪽의 화산, 동쪽의 평야와 서쪽의 숲, 그리고 중앙에 있는 칠흑 같은 어둠의 성.

딱 봐도 마계의 지형임이 분명했다.

"시간이 없으니 간결하게 설명할게요. 알다시피 우리엘은 동쪽 평야 타르라크에 있었어요. 나머지 지역엔 다른 대천사들이 각각 봉인되어 있었고요."

"음?"

가이아는 분명 과거형 어미를 사용했다. 그럼 지금은 아니란 뜻인가?

진도윤이 고개를 갸웃하자, 가이아의 검지와 중지가 각각 남쪽과 서쪽을 가리켰다.

"현재 마계 측은 남쪽 화산 볼란티스에 있던 라파엘과 서쪽 숲에 있는 가브리엘을 전부 북쪽으로 호송하고 있어요."

"호송? 북쪽이면······."

"네, 설산 니플헤임이요. 현재는 미카엘이 봉인된 곳이죠."

"으음."

진도윤이 눈살을 찌푸렸다. 마계의 의도가 대충 짐작됐기 때문이었다.

"한 번에 모아서 경계를 더 강화하겠다는 건가?"

"그럴 거예요. 여러 곳에 나눠 봉인하면, 지금처럼 각개격파 당하기 쉬울 거라 판단했겠죠."

"확실히 더 삼엄해지겠네."

우리엘을 지키던 지룡들도 꽤나 빡셌었다. 그런데 그것들을 한곳에 전부 모은다?

확실히 가이아가 걱정할 만도 했다.

'하지만.'

고작 그런 위험이 무서워 물러설 수는 없는 노릇. 그러나 이어지는 가이아의 말에 진도윤은 멈칫할 수밖에 없었다.

"그리고……. 아마 저는 그곳에 10악마급 존재 하나가 파견될 가능성이 있다 생각해요. 아무리 소환 의식이 중하다 하더라도 그들에게 대천사는 까다로운 존재니까요."

"아."

10악마. 마계의 끝판왕들이 모여 있다는, 판데모니엄에서 10등 안에 드는 놈들.

진도윤은 가이아가 왜 안절부절못했는지 이제야 이해했.

확실히 10악마라면 그럴 수 있었다. 아직, 자신은 놈들을 상대할 수 없다.

"저에겐 대천사들보다 그대와 그대의 동료들이 더 소중해요. 이번엔 부디 피해 가고 후일을 도모하셨으면 좋겠어요."

"하, 이거 어려워졌네."

진도윤이 머리털을 부여잡았다.

"만약 내가 꼭 가야겠다면?"

"……누구도 용사의 선택을 강요치 않아요."

"아니면, 루시퍼 때처럼 시도해 보고 안 되면 도망쳐도 되는 거잖아? 게다가…… 어차피 나중에 싸워야 할 놈들 아냐? 아! 호송 중인 놈들을 먼저 치는 건 어때? 거긴 그나마 상대하기 편할 거 아냐. 그다음 대천사들 모아서 함께 공략하는 거지."

"……."

가이아는 속으로 깊은 한숨을 내쉬었다. 이미 온몸으로 가겠다는 의지를 폴폴 풍겨대는 사내를 앞에 두고 무슨 말을 하겠는가.

그동안 저 사내를 지켜본 결과 자신이 아무리 말해봐야, 본인이 하고 싶은 대로 할 게 분명했다.

'그리고 그게 매력이지.'

도전이 있어야 발전도 있다. 사내는 항상 도전했고, 그 도전을 원동력으로 성장해왔다.

'어쩔 수 없는 건가?'

사내가 도전하면 또 가이드 겸 특별 임무를 내어줘야 한다.

이제는 점점 자신의 육체에도 무리가 있음을 느끼고 있는 상태. 하지만, 그런 것은 별문제가 되지 않았다.

오직 눈앞의 사내가 무사하기만을 바랄 뿐.

'게다가 지금까지 잘해오셨으니까.'

가이아는 결국 결심했다. 눈앞의 사내를 다시 한번 더 믿어 보기로.

"으음."

눈꺼풀이 올라가자, 환한 빛이 보였다. 가이아와의 독대가 끝난 진도윤은 노심초사 기다리는 일행들을 시야에 담았다.

"마스터!"

"다녀온 건가?"

유리아는 눈을 동그랗게 뜨며 자신을 불렀고, 제프리는 팔짱을 낀 채로 손목시계를 두들겼다.

"딱, 4분 지났군. 그래, 가이아는 뭐라고 하던가?"

"뭐, 예상했던 대로지."

진도윤은 쓴웃음을 지었다.

가이아와의 대화가 뇌리를 스쳤기 때문이다.

기어코 미카엘을 구하겠다는 진도윤의 입장을 그녀는 결국 받아들였고 대충이나마 계획을 구체화하는 과정에서, '감응' 시간이 끝나버렸다.

"우리가 추측했던 대로 미카엘의 저 사태는 봉인 때문이 맞아."

"역시! 휴우……."

유리아가 즉각적으로 반응했다. 안도의 한숨까지 내쉬는

게, 혹시 다른 것 때문이 아닐까 걱정한 듯했다.

"그럼? 바로 봉인 풀러 가는 거야?"

"응, 그래야지."

진도윤이 고민 없이 고개를 끄덕였다. 그는 굳이 가이아의 경고에 대해 말을 꺼내지 않았다.

'저 모습을 보고 어떻게 말하냐······.'

진도윤이 힐긋 그녀를 바라봤다. 혀로 입술을 핥으며 당장에라도 떠나겠다는 의지를 뿜어대는 유리아의 모습.

'뭐, 어차피 가기로 했으니까.'

사기가 떨어질 수 있는 말을 굳이 꺼낼 필요는 없다.

다만.

"대충 준비 끝내고, 내일 바로 출발하긴 할 건데. 이번엔 유리아랑 우리엘, 그리고 나만 떠날 거야."

"뭐? 왜?"

제프리의 눈동자가 휘둥그레졌다. 살짝 떨어져 지켜보던 유아린도 놀란 표정이었다.

'설마 이제 파티에서 버림받나?', 이런 생각을 하는 걸지도 모르겠다.

"그냥, 너랑 유아린은 아직 감응력 200이 안 됐잖아. 지금은 작전보단 훈련에 전념할 때야."

"하지만······."

"정찰이나 정보는 괜찮아. 이번엔 특별히 가이아가 신경 써서 도와준다 했으니까."

이번에는 사건이 사건이니만큼 시스템 메시지를 통해 가이아의 도움을 받기로 했다. 과거 '가이아의 인장'을 받았을 때와 비슷한 방식으로.

"후, 으음, 뭐……. 네가 그렇다면 그런 거겠지."

제프리가 고개를 끄덕이자, 유아린도 입을 열었다.

"우리도 빨리 200 달성해야겠네요. 더 뒤처지지 않으려면."

"확실히 자극되긴 하는군."

그들은 의외로 쉽게 납득했다. 그 이유가 자신들이 방해된다고 생각해서인 것 같긴 했지만 물론, 그 부분도 없다고는 말 못 한다.

하지만, 사실 더 큰 이유는 다른 데 있다.

'위험하니까.'

유리아는 자신의 소환수가 걸려 있는 일이라 쳐도 이번은 가이아가 특별히 경고할 정도였다.

전쟁터에 참여하기 위해서는 어느 정도 무장을 갖춰야 하는 법. 진도윤은 감응력 200을 그 최소치의 무장으로 봤다.

"우리 둘이 간다고?"

"응, 원래 혼자 갈 생각이었는데, 그럼 네가 가만히 있을 리 없으니까."

"당연하지."

말해 뭐 하냐는 듯, 당차게 인정하는 그녀.

진도윤은 픽 웃은 후, 말을 이었다.

"아무리 감응력 200이 넘었다 해도, 아직 네 전력은 그대로야. 아니, 오히려 줄어들었다고 봐야겠지."

그녀의 소환수 중 아직 S급 각성을 이뤄낸 녀석들은 없다.

더군다나 미카엘까지 전투 불능이 된 상태. 어차피 서포트가 주 포지션인 그녀의 특성상, 미카엘의 유무가 큰 영향을 끼치는 건 아니지만 그래도 총 전투력은 예전보다 하락한 상황이다.

'물론.'

페어리 킹의 버프가 사기적이라 없는 것보다, 있는 게 훨씬 도움 되긴 했다.

"응, 나도 알아."

유리아가 고개를 주억거렸다.

"방해 안 되게끔 딱 힐링이랑 버프만 집중할게."

"일단 나도 떨어진 감응력도 회복해야 하고, 너도 준비할 게 있을 테니."

"응응, 내일 가는 거 맞지?"

"정확한 작전은 내일 출발하면서 알려줄게."

작전이래 봐야 뭐, 별거 없긴 하다. 먼저 서쪽 숲 부근에서 호송 중인 가브리엘을 구하고, 다음은 남쪽 화산의 라파엘을 구한다.

이후, 우리엘과 같이 세 대천사의 지원을 받을 수 있을 때 가장 경계가 삼엄하다는 북쪽 니플헤임을 공략하면 끝.

'말은 쉽지만, 그 과정은 아마 오지게 빡세겠지.'

만약, 정말 가이아의 추측대로 판데모니엄의 10악마 중 하나가 등장하기라도 한다면 자칫하다 죽을 수도 있는 일이기도 하다.

"오케이! 흐으아, 고맙다. 마스터."

유리아가 힘이 났는지, 싱긋 웃으며 감사를 표했다.

그러고는 방문을 향해 성큼성큼 걸어가 벌컥! 열더니 일행들을 향해 턱짓했다.

"다들 뭐 해? 가자고."

제프리와 유아린이 쳐다보자.

"마스터도 쉬어야지. 그리고 너네 지금 이러고 있을 때야?"

"아, 맞다, 훈련하러 가야죠?"

"아."

다시 활기를 찾은 유리아의 모습에 제프리가 큭, 웃으며 고개를 끄덕였다. 그러고는 진도윤이 있는 방향을 힐긋 쳐다봤다.

"쉬고 있어라, 마스터."

"그래."

진도윤은 이불 속에서 답했다. 아무래도 자신이 잠깐 상념하던 걸, 피곤하다고 받아들인 것 같았다.

'피곤하긴 하지.'

스킬, '감응'을 쓰고 나면 온몸에 힘이 빠지고 나른해진다. 갑작스러운 감응력 부재의 부작용이다.

"좀 쉬긴 해야지."

어차피 내일부터 사지(死地)를 걷는다.

휴식도 작전의 일부 진도윤은 시끌시끌 사라지는 일행들의 소리를 들으며 천천히 눈을 감았다.

레이튼.

마계 서부에 존재하는 끝을 알 수 없는 거대한 숲의 이름이다. 타르라크가 기사, 즉 데스나이트의 성지였다면 이곳, 레이튼은 마물(魔物)들의 성지.

그래서 악마 대다수는 레이튼에 서식하는 것을 꺼린다.

'거기? 온갖 괴물들이 살고 있잖아. 모여 살기에도 너무 넓고. 거기 살 바엔 니플헤임이나 볼란티스같은 대도시에 살지.'

'대신 강해지는 덴 그만한 곳이 없다던데? 10악마들 대다수가 레이튼 출신 아냐?'

'그건 맞지만, 애초에 내가 판데모니엄에 입성할 정도 실력이면 레이튼을 무서워하겠냐?'

'그, 그건 그렇지?'

평범한 악마들의 말마따나 레이튼의 악마들은 타 구역에 존재하는 악마보다 평균적으로 훨씬 강하다. 생존을 위해서는 숲의 마물들과 시도 때도 없이 전투를 벌여야 하기 때문.

물론, 이러한 곳에도 구역을 통치하는 지배자가 있다.

저벅, 저벅.

지금 숲길을 걷고 있는 반인반수의 커다란 염소, 카프리가 그러하다.

"빨리빨리 움직이지 못하나!"

카프리는 현재 굉장히 기분이 다운된 상태였다. 최근, 판데모니엄 측에서 지령이 날아왔기 때문.

[구역, 중앙에 봉인된 가브리엘을 니플헤임으로 '직접' 옮기도록.]
[침입이 있을 수 있으니, 경계를 삼엄히 할 것.]
[10악마, 부에르.]

"후우."

구역의 최강자인 자신에게 누군가가 명령한다는 사실이 그렇게 기껍지는 않았다.

'하지만.'

부에르의 명을 무시할 수는 없었다.

'그는 위대한 10악마니까.'

아무리 자신이 이곳에서 난다긴다한다지만 판데모니엄의 입성하는 순간, 상위층은커녕 중간 자리도 고수하지 못할 거다.

답도 없이 강했던 레이튼의 전임 지배자도, 전전임 지배자도 10악마 타이틀을 얻지 못한 걸 보면, 확언할 수 있다.

마계의 최강자들이 모여 혈투를 벌이는 곳 그리고 그곳에서 서열 10위 안에 드는 자. 그게 바로 10악마의 위치다.

'에휴, 어쩌겠어. 약하면 따라야지.'

그게 마계의 암묵적인 율법 아니겠는가?

한숨을 내쉰 카프리는 주변을 둘러다 봤다. 자신의 명을 받드는 수하들이 커다란 관을 들쳐멘 채, 숲길을 걷고 있었다.

'저 관에는……'

마계의 영원한 주적. 천계의 대천사, 가브리엘이 잠들어 있었다.

아무리 짜증 나는 일이라지만 이 일이 얼마나 중요한 건지는 카프리도 잘 알았다. 그렇기에 구역의 최강자인 자신이 직접 호송하는 것 아니겠는가?

"카프리 님!"

"뭐냐."

부하의 부름에, 속으로 불만을 털어놓던 카프리가 삐딱한 자세를 풀었다.

"이쪽 길로 계속 가야 합니까?"

"그럼, 가야지. 왜, 무슨 일이라도 있나?"

"그…… 이곳에 기이한 영물이 잠들어 있다는 소문이 있어서 말입니다."

"영물?"

카프리가 불쾌한 듯, 얼굴을 찌푸렸다. 북쪽으로 가는 길은 이곳이 제일 빠르다. 돌아가게 되면 한나절은 더 소모해야 할 수도 있는 일. 그가 가장 싫어하는 게 바로 귀찮은 거다.

"지금 레이튼의 최강자인 본인 앞에서 한낱 영물 따위를 걱정한다는 거냐?"

"죄, 죄송합니다!"

부하가 신속히 고개를 숙였다.

레이튼의 지배자, 카프리는 성격이 지랄맞기로 유명하다. 괜히 잘못 걸렸다가는 하나뿐인 목숨이 날아갈 수도 있다.

"다시 그런 건방진 소리를 했다가는 입을 뭉개버리겠다."

"네? 넵!"

꿀꺽.

부하 악마가 침을 삼켰다.

'그냥 물어본 게 뭐가 건방진 소리라는 거야?'

이해는 가지 않았지만 이미 고개를 숙이는 게 익숙한 부하였다.

"후우, 누군가 죽이기 딱 좋은 날씨구만."

카프리는 다시 상념에 빠지며 터덜터덜 걸었다.

부에르가 침입에 대비하라 했지만, 딱히 걱정은 없었다.

'설마 이 카프리 님이 있는데 누가?'

천계는 이미 망했다 들었고 마계에도 판데모니엄을 제외하면 자신을 상대할 자가 없다.

혹여 그의 말대로 누군가 침입한다면?

스릅.

카프리는 혀로 입술을 살짝 핥았다.

'그럼 그냥 죽여 버리면 되는 거지.'

그는 오히려 갈망했다. 안 그래도 스트레스가 가득인데 누군가 나타나 자신의 살욕을 해결해 주길 바랐다.

하지만 역시나, 그가 가는 길은 평탄하기단 했다.

아침이 밝았다.

눈을 뜬 진도윤이 가볍게 세안하고 옷을 입을 찰나 꼭대기 층에 누군가가 올라왔다. 떠난 채비를 마친 유리아와 우리엘이었다.

"그대여."

새하얀 여섯 쌍의 날개를 활짝 편 우리엘이 먼저 입을 열었다.

"마침내 미카엘을 구하러 가는 것이냐? 정말 고맙구나."

그녀 역시, 이곳 은신처에 함께 거주하는 중. 유리아의 말을 전해 듣고 설레는 마음으로 올라온 상태였다.

"일단은 가브리엘부터 구할 거야. 유리아."

"응?"

가방을 뒤적거리며 비상 용품을 확인하던 그녀가 고개를 들었다.

"특별 임무 받았어?"

"받았지, 아침에 날아왔던데."

가이아는 약속을 지켰다. 우려는 되지만, 진도윤의 선택을 존중하는 초월자, 가이아. 모든 것을 관조하기에, 동료 중 유리아만 데리고 간다는 자신의 의지도 받아들인 듯했다. 그는 그런 가이아가 고마웠다.

[가이아의 특별 임무가 도착합니다.]
[임무 - 마계 서쪽 숲, 레이튼으로 이동.]
[레이튼 북쪽 숲길에 위치한 지배자, '카프리'로부터 '가브리엘'을 구출하세요.]

그녀가 준 임무에는 약속대로 힌트가 들어 있었다.
'북쪽, 그리고 카프리.'
가브리엘의 위치를 추측할 수 있는 소중한 힌트였다.
상태창을 다시 한번 훑은 진도윤은 이내 고개를 끄덕였다. 그리고 그녀들을 바라봤다.
"다들 준비됐지?"
"물론!"
"그렇느니라."
자신은 몸만 가면 된다.
어차피 중요한 물품들은 다 백팩에 들어 있고 소환수는 어디서든 소환할 수 있으니까.
"자, 그럼 다들 손잡아."
진도윤이 뻗은 양손에 유리아와 우리엘이 서둘러 달라붙었다.

어느 곳이든 그 자리에서 바로 이동할 수 있는 '차원의 틈' 스킬의 유용함을 느끼며 진도윤은 눈을 감은 채, 천천히 감응력을 끌어올렸다.

[업적 보상 도착!]
[마계 구역 – '레이튼'을 발견하셨습니다.]
[감응력이 한 단계 성장합니다.]
[추가 감응력 +1]

차원의 틈을 이용한 진도윤은 바로 레이튼 북부로 이동했다. 타르라크가 식물 하나 없는 척박한 대지였다면, 이곳은 반대로 다양한 수풀이 넘실거리는 곳.
"와, 마스터. 저기 봐."
"응?"
한참을 걷던 유리아의 부름에 진도윤이 시선을 돌렸다.
"저기. 식인화, 모플레시아도 있어."
"그러네. 마계 출신 몬스터도 있긴 있구나. 천계에만 있는 줄 알았는데."
모플레시아는 과거 '좀비 브라더스'를 처리했던 던전에서 봤던 보스 몬스터다. 깨우기 전에 주변에 널려 있는 '가시 지옥꽃'들을 처리해야 하는 조건형 몬스터.
공략법만 알면 쉽게 처리할 수 있기에, 그냥 놓여 있는 경험치 덩어리나 다름없는 녀석이다.

하지만.

"저긴 그냥 지나치자."

진도윤은 관심을 끈 채, 걸음을 지속했다.

현재 그의 목적은 가브리엘의 구출. 사냥보단, 호송 중인 대천사를 찾는 게 먼저였다.

"최대한 기척을 숨기고, 충돌도 자제해야 해."

"응응."

현재 진도윤 일행은 소환수도 꺼내지 않은 상태였다.

가브리엘을 호송하는 자들이 어떤 존재인지도 모르는 상황에서 녀석들에게 발각될까 우려한 탓이다.

진도윤은 이동하면서도 주변을 잘 살폈다.

사소한 지형부터, 아군의 배치까지 현재 선봉에는 그와 유리아가 나란히 걷고 있었고 바로 뒤에는 불안한 듯 날개를 말아 접은 우리엘이 따라오는 중이었다.

"으음."

그리고 그녀는 아까부터 자꾸 불안한 신음을 냈다. 신경 쓰인 진도윤이 유리아를 먼저 보내고, 뒤쪽으로 붙었다.

"우리엘."

"……불렀느냐?"

"왜 그래? 뭐 이상한 거라도 있어?"

"그런 게 아니다. 그냥……. 굉장히 악한 기운이 가득한 곳이라 그렇느니라."

"아, 마계는 처음이랬지?"

"인간계는 몇 번 가봤지만, 마계는 초행이니라. 다만, 천계에도 이곳. 레이튼의 악명은 자자했었지."

악명?

진도윤이 눈을 반짝거리며 흥미를 보이자 우리엘이 큼큼거리며 목을 가다듬었다. 앞에 걷던 유리아 역시 관심이 동했는지, 걷는 속도를 줄였다.

"궁금하느냐?"

"뭐, 모르는 것보단 낫겠지?"

"혹시, 레이튼의 크기가 얼마나 되는진 알고 있느냐?"

"글쎄? 가이아가 설정해 둔 차원의 틈 지도는 그냥 네 구역 다 똑같은 크기로 나와서."

차원의 틈에는 홀로그램 지도가 존재한다. 그리고 그 약식 지도로만 봤을 때는 네 구역 다 크기가 동일하다.

"아마 그건 단순히 편의를 위한 장치일 것이니라. 레이튼을 전부 지도에 담는 순간…… 다른 구역이 너무도 작아 보이거든."

"그 말은?"

우리엘이 고개를 끄덕였다.

"단순하느니라. 마계 전 구역을 합친 것보다 이곳, 레이튼이 수배는 더 클 거야."

"헐."

진도윤은 말문이 막혔다. 저번에 내달렸던 타르라크도 엄청나게 넓었던 거로 기억하기 때문.

"현 마계는 악마들이 장악하고 있다지만, 원래 마계의 주인은 마물들이었느니라. 사실 그들이 숲을 벗어나 다른 구역을 개척한 것도 이곳에 사는 마물들 때문이라 들었지."

"음? 그건 좀 이해 안 가는데? 판데모니엄 악마들은 세잖아?"

특히 10악마들. 그들의 힘이면 레이튼 정도야 우습게 휩쓸 수 있지 않을까?

"물론, 그대의 말도 맞다."

우리엘은 부정하지 않았다.

"다만, 그럴 이유가 없을 뿐이니라. 천계를 상대하기 위해선 전력도 보존해야 할뿐더러, 평범한 마물들만 존재하는 건 아니니까."

"까다로운 마물이 있나 보네?"

"악마들은 그것들을 영물이라 부르느니라. 마물이 수천 년 동안 힘을 길러 발전한 케이스지."

"오호, 나름 무서운 곳이었네."

진도윤은 살짝 등골이 서늘해짐을 느꼈다. 동시에 일종의 설렘도 생겼다.

마계의 또 다른 비밀이라니, 신기하지 않은가.

'굳이 무서워할 필요는 없지.'

덤비면 싸워보면 되는 일이고 불리하면 다시 차원의 틈으로 돌아가면 그만이다.

"그래서, 그 영물이 불안했던 거야?"

"크, 크흠. 판데모니엄이 전력 손실을 걱정했을 정도라 하지 않느냐. 걱정이 아니라 살짝의 우려이니라."

'그거나 그거나.'

은근히 귀여운 구석이 있는 우리엘의 모습에 진도윤이 픽 웃었다.

"게다가 천계의 존재들은 마계에서 본연의 힘을 어느 정도 제약받는단 말이다."

"그래? 그건 몰랐네."

"악마들 역시 천계에 오면 마찬가지지. 인간계처럼 큰 제약은 아니지만, 그래도 힘이 제약받는다는 건 굉장한 불안 요소 아니겠느냐?"

"그럴 수도 있겠구나."

하여튼, 나름 마계에 해박한 그녀의 지식은 진도윤에게 큰 도움이 되었다.

지속되는 행군 속에서 우리엘은 자신이 알고 있는 지식 보따리를 계속해서 풀어놓았고 진도윤과 유리아는 그 얘기에 흠뻑 빠져들었다.

그렇게 대화를 나누며 걷는 동안, 주변 환경이 점차 변하기 시작했다. 숲속의 습기가 더욱 가득 찼으며, 딱딱하던 땅도 질퍽거리기 시작했다.

"……잠깐."

진도윤이 걸음을 멈춘 것은 그때였다. 여유롭던 그의 표정은 어느새 싸늘하게 식어 있었다.

"왜? 무슨 일이야?"

"펼쳐둔 감응력에 꽤 많은 양의 기파가 잡혔어. 멈춰 있는 거 보니, 휴식 중인 것 같은데. 그중엔 제법 강력한 기운도 있어."

"엉? 그 말은……."

"아무래도 정찰해 봐야겠다."

전방에 있는 자들이 누군지는 모른다. 우리엘이 말했던 영물일 수도 있고, 무리 지어 다니는 마물일 수도 있다.

운이 좋으면, 곧바로 가브리엘 호송팀을 만날 수도 있겠지.

"기척을 줄이고 따라와. 숲길을 벗어나 수풀 속으로 들어간다."

"오케이."

"알겠느니라."

진도윤 일행은 숨을 죽인 채, 걸음을 재개했다. 나 있는 길을 버려두고 질퍽한 바닥을 밟은 채, 가볍게 걸었다.

그리고 얼마 지나지 않아, 커다란 관을 바닥에 내려놓고 휴식 중인 악마 무리를 발견할 수 있었다.

"후우. 이 빌어먹게 넓은 숲."

잠깐 휴식하던 카프리가 뒷짐을 진 채, 투덜거렸다. 밤낮으로 걸었더니 살짝 출출해진 탓이다.

"뭐, 부에르가 직접 호송하라고만 했지. 빨리 오라고는 안 했으니까."

반인반수의 염소, 카프리가 부하를 향해 턱을 까딱했다. 그러자 악마 하나가 신속하게 달려왔다.

"부, 부르셨습니까?"

"오늘은 이곳에서 야영한다. 대천사를 지키는 병력들은 유지한 채, 식량을 구해 오도록."

"식량…… 말씀이십니까?"

부하는 이해할 수 없었다. 이미 여정을 떠나기 전에, 넉넉히 챙겨왔는데 무슨 또 식량을 구한단 말인가.

'게다가.'

이곳은 영물이 산다고 소문이 퍼진 지역. 괜히 식량을 구한다고 파헤치다가 목숨을 잃을 수도 있는 일이었다.

"인마, 이런 곳에 왔으면 별미를 먹어봐야지. 오늘은 맛 좋은 마물을 좀 먹어보자고. 하하하."

'미친놈.'

부하는 죽을 맛이었다.

본인이 힘이 세면 본인이 직접 구하면 될걸 왜 자꾸 약한 자신들에게 위험한 일을 시키는지, 이해할 수 없었기 때문이었다.

하지만, 토를 달 수는 없는 노릇이다. 밖에 널려 있는 마물들보다 무서운 게 눈앞의 카프리였으니까.

"며, 명 받들겠습니다."

"그래그래, 늦으면 죽인다."

카프리가 비릿한 웃음을 지었다. 그도 바보가 아닌 이상, 부하가 어떤 생각을 가지고 있는지 눈에 훤히 보였다.

더듬는 말투, 그리고 불안한 몸짓.

'영물이라는 존재를 두려워하는 거겠지.'

사실 카프리가 이곳에서 야영하기로 선택한 진짜 이유는 휴식이 아니었다. 바로 영물.

'이곳 영물의 맛은 어떨까?'

자신은 서쪽 숲의 지배자, 수많은 영물을 상대했고, 잡아먹어 왔다.

물론, 영물도 영물 나름이긴 하지만 웬만한 영물은 그의 상대가 되지 못했다.

'게다가 내가 이곳의 주인인데.'

영물 따위를 두려워해서야 되겠는가?

'클클, 열심히 헤집어놓으라고.'

카프리가 오늘, 부하들 앞에서 이곳 영물을 처리하기로 마음먹을 찰나였다.

"음?"

고개를 숙이고 있던 그의 고개가 번뜩 들렸다. 숲 구석에 무언가 색다른 기운이 잡힌 탓이다.

카프리가 반응하기 약 3분 전 즈음.

"저기…… 관 속에 가브리엘, 그의 기운이 느껴지는구나."

숨죽여 있던 우리엘이 조용히 읊조렸다.

차분한 듯 보이면서도 살짝 흥분해 있는 그녀. 오랜 기간 봉인되었던 동료를 다시 조우한 것이 기쁜 듯했다.

"그럼 쟤가 카프리인가 보네."

진도윤이 뒷짐을 진 채 허공을 응시하는 염소를 가리켰다.

[가이아의 특별 임무가 도착합니다.]

[임무 - 마계 서쪽 숲, 레이튼으로 이동.]

[레이튼 북쪽 숲길에 위치한 지배자, '카프리'로부터 '가브리엘'을 구출하세요.]

가이아는 분명 힌트를 줬다. 가브리엘을 카프리가 데리고 있다고.

이곳에서 가장 강해 보이는 녀석이 저 염소니 저 녀석이 카프리임이 분명했다.

"어떡할 거야?"

"잠깐만."

유리아의 물음에 진도윤이 눈을 감았다.

우-우-웅!

동시에 감응력을 다시 한번 넓게 펼쳤다. 병력들의 강함 척도를 파악하기 위함이었다.

'일단 카프리…….'

카프리의 기세는 꽤나 대단했다. 둠에 필적하거나 둠보다 살짝 우위일 정도.

하지만, 직전에 싸웠던 루시퍼에 비하면 해볼 만한 수준이다.

'그리고 병력들.'

관을 지키는 약 백여 마리의 악마들 역시 하나같이 범상치 않은 기운을 풍기고 있다.

몇 마리는 그냥 이곳 마물들 정도로 약해 보였지만 일부 악마들은 둠이 데리고 다니던 자락서스 정도로 되어 보이는 존재들도 있었다.

"흐음."

진도윤은 고민했다. 저 병력들을 어떻게 뚫고 구출하는 게 가장 효율적일까?

확실히 제프리가 없으니, 명확한 작전이 나오질 않는다.

"진도윤……! 일부 악마들이 움직이고 있느니라!"

옆에서 우리엘이 강하게 속삭였다.

"응, 보고 있어."

악마 중 가장 약해 보이는 무리들이 이곳저곳 흩어지고 있었다.

대충 분위기만 보아할 땐, 야영을 준비하는 듯싶은데…….

"그냥 기습해야 하나?"

진도윤이 생각할 수 있는 작전은 딱 두 가지였다.

정면 돌파하든지, 기습하든지.

어차피 저들과 싸워야 하는 건 변함없었다.

아무리 머리를 짜내도 저 경계를 몰래 뚫고 가브리엘만 빼낼 방법은 떠오르지 않았으니까.

'흠, 싸워볼 만하긴 하단 말이지.'

진도윤은 나름 객관적으로 전력을 비교해 봤다.

카프리는 둠과 다른 소환수 하나를 붙이면 되고 남은 병력들은 데몰리션이나 우리엘로 커버하면 된다.

옛날 루시퍼 때처럼 답도 없는 상황은 아니라는 말.

"진도윤……!"

또다시 우리엘이 속삭였다.

"왜."

"……저 염소가 우리 쪽을 바라보고 있다."

"뭐?"

화들짝 놀란 진도윤이 시선을 카프리로 돌렸다.

그러자 그녀의 말대로 흥미롭다는 표정으로 이쪽 방향을 정확히 바라보는 염소가 보였다.

"쩝, 들킨 건가?"

진도윤이 옅은 한숨을 내쉬었다.

하긴, 자신이 김제하처럼 은신 능력을 갖춘 것도 아니고 둠 나이트급 존재가 막대한 감응력을 지닌 자신을 발견하지 못한다는 것도 말이 안 된다.

"어, 어쩔 것이냐?"

"어쨌간……. 뭐, 아무래도 상관없어."

어깨를 으쓱인 진도윤이 벌떡 일어났다. 역시, 작전은 제프리의 영역이지 자신의 영역이 아니라 생각하며.

"그냥 한번 부딪쳐 보자고."

결국, 타의에 의해 정면 승부를 선택한 진도윤이었다.

물론, 그가 생각하는 최고의 작전이기도 했다.

나무들이 무성하게 우거져 있는 푸르른 수풀. 시야엔 보이지 않았지만, 카프리의 감각엔 분명 무언가가 잡혔다.

'신기한 기운이로군.'

그 방향을 빤히 쳐다보는 염소의 얼굴엔 호기심이 엿보였다.

부하들은 별다른 움직임이 없는 것 보아, 기척을 죽이고 있는 것 같은데 확실히 레이튼에서는 처음 보는 종류의 기운이었기 때문이다.

'설마, 영물인가?'

아마 두 가지 경우 중 하나일 것이다. 부에르가 경고했던 침입자거나, 아니면 그가 찾길 염원하던 영물이거나.

'뭐든 나쁘지 않지.'

어차피 둘 다 그가 원했던 상황이었다.

상대가 누구든 결국은 자신에게 굴복할 거다. 자신은 카프리, 수많은 혈투 끝에 레이튼 숲을 얻어낸 이곳의 지배자였으니까.

쿠구구…….

이빨을 훤히 드러낸 카프리는 자신의 힘을 위협적으로 개방했다. 마치 자신의 위대한 힘을 뽐내기라도 하듯.

"호오, 도망치지 않는다고?"

그러나 상대의 기척은 점점 가까워지고 있었다.

스륵!

이윽고 수풀을 걷어내고 등장한 세 존재는.

"어?"

카프리도 예상하지 못했던 생김새였다.

"인간? 그리고…… 천사?"

그의 눈썹이 살짝 치켜 올라갔다.

"카, 카프리 님!"

"침입자입니다!"

"다들 일어나! 전투 준비해! 경계 태세를 갖춰라!"

저들이 나타난 지가 언젠데 이제야 알아차린 부하들.

그런 그들을 카프리는 한심하다는 듯 쳐다봤다.

"멍청한 놈들."

어쨌든, 아까 예상했던 두 가지 중 하나는 맞았다. 천사가 있다는 건, 이곳에 봉인된 가브리엘을 구하러 온 침입자라는 뜻을 테니까.

'그리고 저 침입자들은.'

곧 자신의 먹이가 되고 말 테지.

속으로 결과를 확정해 둔 카프리가 광소했다.

"크하하하, 용기가 가상하구나."

무기를 꺼내 들고 대기하는 부하들을 제치고 그는 앞으로 나섰다.

"감히, 내 힘을 느꼈을 텐데도 호기롭게 앞으로 나서다니."

"네가 카프리구나?"

진도윤이 물었다.

"호오, 날 아는 데도 나섰다는 건가? 그건 조금 기분 나쁜데."

그러나 말과는 달리 카프리의 얼굴은 재밌어 죽겠다는 표정이었다. 그러고는 아주 큰 호의를 베푼다는 듯이 말을 이었다.

"그 용기를 높이 평가해 너희들에게 기회를 주마."

"기회?"

"그래, 선택하거라. 내 배를 가득 채워줄 별미가 되겠느냐? 아니면 남은 생을 내 부하로서 뜻깊게 살아가겠느냐?"

"으음……? 그게 뭐냐."

카프리의 제안에 진도윤이 머리를 긁적였다.

"아무래도 이놈. 기회라는 단어의 뜻을 잘못 이해하고 있는 것 같은데?"

"아니, 정확하게 이해하고 있다. 둘 다 침입자의 신분으로 누릴 수 없는 굉장한 이권이거든. 클클."

"그건 뇌에 가락국수 사리가 가득한 네 녀석 생각이고. 보통은 그런 매력 없는 제안을 기회라 하진 않거든."

진도윤의 직설적인 말에 카프리의 눈썹이 꿈틀거렸다.

"결국, 첫 번째를 선택하겠다는 거냐?"

"허, 이거 아주 제멋대로 듣고 제멋대로 판단하는 놈일세?"

"크하하하, 하긴 한 끼 식사 거리랑 대화한다는 게 말이 안 될 일이지!"

츠릉!

염소의 양손에서 시퍼런 날붙이가 튀어나왔다. 그러고는 곧바로 건방진 인간 침입자를 향해 쇄도했다.

장난감으로 데리고 놀면서, 절망에 빠진 꼴이나 보려 했는데 저렇게 말대답하는 자를 살려둘 이유는 없지 않겠는가?

부하든, 먹이든, 적이든. 카프리가 가장 싫어하는 게 바로 말대답하는 자였다.

'제법 신비한 기운이긴 하지만.'

어차피 자신의 상대는 안 될 자였다. 카프리는 그렇게 확신했다.

하지만.

까아앙!

염소의 팔에 강력한 반발이 느껴졌다. 굉장히 단단하고도 빠른 무언가와의 부딪침.

"……?"

카프리의 두 눈이 부릅떠졌다. 감히, 이곳 레이튼에 자신의 공격을 받아칠 수 있는 자가 있다고?

전방을 보자, 타르라크에서나 볼 법한 데스나이트가 보였다. 그것도 엄청난 기세의.

"……이건. 크림슨, 그 녀석이랑 비슷한 느낌인데……. 역시, 믿는 구석이 있었구나."

그 외에도 시커먼 용과, 물과 불의 속성을 가진 마물이 튀어나왔다. 게다가 천사 역시 자신의 숨겨둔 여섯 쌍의 날개를 활짝 펼쳤다.

"잠깐…… 여섯 쌍?"

카프리의 표정이 돌처럼 굳었다. 여섯 쌍의 날개는 천계 각 구역을 통치하는 대천사만이 받을 수 있다는 징표.

그 말인즉슨, 최근 도주했다던 '우리엘'이 분명했다.

'우리엘이라니.'

마계에서도 그녀의 위명은 귀가 닳도록 들었다.

마계의 10악마가 있다면, 천계에는 4대 천사가 있다.

가장 강한 천사 미카엘, 예언의 가브리엘, 치유의 라파엘, 그리고…….

'파괴의 우리엘.'

과거 대전쟁에서 수많은 악마를 학살했다 해서 붙여진 이명. 10악마나 4대 천사나 그 강함의 척도는 분명히 다르겠지만, 절대 무시 못 할 천사임에는 분명했다.

'하지만…….'

느껴지는 기운은 그렇게 강하지 않았다. 오히려 자신보다 살짝 아래일 정도?

'하긴, 이곳은 마계니까.'

원래, 자신의 계(界)를 벗어나면 힘의 제약을 받는다 들었다. 그래서 10악마들도 루시퍼의 힘을 빌려 천계를 타파했다지.

하지만, 그것과는 별개로 저들을 다 합쳐서 판단해 볼 때, 절대 방심해서는 안 될 그런 느낌이긴 했다.

"이거 내가 실수했군."

카프리의 표정이 차갑게 식었다. 그 후, 거리를 벌린 채 부하들의 대열을 컨트롤했다.

실로 굉장히 빠른 태세 전환이었다.

인정한 건 빠르게 인정하는 성격. 카프리가 서쪽 숲의 지배자가 될 수 있었던 것도 그의 그런 성격에 기인한다.

'부에르가 꼭 직접 호송하라고 강조한 이유가 있었어.'

만약 니플헤임에 부하들만 보내고 말았다면? 분명 눈앞의 존재들에게 가브리엘을 뺏기고 말았을 거다.

하지만, 10악마가 괜히 10악마던가? 부에르는 엄청난 통찰력으로 무려 자신을 이곳에 붙였다.

'그리고 그것은 최고의 선택이겠지.'

진지해진 카프리가 자신의 기운을 다시 한번 끌어올렸다.

쿠구구구!

땅이 뒤흔들렸다. 또한, 큼지막한 나무가 갈대처럼 휘어질 정도로 강한 바람이 휘몰아쳤다.

순식간에 열악해진 환경 속에서 카프리는 부하들을 향해 나지막이 중얼거렸다.

"지금부터, 다 같이 놈들을 사냥하겠다."

"네, 카프리 님!"

본래는 밉상이지만 싸울 때만큼은 그 누구보다 믿음직스러운 자. 부하들은 진지한 염소를 보며 사기를 불태웠다.

'시작인가?'

진도윤 역시 본격적으로 싸울 준비를 했다.

페어리킹의 버프와 아묘의 골골송을 받았으며 데몰리션과 둠 나이트를 전면 배치시키는 순간.

"키아아아!"

"키에에, 죽여라!"

악마들이 그를 향해 힘차게 내달리기 시작했다.

"우리엘, 준비해."

"문제없느니라."

펄럭!

날개를 힘차게 펄럭인 그녀는 곧 검을 뽑아 들었다.

천계와 비교해 힘은 줄었지만, 그래도 엄청난 열기를 담고 있는 업화의 검.

"어찌 용서받지 못할 죄악의 부스러기 따위가 천신의 불꽃에 도전한단 말인가!"

서걱! 화르륵!

우리엘은 번개 같은 움직임으로 달려오던 악마 세 마리를 한꺼번에 베어냈다.

동시에 활활 타오르는 시체.

철컥!

둠도 가만히 있지 않았다.

볼드윈이 만든 첨예한 검이 악마의 목을 뚫었고.

"키엑!"

악마는 목에서 피를 철철 흘리며 엎어졌다.

"멍청한 놈들. 너희는 후방을 노려라. 전방은 내가 뚫도록 하지."

콰아아앙!

카프리가 총알처럼 전방으로 쇄도해 발톱을 휘둘렀다.

둠 나이트가 신속히 검을 들어 쳐내려는 순간.

후우웅!

발톱은 검을 무시한 채로 방향을 옆으로 틀었다.

마치 물리 법칙을 무시하는 듯한 움직임. 전방을 무시한 채, 본능적으로 서머너인 진도윤을 먼저 타격하려는 속셈이었다.

"……!"

진도윤은 재빠르게 녀석이 튼 방향을 향해 데몰리션을 보냈다.

"뀨웅!"

어림없다는 듯 신속하게 발톱을 휘둘러 받아치는 파괴룡. 과연, 5성(★★★★★)의 힘이 담긴 데몰리션의 육체는 카프리를 상대함에 있어 부족함이 없었다.

"흐음."

하지만, 진도윤은 썩 만족스러운 표정이 아니었다.

'과연 레이튼 숲의 지배자라더니.'

과거 타르라크의 지배자였던 크림슨 나이트보다 좀 더 강하고 계획적인 놈이지 않은가.

"크크크, 언제까지 겁쟁이처럼 숨어만 있을 텐가?"

데몰리션의 발톱과 몇 번 부딪친 염소는 또다시 후방으로 이동했다. 그러고는 다시 이리저리 정신없게 움직이며 전열의 빈틈을 노렸다.

"마, 마스터."

유리아가 걱정스러운 표정을 지었다.

"이거 조금만 실수라도 하면……!"

하지만, 진도윤의 눈빛은 흔들림 없었다. 대꾸조차 하지 않은 채, 카프리의 움직임을 잡으려 노력했다.

'유리아의 말대로야.'

저 녀석은 본신의 힘이 강하고 자신은 소환수를 이용해 싸워야 하는 서머너다. 그리고 녀석은 본능적으로 그 빈틈을 노릴 줄 아는 자였다.

후웅! 콰앙! 후웅! 콰앙!

마치 벽 문을 황소가 들이받기라도 하듯, 거리를 벌렸다 돌파했다 하는 녀석.

"클클, 점점 흐트러지는 게 느껴지는구나."

카프리의 입꼬리가 위쪽으로 말려 올라갔다.

그는 단단하게 틀어막혀 있는 틈을 두들기며, 빈틈을 찾았다. 동시에 부하들의 공격으로 진도윤의 정신을 쏙 빼놓는 것도 잊지 않았다.

그렇게 해서 얻은 결론은 역시, 해볼 만하다는 것.

"감히 나를 상대로 막말을 했던 대가는 치러야겠지?"

우우웅!

염소는 자신이 모아왔던 모든 기운을 발끝에 담았다.

동시에 퍼지는 막대한 기의 파동. 그 기운이 얼마나 거센지, 근처에 있던 부하 악마들이 밀려날 정도였다.

'좋아!'

이 정도의 힘이면 충분했다. 빈틈을 뚫고 저 건방진 침입자의 심장을 꿰뚫겠지.

몸에 가득 담긴 힘을 느끼며 카프리는 다시 땅을 박찼다. 목적지는 사전에 봐둔 빈틈!

그 빈틈은 바로 전, 후, 좌, 우가 아닌 바로 허공이다.

슈아아앙!

공기를 찢는 소리와 함께 하늘로 떠오른 카프리는 그대로 진도윤을 향해 떨어졌다.

핑그르르!

회전까지 가미한 그야말로 필살(必殺)의 일격. 나름 기습적인 위치였기에, 당연히 공격에 성공할 줄 알았던 카프리는.

"으음?"

이내 무언가 알 수 없는 수(水) 속성의 막이 자신의 몸을 옥

죄여 오는 것을 느꼈다.

동시에 허공에 둥둥 뜬 자신의 육체.

'뭐야, 이 정도 힘을 낼 수 있는 존재가 또 있다고?'

그는 혼란스러움을 느꼈다. 게다가 조금 전 탐색전과는 달리 이번엔 진심이 담긴 일격이었는데 오히려 상대 역시 탐색전이었다는 듯 더 강한 패를 들고나온다.

'게다가……'

무언가 이상한 기시감이 들었다. 아래를 내려다보니, 방금 전까지 자신을 막아서던 검은 용이 입을 쩍 벌리고 있다.

그리고 그곳에서 나오는 힘은…….

"무, 무슨?"

정체는 알 수 없지만 자신조차 소멸을 각오해야 할 막대한 기운이었다.

등골이 서늘해질 정도의 힘.

"이, 이건 피해야……!"

위기감을 느낀 카프리가 본능적으로 몸을 틀려 했지만.

[파괴룡 '데몰리션'(★★★★★)이 뉴클리어 브레스를 사용합니다.]

아아아앙!

이미 데몰리션의 입에서 쏘아진 엄청난 기세의 광선이 카프리를 집어삼키고 있었다.

콰아아앙!

카프리와 맞닿은 뉴클리어 브레스가 엄청난 폭발음을 만들어냈다. 동시에 밀려오는 후폭풍.

나무 조각이나 바위 파편 등의 부스러기들이 진도윤을 향해 총알처럼 쏟아졌다. 그는 엘라임을 통해 그것들을 쳐내며 눈을 좁혔다.

'죽었나?'

일부러 빈틈을 보인 채, 공격을 유도했다. 그 후, 총 감응력의 50%를 투자해 브레스를 쏘았다.

'만약, 이걸로도 처리하지 못한다면······.'

가브리엘을 구하는 것은 요원한 일이 될 수도 있다.

북쪽의 미카엘은커녕, 남쪽에서 호송 중이라는 라파엘도 구할 수 없겠지.

'에이, 설마. 저걸 맞고 살겠어?'

진도윤은 말도 안 된다는 듯 고개를 흔들었다.

5성(★★★★★) 데몰리션의 파괴력은 상상 초월이었다. 조금 전, 카프리가 일순간 뿜어냈던 힘보다 적어도 두 배는 강력한 기운.

하지만 이내 진도윤은 얼굴을 일그러뜨릴 수밖에 없었다.

"끄아아아아! 이 빌어먹을 놈이!"

폭발의 근원지에서 카프리의 끔찍한 괴성 소리가 울려 퍼졌기 때문.

"마, 마스터. 소리가 아직 들린다는 건?"

유리아의 당혹스러워하는 목소리가 들려왔다.

진도윤은 고개를 끄덕였다.

"응, 살아 있다는 거지."

입맛이 썼다. 나름 자신이 낼 수 있는 가장 강력한 기술을 사용했는데 그걸 맞고도 살아 있는 녀석이 정말 징글징글했다.

'확실히 이계의 종족들은 까다롭단 말이야.'

최후의 미궁에서 살아 나온 이후 적으로 만나왔던 서머너들을 볼 때마다 참 수준 이하라 생각했었다.

하지만, 반대로 새로운 세상에 올 때마다 느끼는 게 꼭 자신이 수준 이하가 된 기분이다.

'아냐, 정신 차리자, 진도윤.'

짝!

진도윤은 자신의 뺨을 살짝 후려쳤다.

'이 정도는 충분히 각오했잖아.'

가이아가 위험하다고 말릴 때부터 쉽게 해결할 생각은 추호도 없었다. 고작 브레스 하나에 안 죽었다고 풀 죽을 이유는 없다는 뜻이다.

"후우……"

옅은 한숨을 내쉰 진도윤은 다시 폭풍이 이는 방향을 응시했다. 먼지가 걷히고 드러나는 염소의 피부에는 지금껏 볼 수 없었던 생채기들이 가득했다.

'그래, 맞췄다는 거에 의의를 둬야지.'

우우웅.

진도윤은 심장 속 감응력의 상태를 파악했다.

남은 감응력은 대략 40% 정도. 아묘의 골골송 효과로 계속 차오르곤 있지만, 사용하는 양에 비하면 미미하다.

'다 쓰기 전에 끝내야 해.'

진도윤은 정신없이 몸을 추스르는 카프리를 노려봤다. 그와 동시에 자신의 소환수들을 넓게 퍼뜨렸다.

피닉스, 엘라임, 둠 나이트, 데몰리션, 그리고 소울 콜렉터까지.

이제는 방어태세가 아닌 본격적인 공격태세의 시작이었다.

"우리엘!"

"불렀느냐?"

계속해서 달려드는 악마 무리를 힘차게 베어낸 그녀가 돌아봤다.

"카프리는 내가 전담할게. 넌 저놈들이 이쪽으로 못 오게만 만들어줘. 할 수 있지?"

"그 정도야 충분하느니라."

"유리아는 나 말고 우리엘도 신경 써주고."

"오케이."

됐다. 이제 방어는 우리엘에게 완전히 맡기기로 하고 진도윤은 온 정신을 카프리에게 집중했다.

우우웅!

남은 감응력들이 폭발하듯 팽창했다.

비록 40%밖에 남지 않았지만 그동안 쌓아왔던 그 양이 엄청나기에 가히 압도적인 기세가 뿜어져 나왔다.

"좀 뒈져라."

그는 자신의 감응력을 각 소환수들에게 나누어주었다. 그것을 받아 든 소환수들은 각종 스킬들을 끊임없이 카프리에게 난사했다.

콰가가가가가!

"……크아악!"

계속되는 공격에 카프리는 짜증 난다는 듯 괴성을 질러댔다. 오랜만에 느껴보는 고통에 당혹스러운데, 정비할 시간조차 없이 몰아치니 대응 방법을 찾기가 힘든 카프리였다.

카강! 카앙!

날아오는 불들과 물방울. 그리고 발톱과 검, 낫 등을 카프리는 정신없이 받아쳤다.

하지만 그 순간.

푸욱!

자신의 단단한 피부를 파고드는 차가운 날붙이의 감촉을 느꼈다.

"……이런?"

카프리는 자신의 복부에 꽂힌 둠 나이트의 칼을 바라보며 멍하니 중얼거렸다.

'내가…… 천하의 이 내가 이렇게 당한다고?'

믿을 수가 없었다.

분명 자신의 한 끼 식사 거리였던 놈들이, 사냥감이었던 놈들이 오히려 자신을 사냥하겠다는 듯, 달려든다.

'이건…… 안 되겠다.'

너무도 분했지만 카프리는 현실적인 해결책을 찾았다.

'일단, 도망쳐야겠어.'

복부가 뚫렸지만, 자신의 육체는 심장만 멀쩡하면 언제든 회복할 수 있다.

봉인된 가브리엘? 그런 것 따위는 아무런 문제가 되지 않았다. 부에르고 뭐고 당장 자신의 목숨이 끊어지게 생겼는데 뭐가 대수랴.

"꺼져라!"

카프리는 순간적인 회전력을 이용해 발톱을 사방으로 휘둘렀다.

"……"

폭발적인 힘에 순간적으로 검을 놓쳐 버린 듯.

카프리는 기회다 싶어 황급히 몸을 돌렸다. 그러고는 반대쪽 숲길을 향해 빠르게 내달렸다.

따라가기도 벅찰 정도의 엄청난 속도.

"카, 카프리 님?"

"설마 도, 도망치시는 겁……? 키에엑!"

싸우던 부하 악마들의 목소리가 들려왔지만, 애써 무시했다. 진도윤은 그런 그의 모습을 물끄러미 쳐다봤다.

'……그렇게 입 털더니 도망치는 건가?'

당연한 말이지만, 저걸 그대로 보내줄 순 없다. 그냥 놔둬도 목표는 달성하겠지만, 두 가지 이유가 있다.

경험치와 둠 나이트의 검.

녀석의 복부에 꽂혀 있는 검은 볼드윈의 역작이다. 고작 저런 염소에게 뺏길 순 없는 보물이었다.

"콜렉터."

"키이이이!"

진도윤의 부름에 콜렉터가 괴성으로 응답했다.

"남은 감응력을 네게 모두 선물해 주마."

"키이! 키이이이!"

소울 콜렉터에게는 '기습 베기'(A급)라는 스킬이 있다. 마치 축지법을 사용하기라도 하듯, 표적 뒤로 순식간에 이동해 낫을 휘두르는 기술.

A급이라 조금 아쉽긴 하다만 진도윤의 남은 감응력을 전부 사용하면, 얘기는 또 달라진다.

"키이이이!"

소울 콜렉터가 맡겨만 달라는 듯, 스르륵! 하며 사라졌다. 진도윤 역시 카프리가 도망친 방향을 향해 내달렸다.

to be continued